窥视欧洲

妹尾河童／著
姜淑玲／译

目录

前言

在欧洲到处晃荡了一年，不知怎么搞的心里老有股歉意——因为这趟旅行不是自费的关系吧。

日本文化厅每年都有所谓的艺术家海外派遣研修计划；这次的独自旅行费用就是由该计划提供。对于此行能有多少收获，说实在的并没啥把握，所以心中老记挂着自己在花纳税人的钱。结果是在歌剧、芭蕾、戏剧、电视、电影等研修项目之外，其他各方面我也兴趣盎然；因为感到好奇的事物实在太多了，最后这趟旅行反而成了名副其实的“河童之旅”。

原本打算随兴地见识欧洲事物，多和当地人接触，但是到了之后，我才深深觉得对他们的认识实在是少得离谱。像当地人觉得理所当然的事物，我不是大吃一惊，就是好像有什么新发现一样。

风俗习惯不同，当然思想、意识与精神的结构也就相异，对于这样的差别会有兴趣是很自然的事；但是连饭店房间也成了我观察的对象。此外，从街头种种事物、国际列车的车长如何因国家而异、各地民宅的窗户和当地气候风土的关联性以及从南到北有什么样的变化、城堡是怎样因时代和地区而有所改变，又有什么样的特征……真的是连对各国的垃圾都感兴趣，简直可以说是破铜烂铁的大搜集。

沿途我不时地记笔记或者画素描。回国后算算，总共走了22个国家。朋友根据笔记上的记录，统计我住过的旅馆房间数后说:“有115间喔！”敢情这数目是大了些，倒叫我有点不好意思。研修旅行的结果不知道是好是坏；但就我个人来讲，能有机会体验非到当地不能了解的事物，真是十分感谢。

朋友对我的笔记颇感兴趣，就自行影印制成小册子传阅；没想到有一天竟然提议整理成册出书。我原不是为了出书才记笔记的，所以相当排斥；而三位像是制作人的朋友为了要让我克服“难为情”的心结，轮流花了蛮长的时间来说服我。虽然如此，我还是觉得这不到可以公开发表的程度，而且也不是什么欧洲风情见闻录，所以就自作主张将此视为“逛逛看看后的个人记录”，还请诸位见谅。

(原版编注：作者此趟欧洲之旅在1971—1972年间成行，因此书中所载数据和地名、币制多有变动，尚请读者诸君谅察。)

比萨塔没有护栏

我爬上了比萨塔。沿着塔内盘旋而上的螺旋梯可以登上斜塔的最顶层，中途也可以自由进出各楼层的阳台。

什么都想试试的我当然就走出阳台看看，结果吓了一大跳——竟然没有护栏！装上栏杆的地方只有最顶层。阳台是倾斜的，而且宽约一公尺的大理石地板已经被磨得光滑发亮，稍不注意恐怕就会失足坠落。连应该没有恐高症的我都两腿颤抖发软，双手和背部紧紧贴在墙上，然后用极缓慢的速度绕行一圈，实在够惊险刺激的。

原本以为世间大概少有像我这样的好事之徒，不过从磨损的地面来看，从古至今试过的人似乎还不少；像今天也有几个人尝试。在有这么多观光客的知名历史性建筑内，竟然没有预防发生意外的护栏，这到底是怎么一回事？我下来后马上询问在斜塔旁卖纪念品的大叔，不过我的意大利话不怎么灵光，所

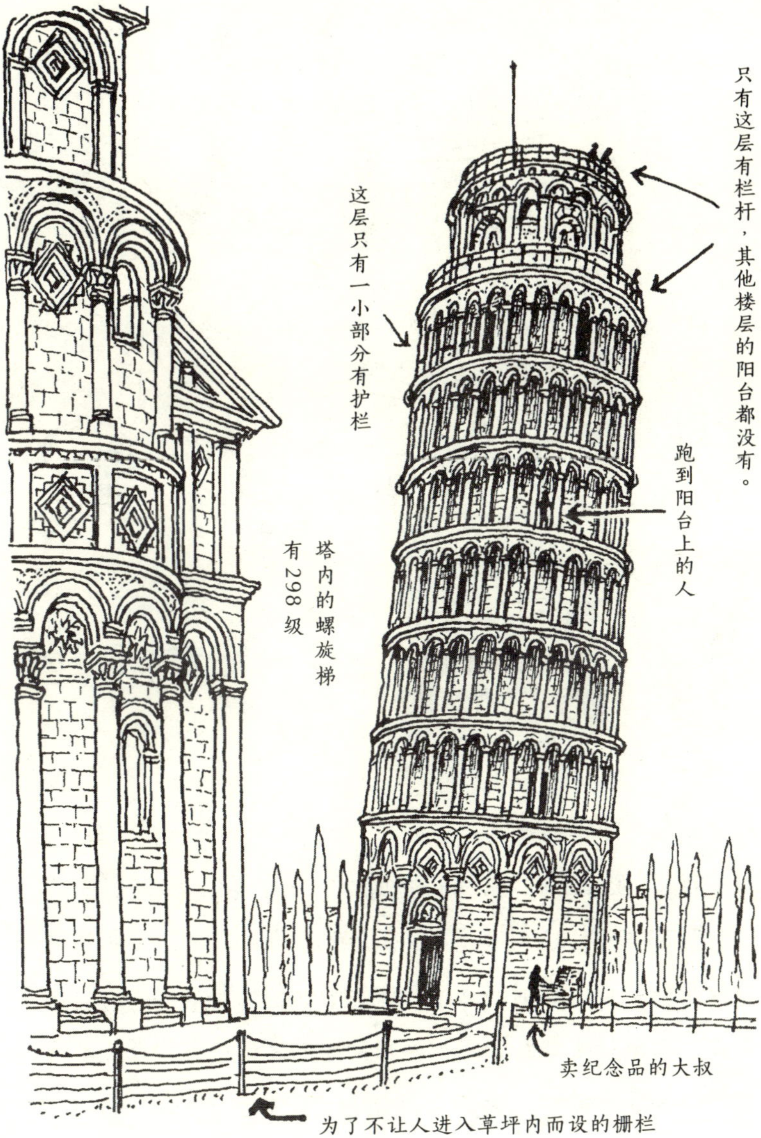
只有这层有栏杆，其他楼层的阳台都没有。
这层只有一小部分有护栏
跑到阳台上的人
塔内的螺旋梯有298级
卖纪念品的大叔
为了不让人进入草坪内而设的栅栏

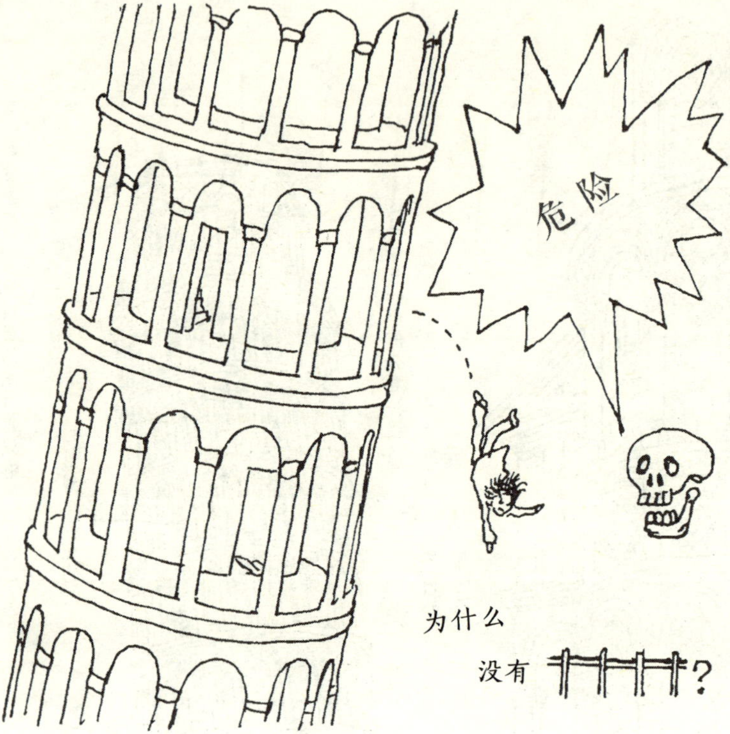

以还是老办法：画画。

我先画出比萨塔，再画个掉下来的人，然后写上“危险！”“为什么没有护栏？”一边拿给他看，一边又比手画脚地用蹩脚的意大利话问。结果，只见这位大叔肩膀一耸、两手一摊，露出怎么会有人问这种蠢问题的表情说：为什么没有护栏？——怕危险的话就不会到阳台去呀！会上到阳台去的人，就应该知道它的危险性吧。

“这座塔在盖的时候可就没设什么护栏喔。和以前不一样的是，它现在倾斜得比较厉害而已，就这样。……好了好了，说这个不如来买我这明信片吧！”

听完我不禁愣了一愣——多么简明扼要的回答啊！在这一问一答之间，我觉得真是清楚地呈现出日本人和欧洲人在思考上的根本差异。

米兰的跳楼自杀

哥特式风格的米兰主教堂以雄伟著称，据说高耸入云的尖塔就有 365 座。这般气派华丽的设计可以爬上屋顶从近距离欣赏。

不过，听说偶尔会有人从屋顶纵身跳下。

在我停留米兰期间，就有一名男子从上面跳下来，把一辆自用车车顶砸烂，当场惨死，连车内的人也遭殃。

不晓得教会对此有何想法，就想去问个究竟。不过这次内容比较复杂，所以拜托朋友帮忙翻译。只是问了半天，老见不着能够回答的关键人物，有种他们在互踢皮球的感觉。最后总算有位神父愿意见面，只是在回答之前还先来段声明：“这不是当局的看法……”

“其实，自杀的人是少数。因为这些人的行为，就用金属网围住教堂屋顶，剥夺其他人观赏建筑之美的喜悦，这样的做法我不认为是正确的。教会真正该做的并不是用金属网围住屋

米兰主教堂
的屋顶

顶，而是要更尽心尽力地传教，让人不再有这种错误的念头才对。”又是种不同的思考方式……

静悄悄地发车

在欧洲的火车站里，火车或电车进站时听不到任何广播；不像日本，依例有广播提醒“现在 4 号月台有火车要进站，请各位旅客站在白线后方等候，以免危险”，而是静悄悄地滑进月台。如果问人的话，我想他们大概会这么回答：

“干嘛要对等车的人广播说‘危险，有火车要进站？’站在安全距离以外等候是理所当然的事吧。真不懂为什么每件事都要广播请人小心，这种小事自己不会注意吗？”

不过，欧洲的火车站内偶尔还是会听到广播，这时就千万要注意，因为有可能是通知大家火车变更进站月台。或许对他们来说，所谓的“广播”，就是要传递不可或缺的讯息吧。

火车开动时也是静悄悄的，没有响彻云霄的铃声。我想，对欧洲人来说，火车要开动是天经地义的事，根本没必要发出像警报一般的铃声吧。

原本以为“火车在静悄悄的状态下开动”可能有点危险吧，所以搭乘时还特别注意，结果发现一点事儿也没有。

虽然没有发车铃声及广播，不过在站务员和车长下判断前，火车是不会出发的。

对于火车迟不发车一事，也不见有乘客发出怨言。有次我试探地对车长说：“这车好像误点很久了！”结果对方答道：“因为火车的行驶不是像时钟般的机械运转啊。”这回答倒让我不好意思起来。

所以说，根本无法期望欧洲的火车像日本国铁一般地分秒不差地依据时刻表发车，而且对他们来说，日本通勤尖峰时间的超高运载量也是件不可能的事——没有嘈杂的广播声、站务员双手奋力地推挤乘客以及巨细靡遗的工作方式，是不可能有那样的成果的。

此外，欧洲人在火车内也不会广播站名，有人告诉我：“问车长或旁边的人不就成了。”

事实上也的确如此。当我向坐在附近的乘客请教该下车的站名时，马上就有好几个声音回答：“到了会通知你的，放心好了。”果真快到站时就有好几个人提醒我：“下一站就是了。”而且，不管到哪一个国家都是这样。欧洲人觉得，乘车时尽让人听些不必要的站名广播实在是种干扰，车厢里还是保持清静比较好。

维也纳市营电车的跳车资格

维也纳的电车车门在行驶中是打开着的，想要跳上还是跳下都随你，不过责任得自己负。老人家呢就等车子完全停止后再慢慢下车，年轻人嘛当然是展现年轻人应有的气息。

一日，有位年轻女子跳下车时不慎跌倒，车长不但没有帮忙将她扶起来，反而大声斥责：“技术差、跳不好就乖乖等车子停好再下！你根本就没有跳车的资格嘛！”骂完随即拉一拉铃、让车子继续往前开。

巴黎的地下铁也是，进站时车还在行驶、车门就可以用手扳开；伦敦的双层巴士和旧金山的市营电车则从一开始就没有门。他们不觉得这样“很危险”吗？对于很快就冒出“危险！”这句话的日本人来说，这实在是无法想象的事情。

维也纳的市营电车

野鸟和人群

一到5月，坐在公园长椅上享受阳光的人就多了起来。花圃里花团锦簇，鸭子啊麻雀啊等禽鸟，不是走在人们脚边，便是从人们手心里啄食面包屑。第一次在维也纳的公园看到这种情景时，刚开始真无法相信那些都是野鸟。

后来知道不只是维也纳的公园，欧洲各地的公园都一样。警戒心颇强的野鸟竟然会如此放松地和不认识的人群接触……

有天，在公园里看到一个路都还走不稳的小朋友想捉身边的鸭子，才一伸手就被他妈妈抓起来打屁股。小朋友随即号啕大哭，坐在附近长椅上的人们看在眼里，大家都一致地点点头，露出“打得好”的表情。我想那位妈妈如果没有这么做，一定会有其他人代为教训吧。对于欧洲人这种态度，我真的是吓一跳。

有位在维也纳住了有十年以上的友人说：“这里的人对小孩的公德教育非常严格，甚至到了‘你如果侵害到大家共有共享的事物，就别想活了！’的地步。这和日本人责骂小孩的情况大不相同。还有，他们对别人的小孩也是毫不客气地时时帮忙注意呢！”

握手和礼炮

跑了许多国家，也和许多人握过手。通常对方的力道都比我强，所以常常要急急忙忙地再补加把劲。其实在日本和人握手时，我的力道并不算小。这倒让我开始思索，不同的握手方式是不是有什么不同的含义。

一般的日本人在彼此的关系变得相当亲近之后，握起手来才会表现得自然些。对于初次见面的人，在谈完话及道别之际都是说“那么就……下次见”。然后边低头行礼，边握手；握手好像只是种附带的形式而已。

相反，欧洲人则是在经过介绍后就先握手，而且是一边用眼睛直视着对方，一边用力握。其实不只是欧洲人如此做……大概在他们的观念中认为，“彼此想法不同的陌生人是没办法一下子就能互相了解的，所以，第一次会面便显得特别重要”。因此，“我对你没有敌意，只有善意”的讯息必须清清楚楚地传递给对方，所以初次见面时的握手方式和力道也就不能马虎了。

据说握手是源于为了彼此证明没带武器，才会以右手和对方互握。

另外，与此类似的就是在欢迎仪式中施放的礼炮。

从前的大炮和枪支都是从炮口及枪口填充弹药，打完一次就得再重填一次，相当费时，而且没法儿偷偷摸摸地做。因此，在迎接来客的时候，在宾客面前对空发炮或鸣枪，正表示“现在这些枪炮已经没有弹药在内了，请放心”的意思。现代的枪炮都已经不是以这种方式填充弹药，而且还可以连续发射，所以发射一次根本就没啥意义；只不过，这种精神已经遗留下来，发展成为国际性的礼仪。

或许现在还有人认为，“日本从战国时代到现代都没变，还是一样无法互相信任”——也就是在对立的情况中，都想尽量不被对方所影响。不过即使如此，日本人的出发点还是在于“要怎么样让对方充分了解自己的想法”。

而其他国家的人，或许不像日本人有“对方应该会察觉我真正的想法”，或是“对方应该会了解我的意思”之类的那种等待被了解、被接受的微妙思考方式和“娇宠心理”（AMAE）。

巴黎的弹簧门

巴黎地下铁车站的出入口采用弹簧门的设计，就是那种往前推、人通过后手放开就会自动弹回去的门。从路面下楼梯到地下通道，便会看到这门整天不停地开开关关。从这扇门我又惊讶于日本人和巴黎人的明显差异。

几乎所有巴黎人在通过后都会回头看一看，如果后面正有人往这个方向来，他们就会一直扶着门，直到后来的人接住后，才轻轻放手继续往前走。

这时刚好有位日本来的旅客经过。或许是不习惯这种门的原因吧，我是很想原谅他，但实在是有点过分，看了真让人觉得不好意思。

简单说，他通过以后人就继续往前走，门呢，就这样松手一放，让它大大咧咧地弹回去，差点打到后面人的脸。后来的人看到门突然弹回来、眼见就要撞上脸时，急忙举起两手挡在面前，还吓得大叫。

巴黎人大概会想，“这种不顾后人的人到底在想什么啊？”

光从门的开关这样单纯的事，我又清楚地感觉到日本人和他们在思考上的基本差异。他们总是会对陌生人特别留神，正因为彼此“不认识”“不亲近”，所以在日常生活的接触上便会格外留心。不过，他们真的具备“体贴入微的待人之心”吗？我可不这么认为。他们的行为和日本人所谓的“体贴”或“关怀”不同，并且含义也不一样。我想这是为了不冒犯别人而不得不如此表现；这种顾虑的根源在于避免侵犯到他人。

有次，见到一个全是日本年轻女性的旅行团正有说有笑地走过来。到了地铁站的入口，她们依序通过、也为后面的人顶住门——但是到了最后一位，果然还是松了手，让门大力地弹回去。

其实这种门不是只有巴黎的地铁站出入口才有，会替后面的人挡住门的事也不是只有巴黎人会做，而且欧洲各国皆然。

有位到过日本、名叫米歇尔的法国人问我：“日本人的确是很会替人着想，但是为什么对于不认识的人就会变得自私自利呢？”

北方人和南方人

我的一位女性友人曾到德国念音乐。她到了以后随即住进宿舍，一个人孤零零的谁也不认识，德语也不太行。她想试着和隔壁的德国女性建立友谊，便说：“我一个人在德国蛮寂寞的，想和你成为好朋友……”但是对方却回答：“能不能成为‘好’朋友，我现在还没办法回答你；尤其我又从来没和东方人打过交道。我想，大概半年后就可以知道结果吧。”虽然事实的确如此，但对于正处在孤寂状态的友人来说，这么硬邦邦的回答和心中所设想的情况实在相去太远。

心灵颇受打击的她很快就被住在对面的意大利女性所“拯救”。有了前车之鉴，所以这次她在开口时便有点战战兢兢。想不到对方的回答竟然是：“好呀！我没有日本朋友，你可是排第一号的喔。从现在起，你就是我的好朋友了。如果有什么困难，可以随时来找我。对了，这礼拜六我教你做千层面吧。”

简直是让人无法置信的正面答复啊。友人从那天起变得神采奕奕，算是到德国后头一次有雀跃不已的心情。她满心期待着四天后的礼拜六傍晚。

到了礼拜六约定的时刻，友人准时去敲意大利人的门，却没有回应。明明已经和她有约了，结果当天整晚都没回住处，隔天她才因为看到留在门上的纸条跑来道歉："哦！真是对不起，男朋友约我出去，一时高兴过头就把你的事忘得一干二净了。对不起对不起，下礼拜六我一定会记得！"虽说道了歉，但态度上有点漫不经心，这就让友人有点火大，心想，"好个随口撒谎的家伙！"——事后想想，当时或许误会了她也说不定。

之后，我朋友和隔壁的德国人慢慢亲近起来。这位德国女性在各方面都和意大利人的行事风格恰成对比，连亲近方式也是一边确定对方的感觉、一边逐渐打开心门。果真半年之后，她们之间的友谊进展到彼此都可以确定对方是"好朋友"的阶段。

而那位意大利人对朋友依旧态度亲切，和她的交往也还蛮愉快的；虽说偶尔会反复无常，不过只要了解了以后，也就能欣赏拉丁民族的坦率热情。

在和不同国家的人交往的过程中，我发现除了欧洲人共同的思考逻辑之外，其实各国人民的性格还是有别，这之间的差异似乎和该国的气候风土有关……

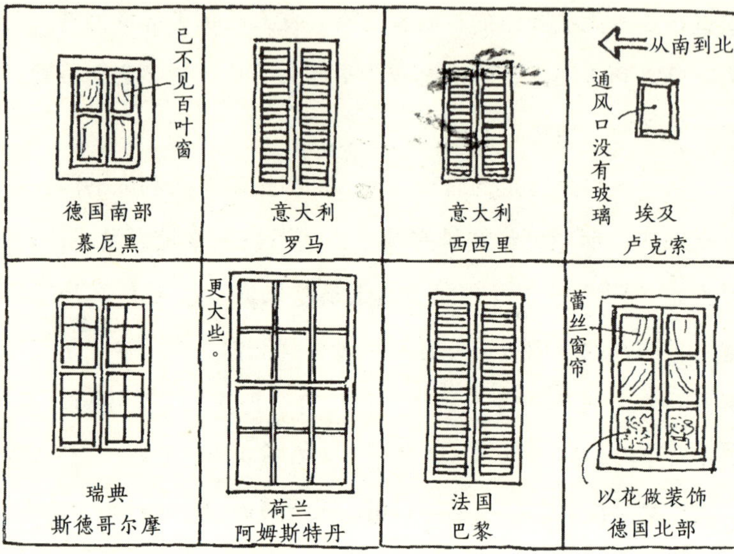

欧洲的窗户

欧洲虽然幅员广阔，却有共同的思考逻辑，这或许是因为土地相连之故吧。

在欧洲，不管是地图上所画的国界，还是实际存在的边境，基本上都依照河流或山脉界线来划分，有时则用像人行横道斑马线般的路闸表示。这儿有在日本所见不到的陆地国界，而且由古至今，边界线也已不知被重划了多少回。这种情况的结果是文化和宗教等方面得以交流——而那种跨越地域的差异所产生的“欧洲式思考方式”，或许就是土地相连、精神相系的结果吧。

但若提到风土气候的话，就无法用欧洲一词概括了。

埃及的窗户（开罗以南10公里）

欧洲的北边接近北极，南边邻近非洲，地域差别极大。这差异性当然和日照量有密切的关系，我于是对欧洲各地民居从窗户所透露的讯息产生兴趣。

埃及虽说不在欧洲的地理范围内，不过南北的差异一样清清楚楚，所以在此将之纳入讨论。只要比较一下开罗等都会区和卢克索等地的民宅就很清楚了，后者的房子首重隔绝炙烈的太阳热气。原本窗户的功能是采光；但到了这儿，就小到只能说像是换气孔一样。

西西里岛虽说属于意大利，但气候上较似非洲。窗户虽然比埃及大，不过还是感觉得到他们讨厌阳光的一面。

西西里的窗户

西西里岛虽然是意大利领土，但一直以来就对北意大利掌握主导权的情况有许多不满。从他们独特的气质到发展出黑手党等等现象，会不会是因为这孤岛持续曝晒在烈日下的缘故？这里的风土民情让我不由得有这种感觉。

在意大利境内北上，沿途所看到的窗户的确逐渐变大，但夏日的阳光仍然很强烈。晌午时分百叶窗都关得紧紧的，避免日光直射进来。记得住在仍留存着中世纪风貌的锡耶纳山城时，旅馆的老阿妈就曾告诉我："窗户可要等到太阳下山后再打开，这样室内才会凉爽啊。"但是如果关上厚实的木质百叶窗，

锡耶纳的窗户（佛罗伦萨以南，罗马以北180公里处）

整个房间就会变得很暗。

对南方人来说真是烦死了的阳光，在北欧人眼中却像黄金一般珍贵，所以在连续假期时，南来的度假者一眼就可以辨别得出来：挑遮阴处走的一定是当地人；而特意走在阳光下的，不用说，肯定是外来的。我也曾经学这些北欧人在大太阳底下走走看，结果却是轻微中暑，头痛而且身体发烫。旅馆的人取笑我说："那些北方人发癫你也跟着学，是不是也头脑有问题啊？"

在意大利境内继续北上，一直到了米兰附近，当地人对阳

维罗纳的窗户（米兰以东140公里，同纬度）

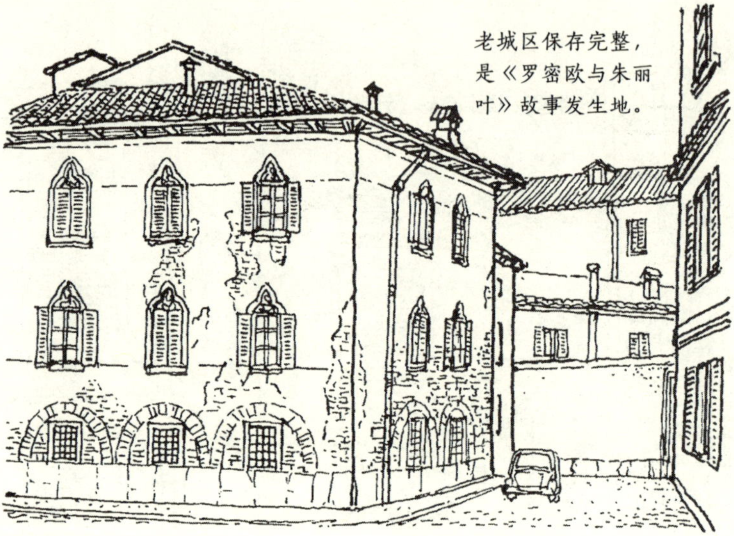

光的态度才有所不同，不像南部人那么厌恶。还有，因为在意大利北边冬天也蛮冷的，所以如果地板贴的是瓷砖，室内就会更显得寒气逼人；因此，当地的老房子地板多采用木头拼花镶嵌而成。

气候不同，人的气质也跟着改变。同样是意大利人，南北可是大大的不同。比如说，米兰连午休时间都比罗马来得短，因此工作时间相对比较长。而且，虽说同样具有拉丁民族的性格，不过米兰人似乎条理更清楚，而且不像南方人那么直率。

越过阿尔卑斯山，来到瑞士、奥地利和德国南部时，气候

勃兰登堡的窗户（慕尼黑南郊）

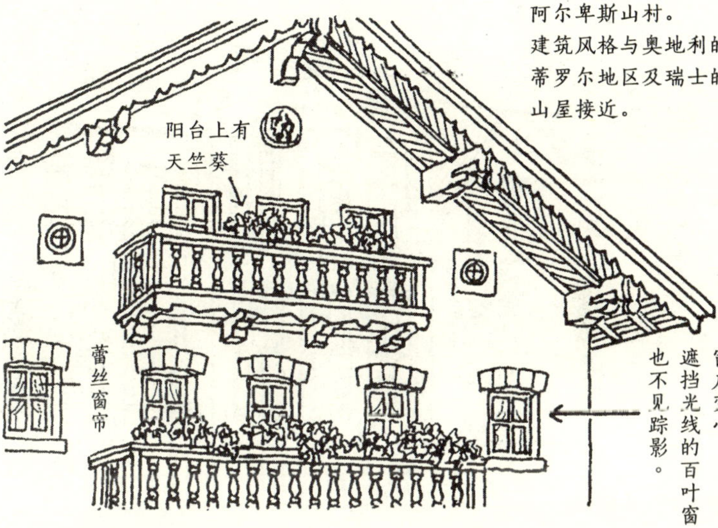

也有明显转变。仅仅是坐火车穿过阿尔卑斯山，就可以明显感受到阳光突然变得微弱。当然，窗户的构造也就不同啰。

由于冬天严寒，家家户户为了不让室内暖气外散、户外寒气侵入，窗户都加厚为双层。还有，虽说窗户的尺寸各地或有不同，但一般说来是变得蛮小的——因为玻璃窗越大，它的保温效果就越差。

更往北走，冬天的寒气反而变弱。当然夏天很凉爽，但冬天也变暖了。荷兰阿姆斯特丹冬天的最低温才 3℃，那是因为有墨西哥暖流经过的关系。而因为冬天不会太冷，窗户就可以加大。

阿姆斯特丹的窗户（安妮之家）

装有滑轮的扣环可吊起大型家具，再从窗户搬进去。其他国家虽然也看得到，却不若阿姆斯特丹那样几乎家家户户都有。

相信很多人都曾经注意到，阿姆斯特丹颇负盛名的安妮之家的窗户非常大。但沿着运河一看，可说是家家户户的窗户都大得惊人。从离地板 30 公分的地方开始，直到接近天花板的部分，整面都是窗户，实在很有意思。由这个设计，可以感受到当地人想在短短的日照时间内，让阳光照遍室内所有角落的心情。

到了更北边的瑞典、挪威，冬天的阳光更是微弱，而且日照时间非常短暂，所以窗子的面积不可能大。毕竟这儿是真正的酷寒地带，所以窗户又加厚为两层，而且面积缩小许多。

奥斯陆的窗户 越往北，窗户就变得越小。

像这样，随着地区不同，风土气候也不同，窗户也跟着有所变化。边走可以边从窗户的变化去了解当地的风土气候，实在是件有趣的事。

在这里，我只能粗略地从南到北做些比较和描绘。其实光是在同一个国家里，每个地区的窗户就都会有些微妙的差异；如果再加上东西方的比较的话，那可就更复杂了。

“窗户上所表现出来的，正是当地人的独特气质和生活文化。”所以我觉得，当然无法一句话就说清楚“欧洲”到底是什么。

托卡列夫型手枪和瓦尔特P38型手枪

要知道当地的风土民情和气候变化，除了窗户以外，还可以观察他们的枪支。

例如苏联所生产的托卡列夫军用手枪（Tokarev），怎么看都是不好看，尤其是和整体比例不协调的细握把感觉最刺眼。体格粗壮的苏联人竟会设计出这样的手枪，刚看到或许会觉得不可思议，但实际使用后才发现，原来这样的握把对滑雪时戴着手套的手来说刚刚好，握起来粗细适中。握把上的直条刻纹并不多见，这样的设计可以避免戴着手套使用时会打滑握不牢；扳机孔比其他国家的设计来得大，也是基于戴了手套的指头会变粗的考虑。枪的击锤在寒冷的地方容易折断或发生故障，托卡列夫型手枪为此将之收在盒子里，并可以轻易拆卸；而且一根螺丝都不用，所以只要动作熟练习惯了，不需要螺丝

托卡列夫型手枪 东欧国家普遍使用

阿拉伯联盟等热带国家将之称为“托卡吉普托”，不过手把加粗、刻纹也改成横条状。

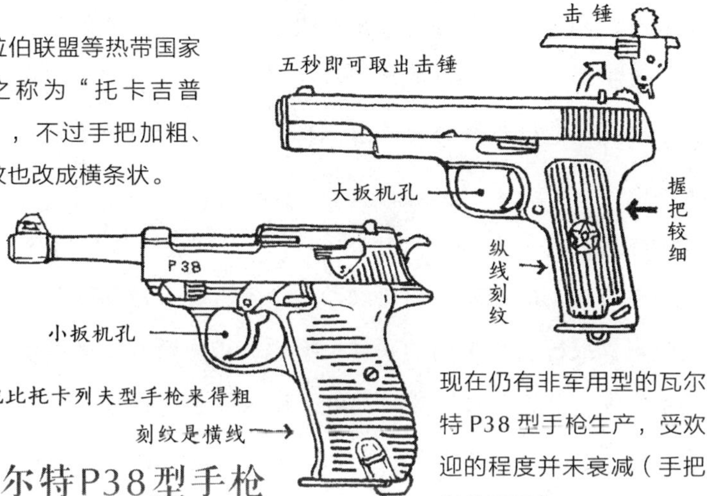

瓦尔特P38型手枪

现在仍有非军用型的瓦尔特 P38 型手枪生产，受欢迎的程度并未衰减（手把刻纹不同）。

起子也能够戴着手套在五秒内就将枪分解完毕、取出击锤。

虽然这里说的都是优点，不过据称在全世界的各型手枪中，托卡列夫型事实上只能算是 B 级品。首先，它没有手枪应该具备的安全装置，简直可以说是“指头一扣扳机，子弹一定射出”。此外，和其他国家制造的手枪相比，托卡列夫型的零件也是少得吓人——只有 36 个。换句话说，就是构造简单。

构造一旦简单，那不管有没有受过训练，谁都很容易上手；此外，这也表示它的造价可以很便宜。其他国家对此枪的评价是“庸俗的便宜货”，不过对当地人来说，“实用又便宜”远胜于一切吧！托卡列夫型手枪展现出苏联的风土民情。

接着看纳粹德国制造的瓦尔特（Walther）P38型手枪。这把奉希特勒之命制造的手枪至今仍享有世界名枪的美誉。瓦尔特P38型对抗寒性和低成本不像托卡列夫型手枪那么注重，但对于机械构造极尽考究之能事，真可说是充分展现了德国人的本性。

首先，光看瓦尔特P38型的安全装置，就可以感觉到设计者思虑周密的程度。只要触动一个地方，击锤和撞针就会个别锁定，扳机和击锤间的联动关系也会被阻断；这种可说是有三重的安全装置举世罕见。此外，瓦尔特P38型的零件共有58个，精细度超群，被列为枪坛中的A级品是当之无愧。

不过，纳粹德军在20世纪40年代进攻苏联时可是尝尽苦头，最后节节败退。当时，以设计卓越而自豪的瓦尔特P38型手枪常常不是润滑油冻结，便是复杂的机械结构出问题；击锤也很容易因为寒冷而折断。击锤一断，要更换修理时便得转动小螺丝，要拆卸的零件又多，戴着厚厚的手套做这种精细动作，至少得花上个二十分钟才能搞定。

而因应寒地需要所设计的托卡列夫型手枪当然就没有这些问题。对苏联人而言，瓦尔特P38型手枪绝不是什么名枪，更不能和便宜的托卡列夫型手枪相提并论。

真是有趣的史实啊。

武器博物馆

欧洲各国可以说都设有武器博物馆，我几乎每次遇到都会进去逛逛，毕竟这在日本是看不到的。在日本，光是听到武器或手枪这两个字，就好像得了过敏症一样，所以不会有这类博物馆。九段的靖国神社内虽然有相关的数据馆，但根本太小儿科，无法相提并论。

在欧洲，无论该国曾经战胜或败北，也无所谓要避免激起痛苦回忆，每个国家就是将武器像美术品一样地陈列、保存起来。在武器博物馆里，我们可以看到武器是如何随着历史演进而发达；不仅是古代，从第二次世界大战到现代的世界各国武器都陈列其中。我并不赞成日本重整军备，甚至可以说是反对的；我只是对这些展品感兴趣而已。

对他们来说，武器博物馆似乎就和交通工具博物馆、科学博物馆等一样，并没有“不许陈列武器”或是“武器和赞成军国主义有关”等观念或联想，这是因为他们看待历史的态度真的和日本人有本质上的差异吗？陈列武器不就是因为“不希望再有战争发生”吗？

为什么枪械店里卖模型枪？

我在欧洲各地——米兰、柏林、伦敦等地的玩具店和枪械店——都曾看过日本制的模型枪。在玩具店中贩卖这种无法射击的模型枪还能理解，不过连在可以买卖真枪实弹的枪械店里也摆出来，就让人觉得匪夷所思了。后来终于在柏林的一间枪具店里得到了答案。

在该店橱窗里，瓦尔特 P38 型手枪旁边就并列着一把一模一样的模型枪，看起来像是装饰。不过和日本不同的是，枪口没有塞住，颜色也由黄色改成和真枪一样的黑色，放在一起让我觉得很奇怪。此外，模型枪上还清楚标示着约为真枪十分之一的价格。

店主给我的答案是："我觉得想拥有枪支并不是精神异常的啊。更何况，对男人来说，有这种念头很正常呀！倒是那些老把'有枪'和'拿来射人'联想在一起的人才有问题吧。

“还有，电影里不是常常有枪出现？所以年轻人会想要一把枪来玩玩是很自然的事嘛。这时候，那些觉得真枪太贵而又危险的年轻人就会买模型枪。有一把可以‘握’在手里的模型枪是有它的替代效用的；如果没有模型枪，年轻人可能就会去想尽办法弄支真枪来。我之所以会特意在真枪旁边摆模型枪，就是针对这些年轻人的需求，‘觉得这就够了的人，就买这个吧’。而且我也卖得安心，毕竟又便宜又安全。我觉得真枪和模型枪的区别很清楚，能不能射出子弹是最根本的差别。

“我认为最最重要的不是模型枪仿得像不像，而是安全性好不好，是否百分之百‘能射击’。”

店主大叔滔滔不绝地说出一串让我有恍然大悟之感的答案，只不过辛苦了帮我翻译的朋友。

之后有一段时期，德国也和日本一样，规定“模型枪只能用黄色”，不过很快就又允许“也可以卖黑色的”——原因是有了颜色限制以后，改买便宜真枪的年轻人突然多了起来。真枪虽然便宜，但还是可以发射子弹，这样“反而会有危险”，所以赶紧改弦易辙。

日本则觉得“模型枪危险！”——因为日本是个连“电车要进站了，危险哟！”这样的话都一天到晚耳提面命的国家。这不禁让人开始思考，怎样才算“真正有危险”呢？

气血循环机和10荷兰盾纸币

维也纳车站里有个像体重器的东西，只见投币孔，却没有指针仪表板；虽然上面有德文说明，但我看不懂。不管它，先站上去投币看看再说。

钱一投下去，突然台子开始微微震动，脚底酥痒痒的，我一吃惊赶紧跳下来。等过了一会儿又站上去试试，看来好像是让脚部血液循环畅通的机器，后来发现在北欧各地都看得到。

越过阿尔卑斯山越往北方去，就越多下肢伤残人士——这在南方并不常见——单腿截肢的人也蛮多的，这好像是血液循环不好而导致的结果。简单地说，这就像是水管内生锈、管道变窄一样，血液无法完全传输到脚的末梢。

出现这种现象的原因之一，据说是营养不均衡。观察他们的饮食生活，的确，蔬菜的摄取量比起肉类和脂肪普遍来说少很多。这点可能和日照不足有关；蔬菜的产量低，所以从前价格昂贵。不过，现在可以从南方国家进口生鲜蔬菜，价格已经便宜了，但是自以前就养成的饮食习惯不容易改变，连年轻人都不太爱吃生鲜蔬菜。奥地利和德国等地常吃用醋腌制的高丽菜，但这与其说是蔬菜，倒不如说是酱菜比较适当。医生说："预防胜于治疗，首要之务是注意均衡饮食，尽量多晒太阳，还有经常运动促进血液循环……"

这让我重新意识到，日照充足与否和疾病的发生有因果关系。

荷兰10荷兰盾纸币的左下方有三个并排的小圆点，闭上眼睛用指尖摸摸看，可以感觉那里有凹凸。

荷兰和北欧国家有不少视障者。由于这些地方的日照并不强烈，有许多人的眼珠是透明的湛蓝色；如果拿镜头来比喻，这样的眼睛就像是光圈在全开的状态一般，因此他们的眼睛比黑眼珠要来得脆弱。或许是因为这样，这些国家的视障者才比较多吧。

但是，在这里，残障人士的生活和一般人并没有什么两样，因为处处可以见到社会为他们所做的贴心设想。例如10荷兰盾纸币上的凹凸点，或是对以轮椅代步人士的照料等等。

体察这些国家对于社会福利的考虑与执行，在很多小地方上，我都感受到不同于日本的用心。

意大利和德国的歌剧开演时刻

在意大利，歌剧的开演时间是晚上 9 点。不是只有歌剧表演如此，戏剧等各种演出也是一样——晚上 9 点在日本差不多是结束的时间。

意大利人下班后喜欢慢慢地享用晚餐，然后才换装到剧场去。虽说 9 点开演，但准确地讲应该是 9 点“准备”开演。在罗马时曾经有一次晚了 42 分钟；剧院方面也没广播说明，大家就这样在大厅里继续愉快地聊天。我觉得不可思议，问过旁人后却得到这样的回答：“大概是有什么原因才会耽搁了吧！”

开演时间晚，结束时当然已是深夜了。没有开车的人不是边聊天边散步回家，就是搭公交车；在主要干道有每个钟头一班的夜间公交车行驶。

德国歌剧的开演时间不像意大利那么晚，而且海报上写着“6 点”开演，就真的在 6 点开始。其实严格来说，是在 6 点时指挥会敲敲指挥棒，表示表演开始，所以观众也务必要准时。

若是错过时间就无法入席，因为德国很多剧场的座位是整列地从这一头排到另一头，不像其他国家中间留有通道；所以开演前 5 分钟，大厅内的观众就会陆续从自己座位所在的两侧依次排队入座，已经抵达座位上的人还是继续站着，好让别人通过。等大家都就座后，随即灯光打暗、演出开始，所以迟到的话根本不可能坐下来欣赏。德国人连歌剧欣赏都显露出一丝不苟的一面。

还有，海报上如果写着 9：45 剧终，也果真分秒不差。

意大利人对此的评语是："那些德国佬连饭都不吃就赶到剧场去，还得撑到结束，怎么受得了呀？至少看歌剧那天晚上可以放轻松些，快快乐乐地享受嘛！"

德国人的说辞是："我们是以不影响隔天工作、在日常作息时间内来欣赏歌剧的，不像意大利人那样懒散。"……

同样是观赏歌剧，南北却有如此大的差距。如果问"哪种才正确？"这大概也很难回答吧。住在意大利时，听了他们的说法我觉得也对；到了德国，又觉得德国人的做法理所当然。或许有人会说，我这人怎么忒没主见？但欧洲各国的民族性毕竟无法用同一把尺来衡量，因为意大利就是意大利，德国就是德国……

会跑的邮筒和增加公厕的诀窍

有一次，在荷兰阿姆斯特丹正想将明信片投入旅馆设的邮筒时，旅馆的阿婆提醒道:“你如果要寄往日本的话，投外面的邮筒会比较快喔。”“这样啊，那就去外面寄吧。最近的邮筒在哪儿？”阿婆的回答可妙了:“会一直来啦！”“啊？”“旅馆前不是有车站吗，那些一直开来开去的市营电车就是大家的邮筒啰！”“啊？”“反正你出去看看就是了。”虽然怎么听都一头雾水，还是到外面等电车来。

电车一来，总算懂了——电车后面挂着邮筒。我把三张明信片投进去后，人也跟着跳上车——我想知道这些邮件最后会集中到哪儿。

电车在街上绕来绕去，终点是中央车站前。到达时有位五十开外的妇人已经在那儿等着了；她把筒内的邮件取出扔进布袋里，每次电车抵站后就重复同样的作业，在这中间会有年轻的邮差骑摩托车来将邮件取走。

巴士也是一样，车前挂着邮筒在市内行驶。邮筒在街上“跑”、然后再定点收件，这真是非常独特的点子，让人觉得惊奇又贴心。这不愧是填海造地以扩大领土的狭小国家想出来的点子。

他们还以同样的概念来“增加”公厕的数量。一般来说，欧洲的公厕数量很少，这儿却让人觉得蛮多的。他们的诀窍说

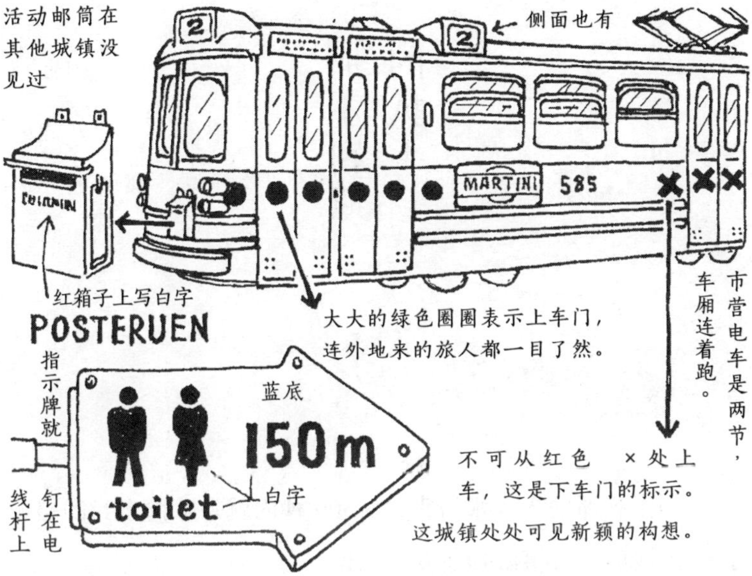

来简单，却很有意思：添置去往公厕及标有距离的标示牌。牌子真的很多，沿着街道走可以看到“350m”的牌子，接着是“150m”、“50m”、“30m”和“此处”，但是数一数公厕的数量，实际上只有六处而已。

在街上几十个地方设置路标、好引导路人去使用少数的公厕，这又是个让人觉得贴心的构想。

那不勒斯的扒手

“那不勒斯的扒手很厉害，1/500 秒内就乘隙偷走我的摄影背包。”我的一位摄影师朋友这么说。

根据他的描述，事情发生在那不勒斯为人所熟悉的街头一景——晾晒衣物如万国旗般的巷弄内，当时他正在拍摄一群孩童玩耍。那群小孩完全不怕生，而且也很主动地帮这帮那，是极佳的摄影模特儿。小孩们边笑闹边围着他，他也边跟着小孩绕圈子、边按快门。这时，咦！忽然发现用力踩在脚边的袋子已不见踪影。就是那一眨眼的工夫，是在 1/500 秒内被偷走的喔，朋友再三强调。

大概真的是在一瞬间发生的事吧，朋友也不是第一次去那不勒斯，才会在摄影时从头到尾一脚踩在袋子上，丝毫不敢大意，没想到却还是……问那群还在玩耍的孩子，想当然耳，他们异口同声地回答：“不晓得喔。”当时他发觉现场少了三位小朋友。“年纪虽小，居然也能这么合作无间。”朋友边叙述这价值 40 万日币的受害经过，但也对这变魔术般不着痕迹的手法深感佩服。

我去那不勒斯时也曾同时带着三台相机。我在火车站售票口正要递出回程车位预约表格时，一位中年男子从后方追上来：“这是不是你的？”说着并递出我的记事本。记事本里夹有一支万宝龙钢笔和红、黑色圆珠笔，总共三支，一样不少各在原位。真是感激不尽。

为了表达谢意，我请他喝杯咖啡。“听说那不勒斯扒手很多，但也有像您这样的人啊。可为什么那不勒斯有那么多人觊觎观光客的财物呢？我觉得专挑不认识路的生人下手很不公平哪！”

想不到对方的回答是：“怎么不公平？你也听说过那不勒斯扒手多，但也还是来了，不是吗？也就是说，来这儿旅行的人已经事先知道状况，应该都会特别留意才是。所以啰，五比五，没什么公平不公平的。刚才你在火车站时不也是这样？三台照相机双手紧紧抱着，一刻也没离过身。”敢情这人一直盯着我。这么说，坐在眼前的这位仁兄是……？对方不好意思地咧着嘴笑了笑。

然后他说：“你比较特别啦！通常日本人容易成为下手目标，是因为他们不太会保护自己、注意随身财物。但反过来想，若老是神经绷得紧紧的，就没办法享受旅行的乐趣了，不是吗？”

旅行秘诀：「得分法」

我只会说日本话。我不是那种意大利语、德语，什么都懂的家伙；英语也是一样。虽然如此，我却能和外国人谈话沟通，真是不可思议。

有次在慕尼黑的一家餐厅和一位日本的大学教授碰面。他应该是懂德语的，但不知是不是因为菜单上的手写字太草或者其他因素，竟让他当场有点不知如何是好。结果很妙，变成由我口译给他听。之后他拼命解释："服务生的口音太重，所以听不太清楚……"似乎对自己的差劲表现相当在意。我在这里提这件事并不是为了要炫耀，而是经由这次经验，发现稍懂外语的人在遇到说不通时，好像比较容易陷入惊讶和急躁不安的情境之中。

会说外语当然比不会说来得好，但是旅行者如果太在意自己说得流利与否，表情便容易显得僵硬，结果反而沟通效果不理想。

曾有位女性笑着说："我用日语就能通了呀！"我相信她所说的，不过这句话可得再多做些解释。

她这句话并不表示欧洲人会说日语，而是她对自己不会说外国话这件事并不感到自卑，所以比较能够抱着积极的态度和对方沟通。虽然嘴里说的是日语，其实她大概是做了肢体、表情、动作总动员，好让对方理解罢了。

我和她的情形差不多，唯一比较有利的是我会用图画表达……

有次朋友在出发去欧洲旅游前问我："旅游时不会紧张兮兮的秘诀是什么？"我以前辈的口吻回答他："看看那些来日本的外国人嘛。在他们的想法里，不懂日语是理所当然的事吧。他们如果背了几个日语单字便积极使用，遇到刚好懂的字就高兴得很，不是吗？这就是运用'得分法'的旅游方式。"

我曾碰巧遇到用此法享受旅游乐趣的一对美国夫妇。他们一个行李箱在那不勒斯被偷了，这对夫妇不但不觉得沮丧，反而庆幸贵重物品带在身边，没有一起丢掉，而且还津津乐道："行李能在那不勒斯被偷真是太棒了！这样一来，我们就拥有完整的那不勒斯经验了，真是不错的回忆啊。"

我也曾经遇到一位日本女性一直抱怨："没想到巴黎竟然这么脏、威尼斯浮着许多垃圾，真让人失望；还有德国的食物也实在难吃……"这种减分法只是让自己的旅游变得索然无趣而已啊。

国际列车车长

欧洲的国际列车穿越国境时，海关官员会在车厢内一边走动、一边在护照上盖章；同时，车长也跟着换人。乘客由此可知已经到达另一个国家了。看到车子不变、只有列车服务员更换的情况，才真正体会到欧陆的连绵不断。

虽说都是在同辆列车上做一样的工作，但是通过这些车长却可以知道不同国家的国情，实在有趣。

既然在车上没别的事可做，我便拿起笔来开始素描车长。不过没办法叫车长一直站在那边让我画，所以只好利用他们来查票的瞬间，暗暗记下各个细部：先是皮包，再来是帽子上的徽章，下次是衣领的形状和纽扣数目，就这样画了起来。幸亏和日本不同的是，车长会来来去去好几回；因为每次到站都有乘客上车，还得再查票。大概走过我面前五六回，画便完成了。

如果换做是相机的话，恐怕有些人会心生排斥；可是对于素描大家似乎就比较不那么在意，真是好运气。有的车长甚且会在查票时探头瞧瞧，显露出颇感兴趣的神色。

瑞士

公文包的背带长到膝盖附近，实在是好长好长。由于背带和包包都是红色的，看起来更加显眼。车长在拿钱或拿车票时就得弯下腰来，看起来相当不方便。我赶紧问查票员说：『为什么会那么长呢？』他洋洋得意地答道：『太短的话，包包在车子摇晃的时候会打到坐着的乘客的脸部。』原来如此啊。

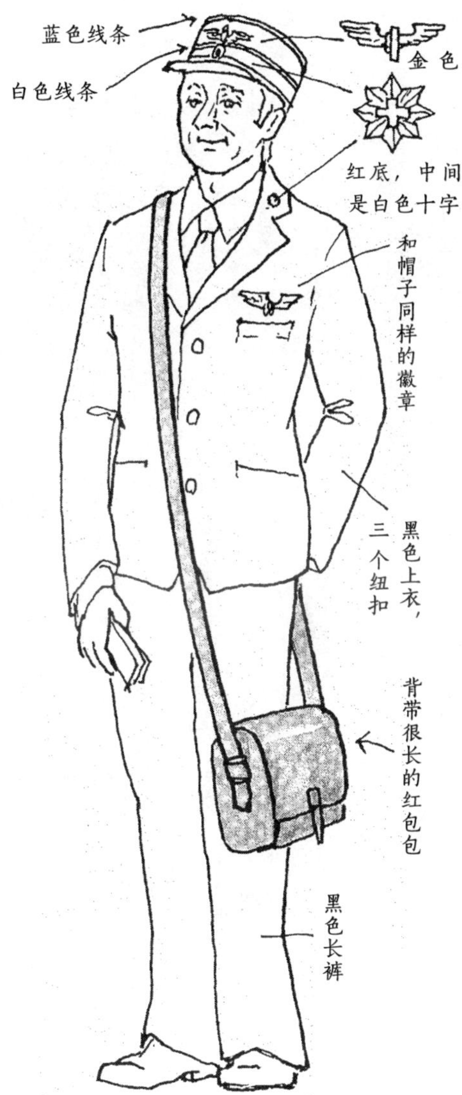

法国

『列车摇晃时，包包不会打到乘客的脸吗？』

『怎么会呢？像这个样子，一只手紧紧抓着就没问题。』原来如此！

德 国

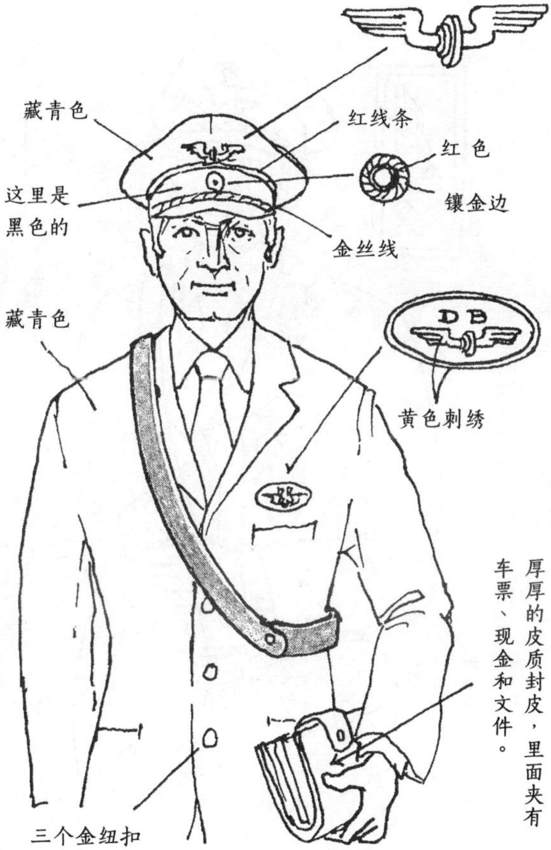

『红色肩带是以前包包背带的遗迹』和『这是指挥官身份的表征』，两种说法不知何者为真。

德国的车长包包不用背的，而是手拿的记事本式。“为什么包包不用背的呢？”“需要的东西就这些，用手拿着就够了，所以没必要。”这虽然不是让人有恍然大悟之感的解答，也算是另一种看法吧。

奥地利

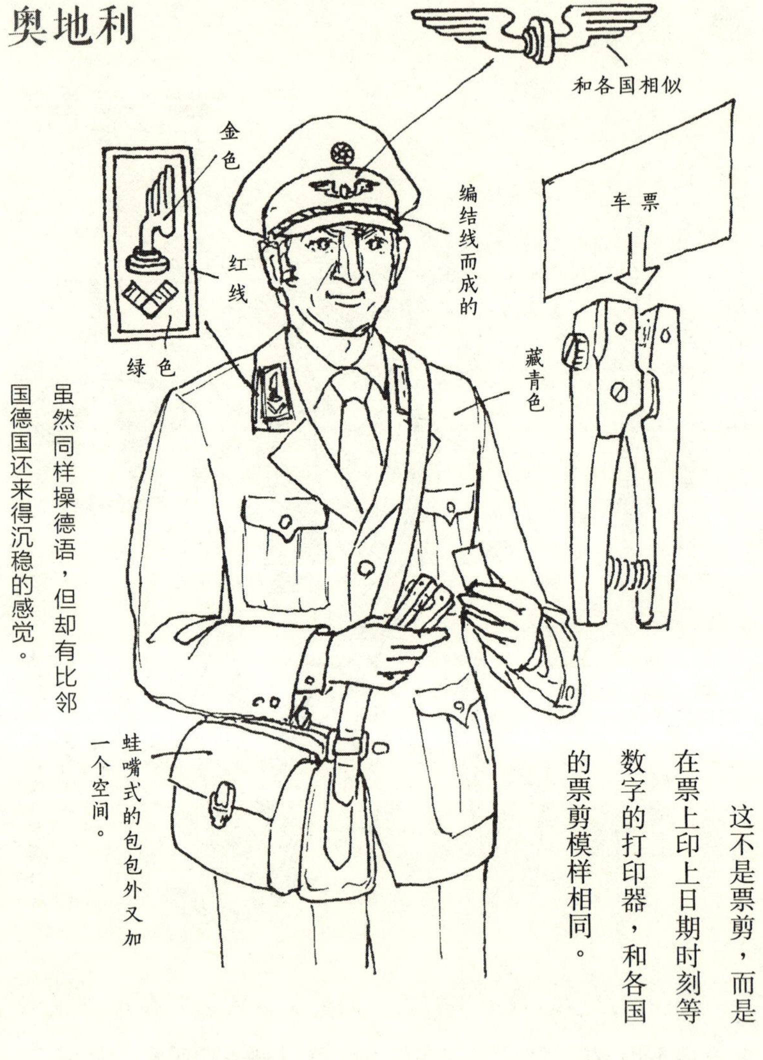

多东问西问他一些、就让我觉得不好意思的车长不少；也就是说，车长给人的印象是很一本正经的。

意大利

姗姗来迟的车长总算来查票，身上没带包包。我问他：『包包呢？』他耸耸肩、摊开双手对我笑了笑。过了一会儿，他特地拎着包包来给我看；好像是忘在车长室内。后来我不经意地数数他外套上的纽扣时，他赶紧扣上，露出不好意思的神情。

不过，得要特别声明，不是所有意大利的车长都会忘记包包或扣上纽扣。我只是偶尔遇上这种“像意大利人”的车长罢了。

西班牙

有人说：『越过比利牛斯山就不是欧洲了。』西班牙的确是与众不同。我还蛮喜欢她的南国风情。

我才对那挂在腰间的包包露出感兴趣的样子，他就马上拿下来给我看。

好不容易才完成的素描被这位车长给要了去。“为表示谢意，明天请务必到寒舍来晚餐”，并且大大地写下了在马德里的住址……

葡萄牙

葡萄牙车长的服装很独特：衣领的形状不同、五个纽扣、黑色上衣、灰色长裤。

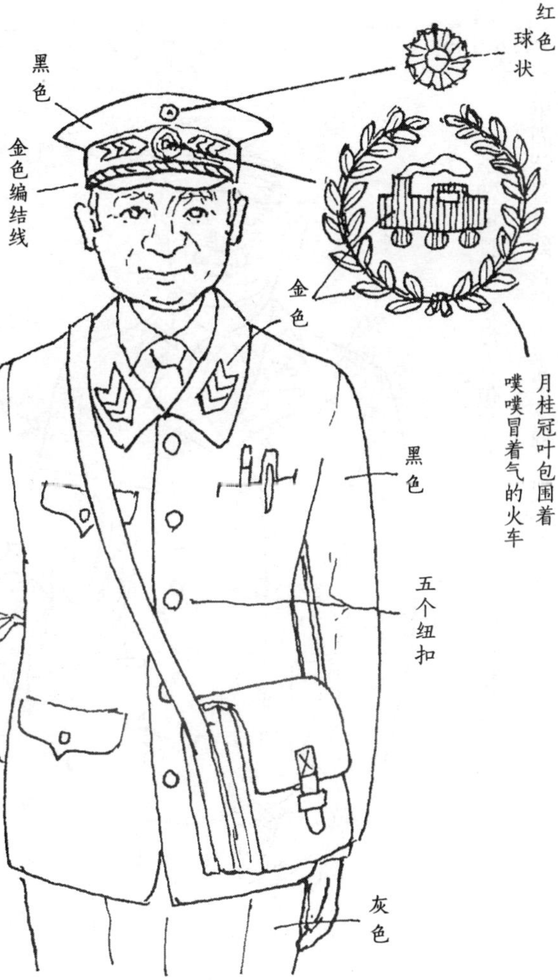

日文中的“纽扣”、“面包”、“肥皂”等词都源自葡萄牙文。虽然历史上葡萄牙和日本有颇深的纠葛，但现在仍有蛮多人对日本怀有亲近感，像这位车长也是。

比利时

比利时车长待在国际列车上的时间很短。因为是小国，所以很快就换上邻国的车长。

荷 兰

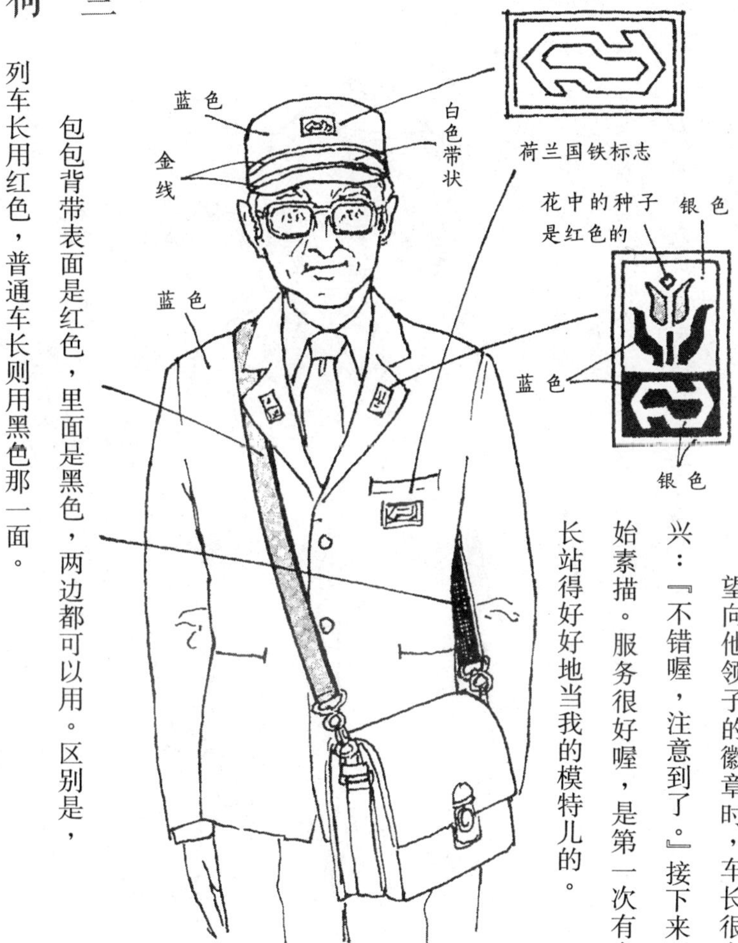

国际列车的车长一般对外国人都很客气，尤其是荷兰人，让人备觉亲切。这是因为荷兰是注重观光发展的国家吗？不过也是有讨厌日本的人。

捷克（也有女性车长）

穿越国境时，在火车上接受八位海关人员检查。护照检查两次，另外两个人负责检查行李，连座位底下都不放过；然后是随身现金的申报和汇兑等等。

东欧国家的入境手续和西方国家截然不同，让人相当强烈地感受到国境的存在；连在火车内都可以感觉到东西方之间有一堵厚墙。

匈牙利

这个国家的入境检查也很严格，也会低头检查座位底下，还用手电筒照亮仔细检查，但不会给人不悦的感觉。

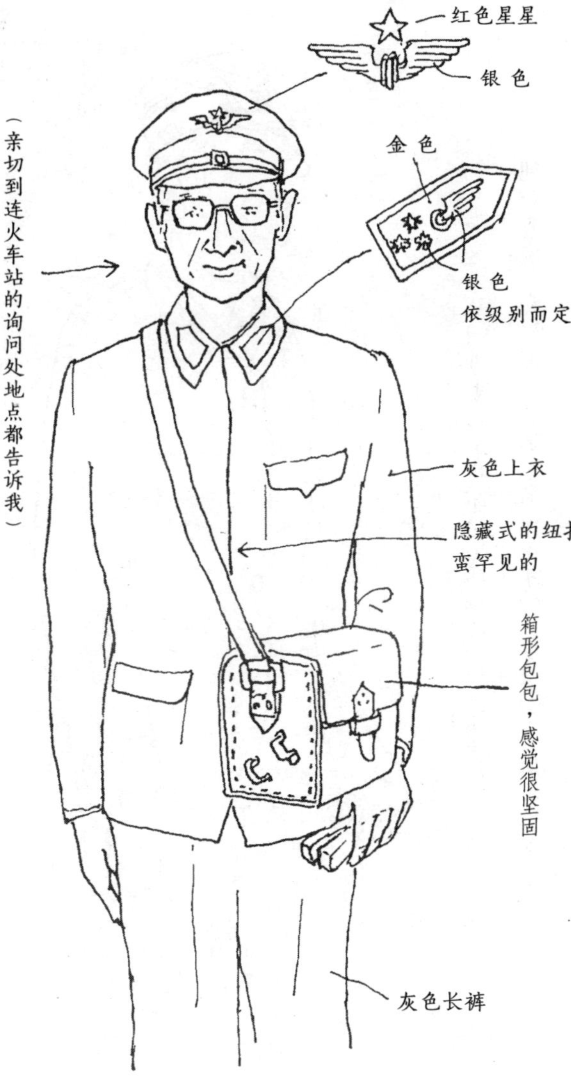

英国

搭地方线时，发现车长手上提着令人发思古幽情的旧式提灯来验票。

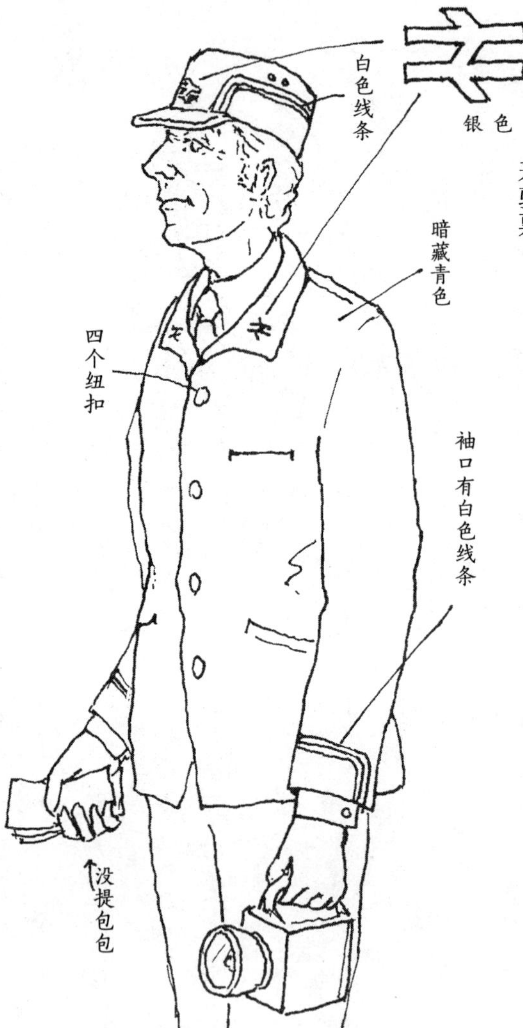

当这人开门进来时，我还以为他是检查车体状况的人员。等到对方说『麻烦把车票拿出来』，才恍然大悟原来是车长。『嗯？这灯？蛮方便的喔，可以验票啦，发车时打信号用等等。』

丹 麦

他说：『背包包是比较方便，不过会使制服变形。』

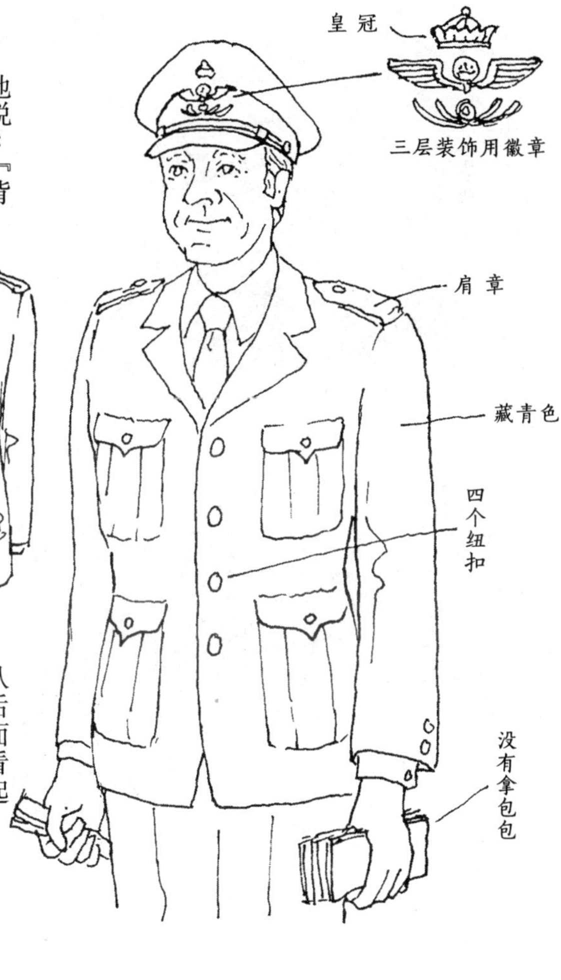

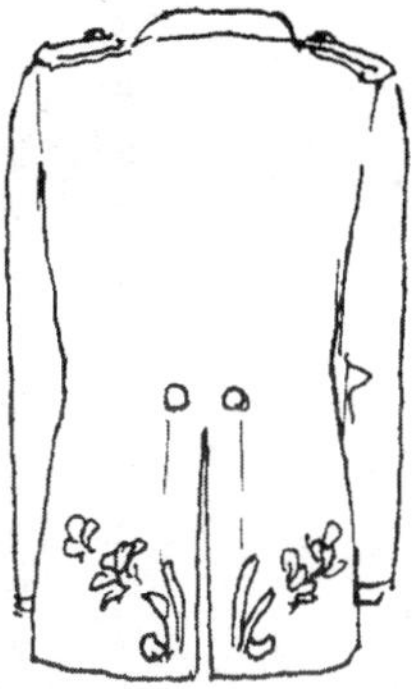

从后面看起来像礼服，还有纽扣和刺绣哟。真有意思。

光是车长就可以看出这么多差异性，细细思量后真觉得“欧洲实在无法一言以蔽之”。

瑞 典

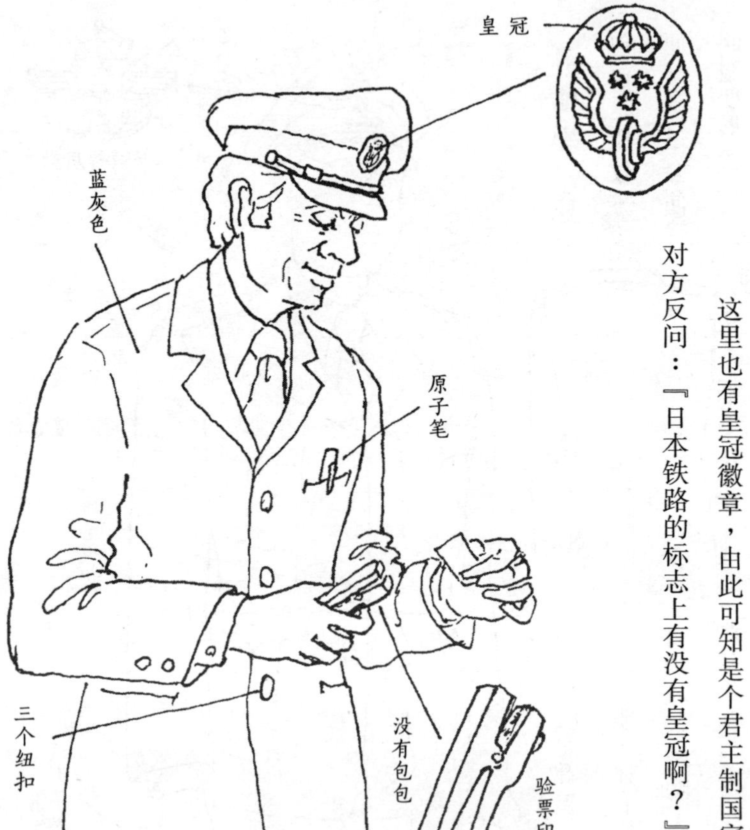

这位车长对于日本“全世界速度最快的列车”相当感兴趣，劈头第一个问题便是：“坐起来感觉怎样？”

挪威

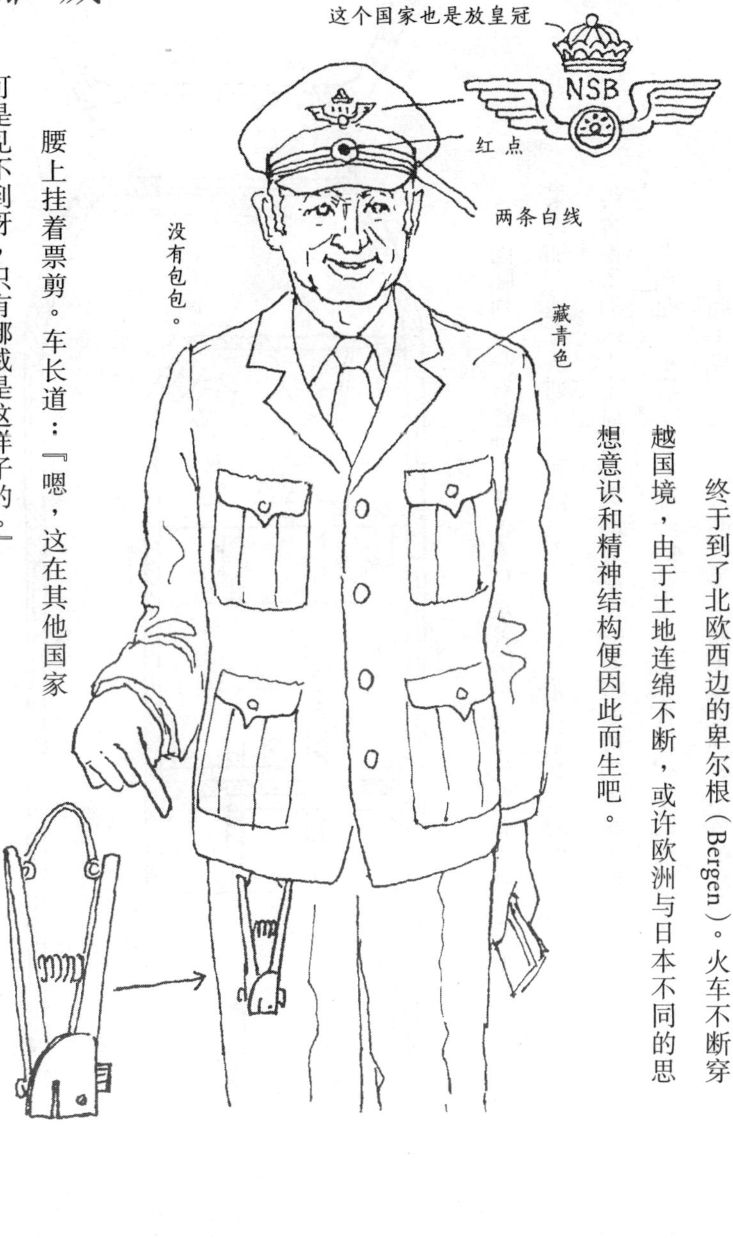

终于到了北欧西边的卑尔根（Bergen）。火车不断穿越国境，由于土地连绵不断，或许欧洲与日本不同的思想意识和精神结构便因此而生吧。

腰上挂着票剪。车长道：『嗯，这在其他国家可是见不到呀，只有挪威是这样子的。』

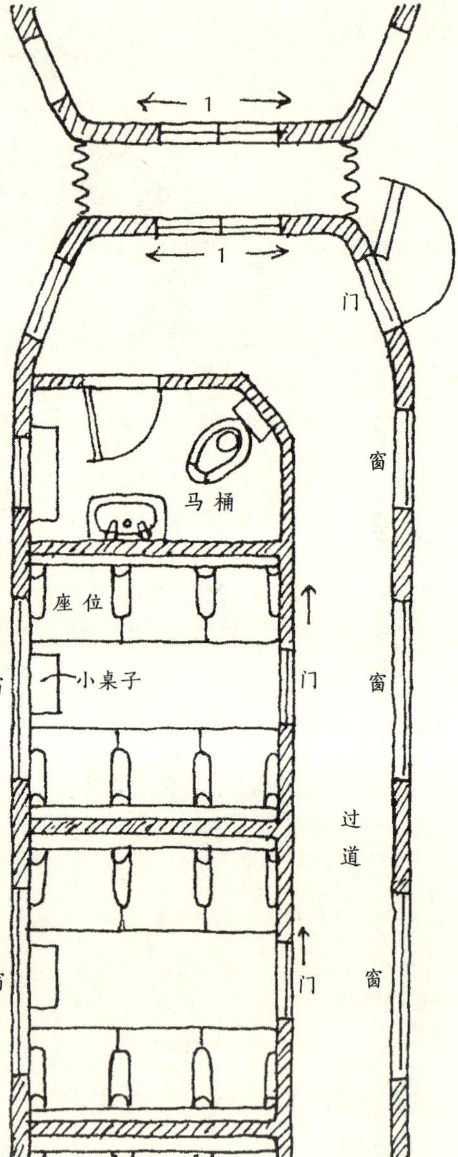

国际列车亦有各种形式，不只是各国不同，仅在意大利，我就看到四种；如果再加上地方线列车，那就更不得了了。尤其是老式的地方线列车，更是让人觉得舍不得淘汰——风格古典的装潢洋溢着古董般的气氛，给人愉快的感觉。

右图是一般客车包厢部分的基本形式；各国列车的配置大体上与此相同。此为头等车厢；也有仅容四人的二等车厢，不过均颇为宽敞舒适。

罗马——巴黎 意大利的国际特快车（TEE）

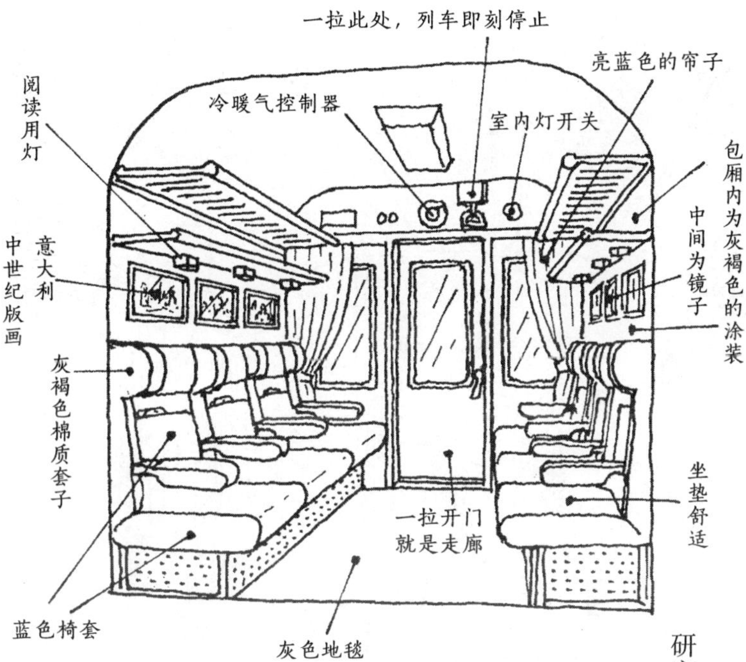

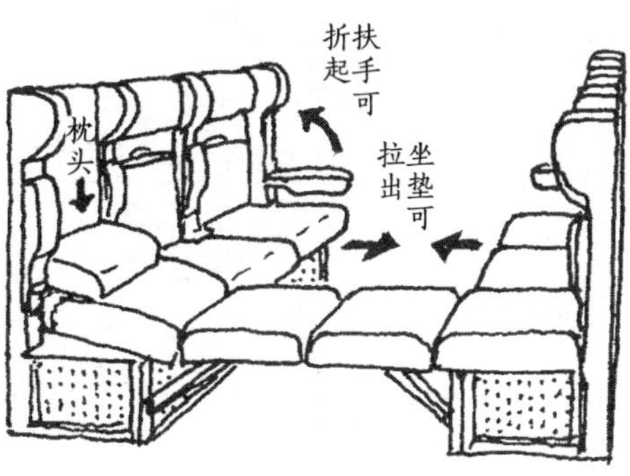

虽然是意大利的国铁，但是后来研究了一下，车厢是瑞士制造的。

坐垫一拉就可以变成床铺，不过只有在包厢很空的时候才可以这样使用……

法国的TEE 巴黎→巴塞罗那也有这种非包厢式的车厢

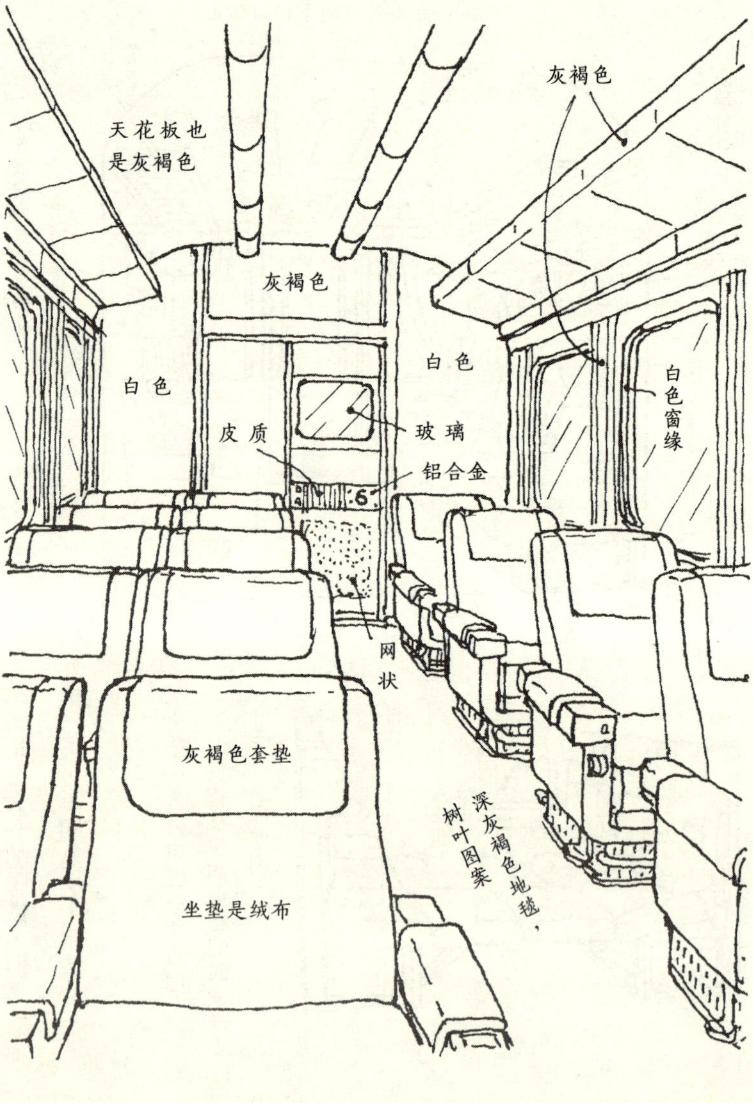

法国 TEE 车厢里的座位 ⟹

全然是洋溢着法国风味的雅致色调

坐很久也不会累，果然是符合人体工学的设计。

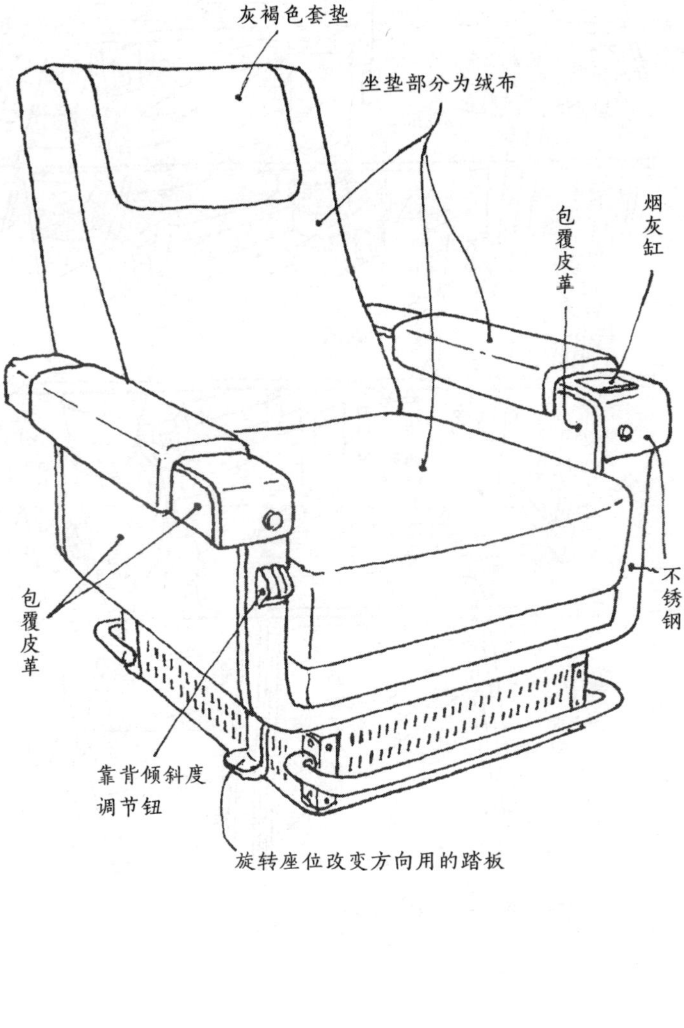

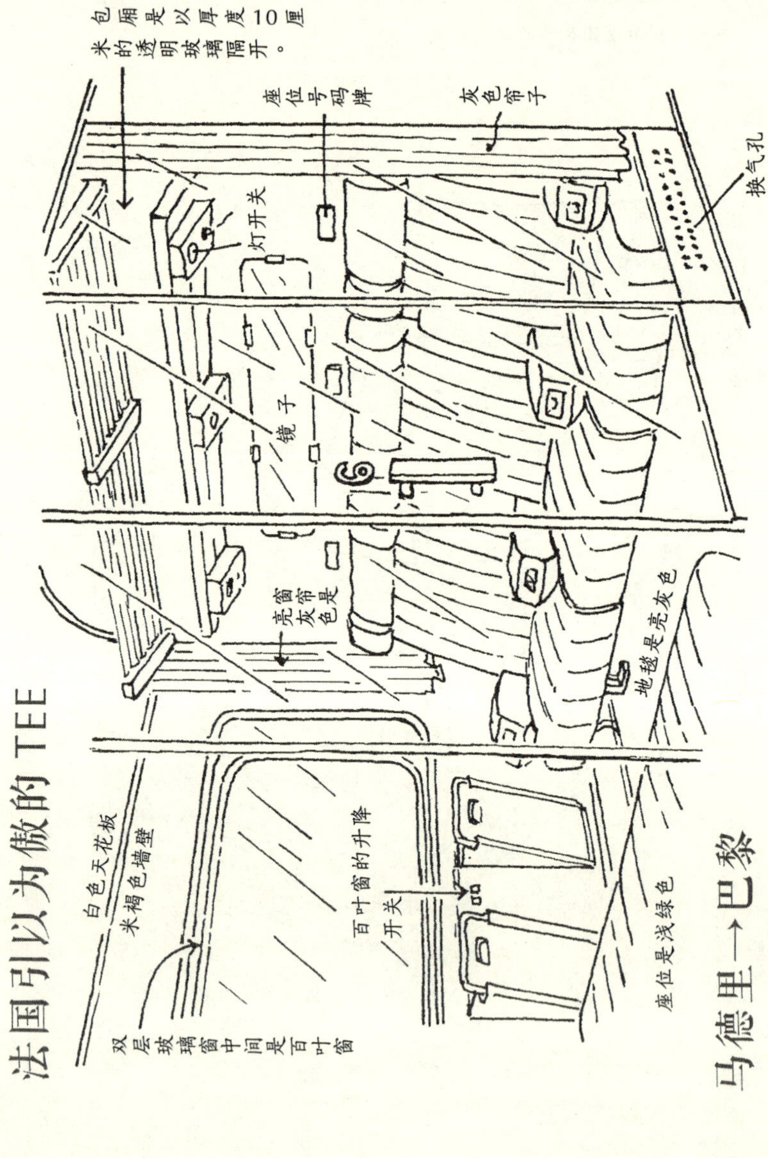

法国引以为傲的TEE
马德里→巴黎
包厢是以厚度10厘米的透明玻璃隔开。
座位号码牌
灰色帘子
换气孔
灯开关
镜子
窗帘是亮灰色
地毯是亮灰色
白色天花板
米褐色墙壁
双层玻璃窗中间是百叶窗
百叶窗的升降开关
座位是浅绿色

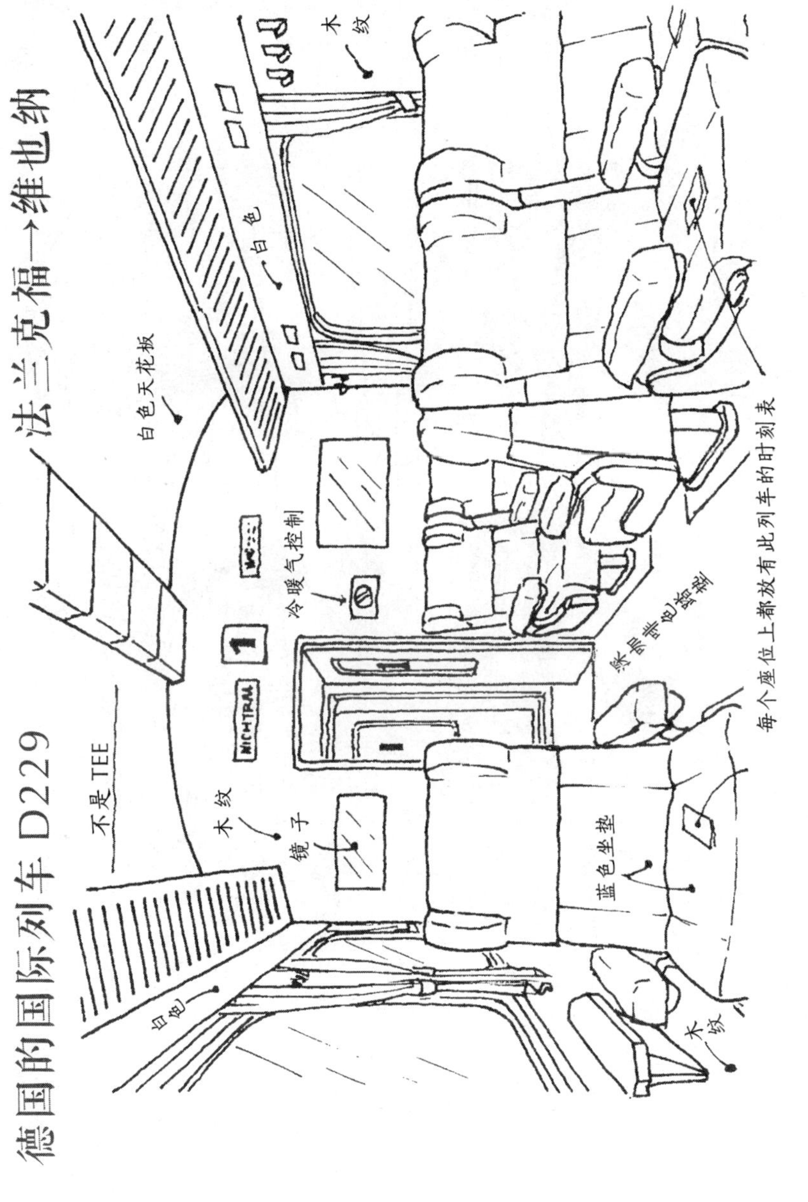
德国的国际列车 D229 法兰克福→维也纳
不是 TEE
白色天花板
白色
木纹
木纹
镜子
NICHTRAU
1
冷暖气控制
白色
蓝色坐垫
木纹
每个座位上都放有此列车的时刻表

意大利地方列车

头等车厢里面的内部装饰

威尼斯 → 维罗纳

搭乘地方线时，竟能坐到这种古典式的火车，实在令人兴奋。每站都停，悠哉之至。

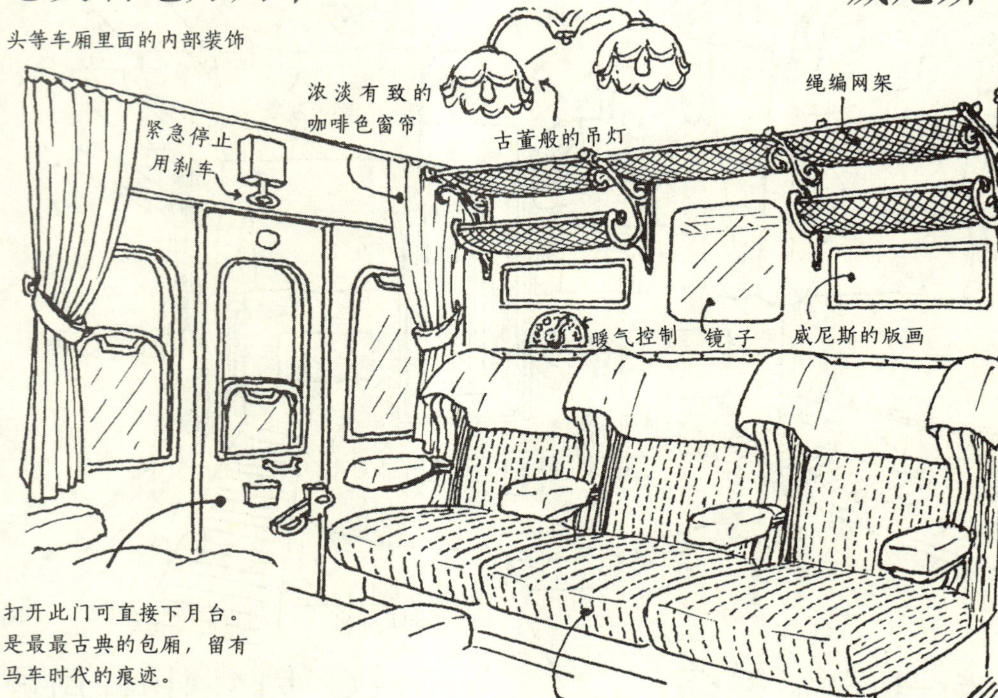

意大利国铁的头等车厢　　罗马 → 米兰

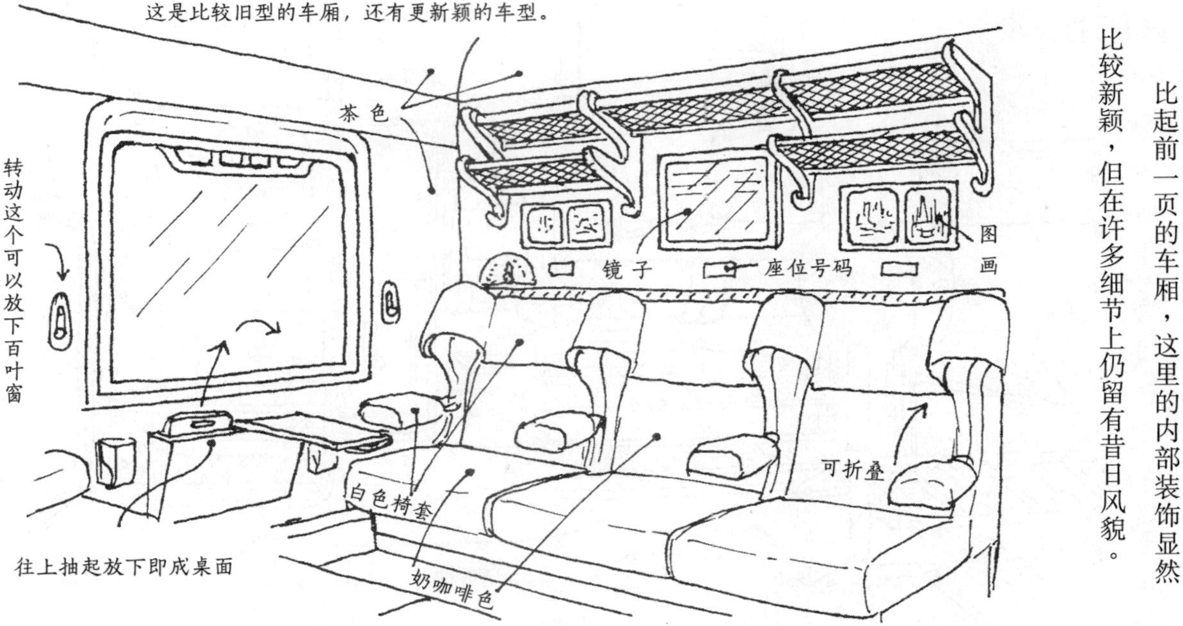

不管是新型或旧型的车厢，座椅的设计都很好。生活形态依时代而有不同，由此也可以看出来……

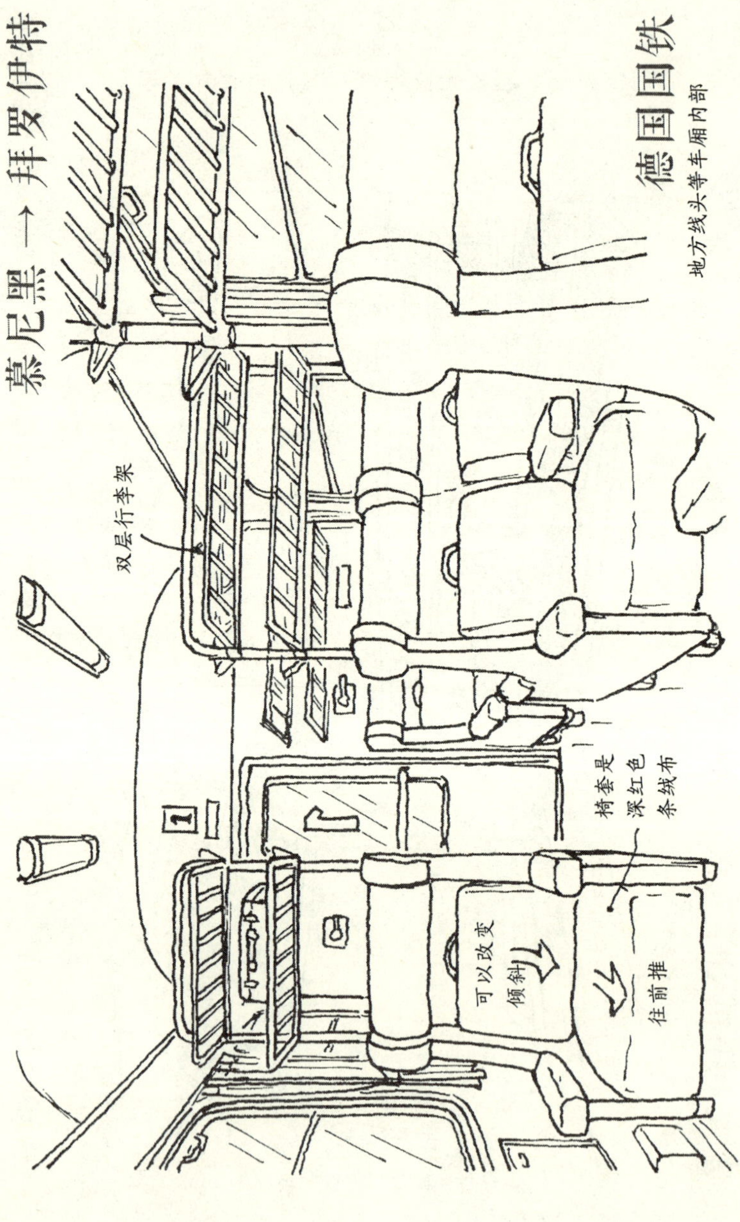
慕尼黑 → 拜罗伊特
德国国铁
地方线头等车厢内部
双层行李架
椅套是深红色条绒布
可以改变倾斜
往前推

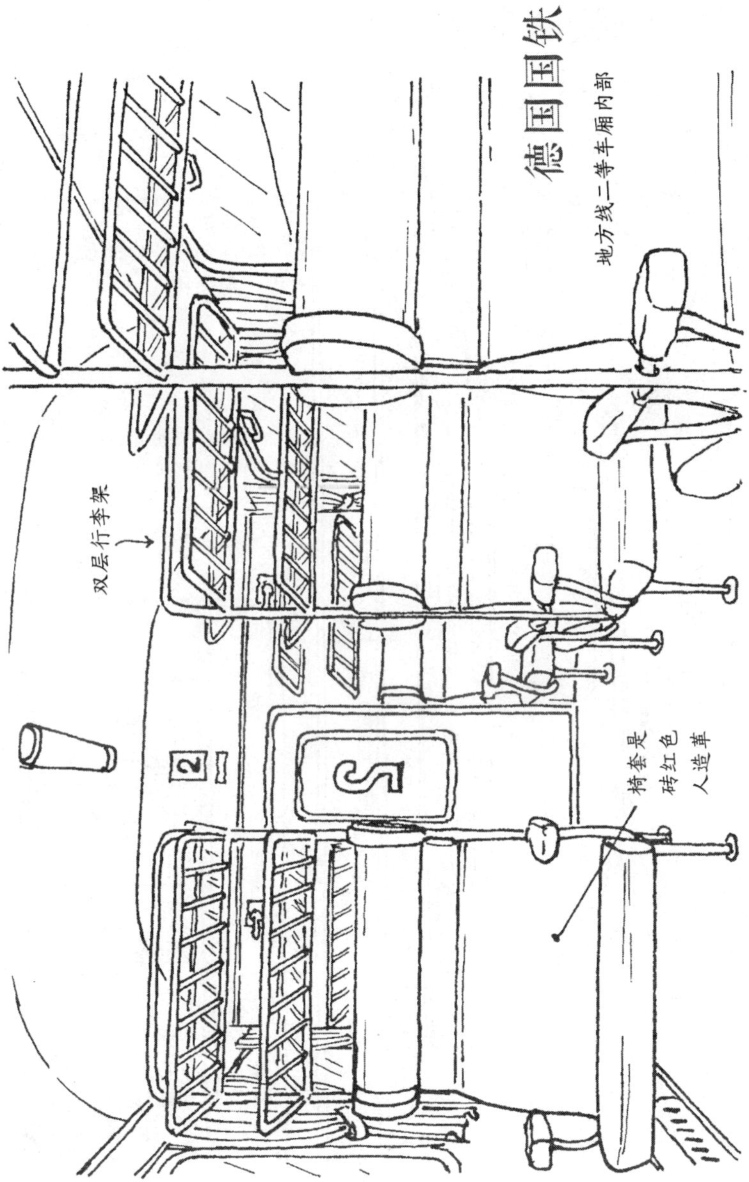
德国国铁
地方线二等车厢内部
双层行李架
椅套是砖红色人造革

瑞典的卧铺车厢走道

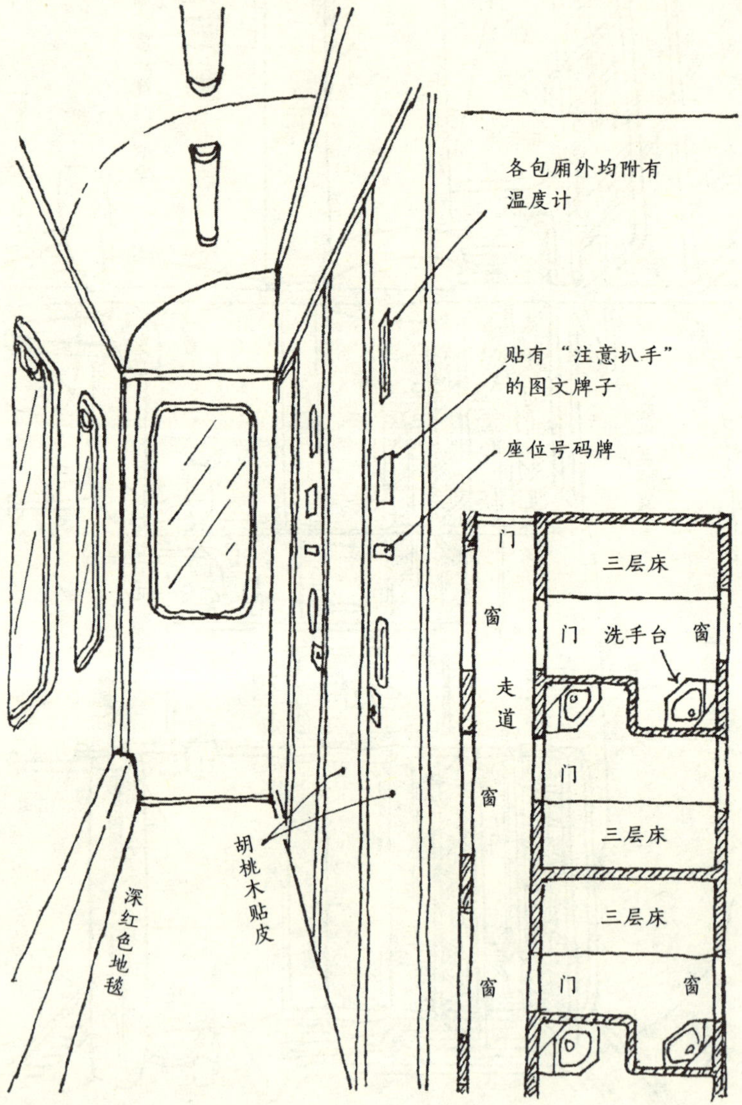
各包厢外均附有
温度计
贴有“注意扒手”
的图文牌子
座位号码牌
胡桃木贴皮
深红色地毯
门
窗
走道
窗
窗
三层床
门
洗手台
窗
门
三层床
三层床
门
窗

瑞典的卧铺车厢门

墙壁和门都是胡桃木，具北欧风味。
「注意扒手」的图案和文字。不知道意思也看得懂。
由通道处的温度计可察知车内温度。车长经常来巡视。
25-27
凹进去
早上车长会来敲门，并用这把钥匙开门叫大家起床。
Tänk på att inte
Iämna Kvar Vårdesaker
Utan tillsyn på rean

瑞典卧铺车厢内的洗手台

虽然空间狭窄，但使用起来却便利舒适。

Dkr27.80 =￥1400

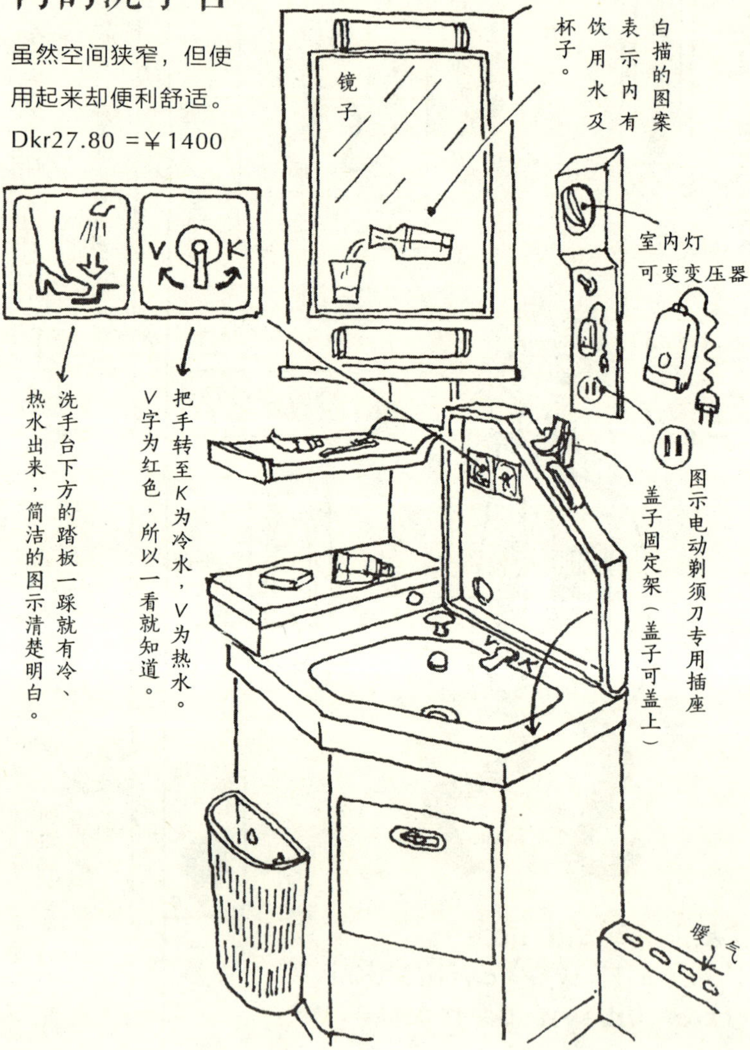

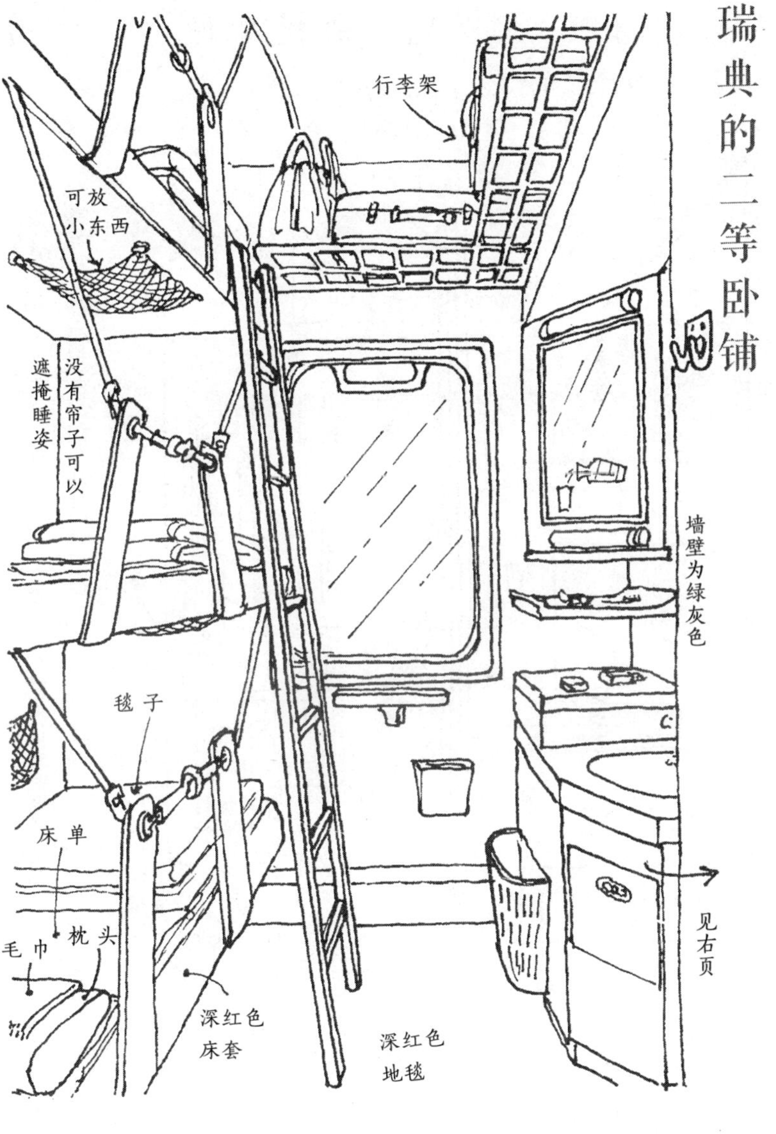
瑞典的二等卧铺
行李架
可放小东西
没有帘子可以遮掩睡姿
墙壁为绿灰色
毯子
床单
枕头
毛巾
深红色床套
深红色地毯
见右页

西班牙的二人用头等卧铺车厢

也有头等的个人卧铺车厢：墙壁没有凹出的空间，所以比较宽一点。不过洗手台的样式一样。

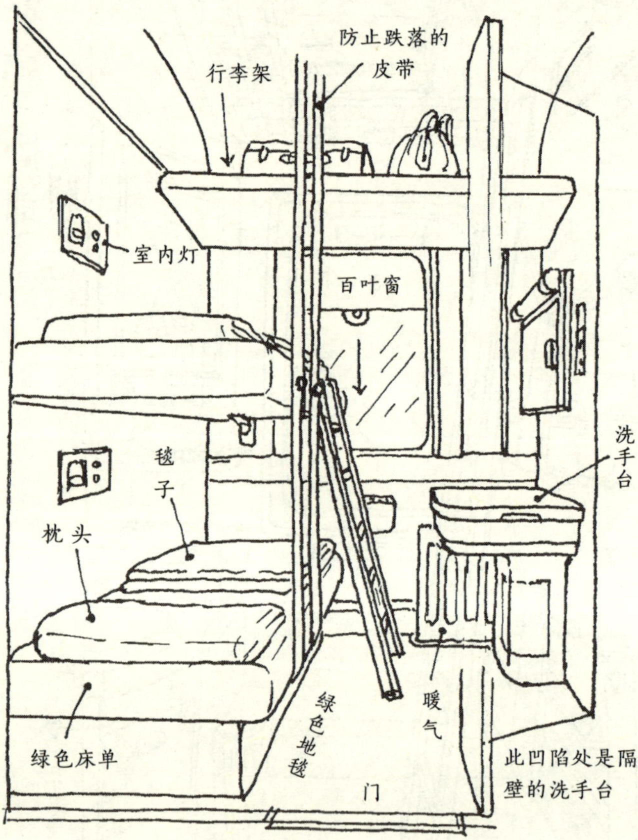

这个卧铺包厢收费 420 比索（2100 日元），个人包厢则要价 600 比索（3000 日元），比住饭店还贵得多。

因为好奇，所以才买头等卧铺的票睡睡看，但这个价格和我实在不太相称——等于是在西班牙四个晚上的住宿费。只是睡个觉而已，简易卧铺就足够了。

西班牙卧铺车厢的洗手台

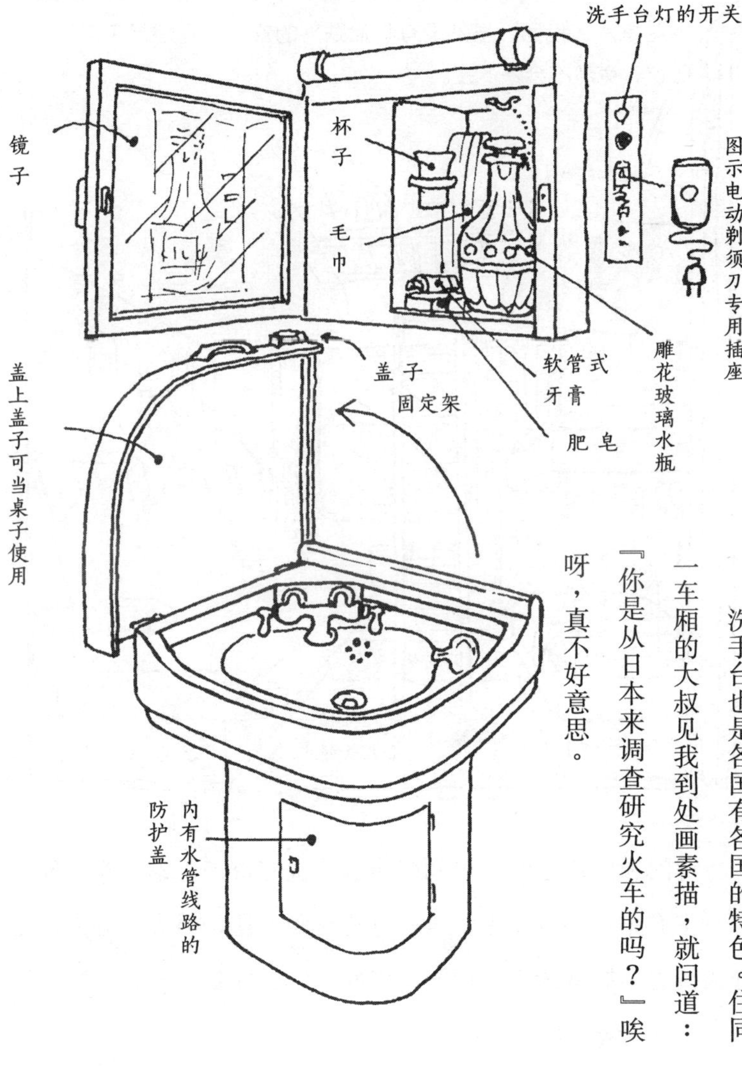

洗手台也是各国有各国的特色。住同一车厢的大叔见我到处画素描，就问道：『你是从日本来调查研究火车的吗？』唉呀，真不好意思。

西班牙的简易卧铺车厢

各国的简易卧铺都没有附洗手台，所以才叫简易卧铺嘛。这是六人包厢，虽然没有防止跌落的安全带，但是不可思议，竟然不会跌下去。

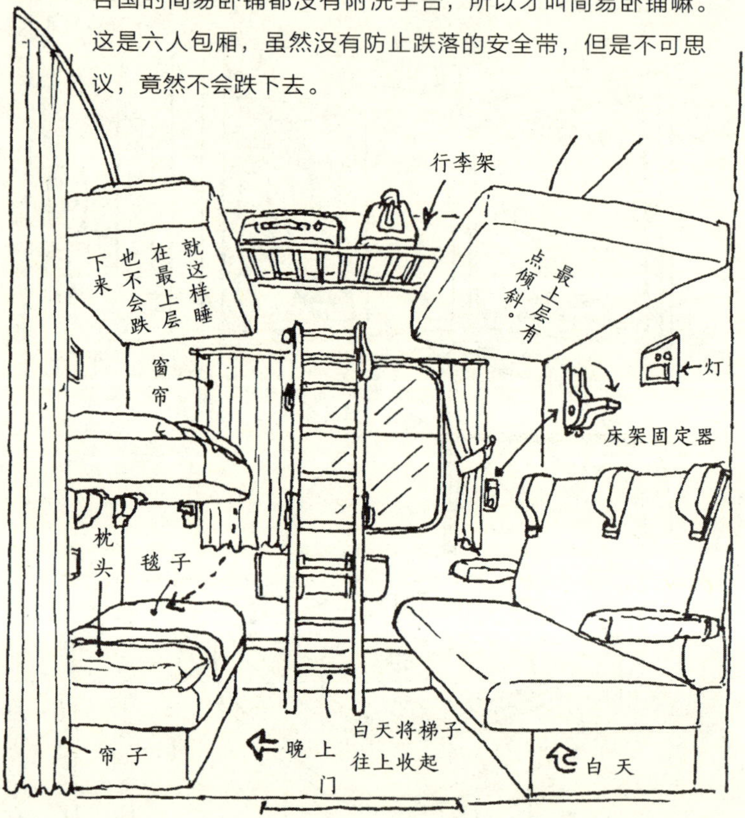

房间和走道之间以墙和门相隔，也有帘子；不过床位间不像日本有布帘可以拉上。虽然有枕头和毛毯，但大部分人都是连长裤也不脱就躺下。像同寝室的一位女性就穿着鞋子睡。原来这不完全算是卧铺车厢。

德国的二等车厢简易卧铺 六人包厢

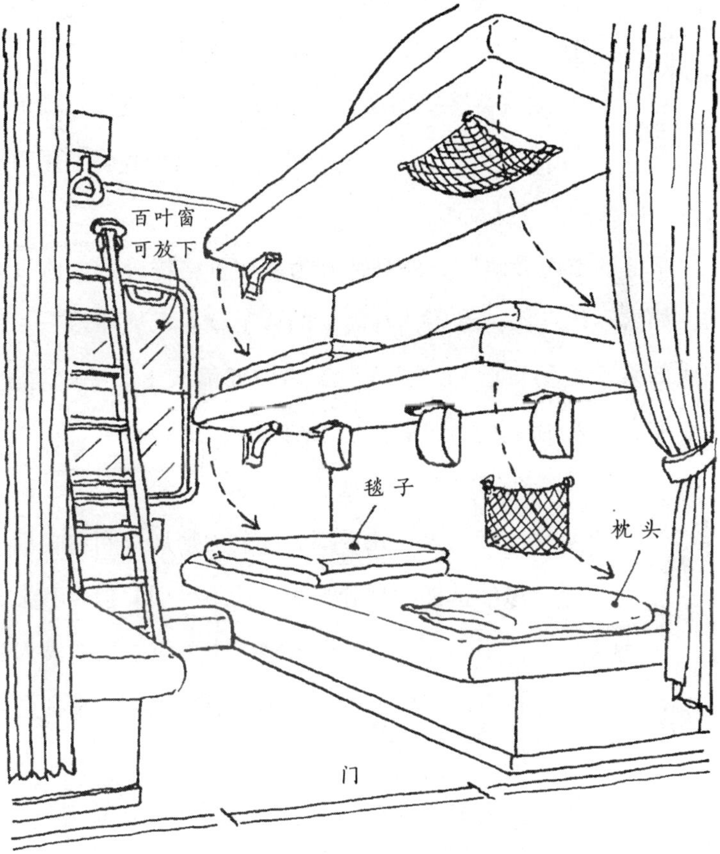

各国简易卧铺的设计几乎差不多，都是一到早上就将床铺卸下变成座席，连最上层都要放下，这样包厢内看起来才会宽敞。什么都想试一试的我也去睡过最上层，想不到完全不会摔下来，而且睡得很沉。

博爱座

欧洲也有供老人及残障者专用的博爱座；不过和日本不同的是，这位置不论何时都是“博爱座”，专门保留给需要的人。如果普通人坐上去，立刻就会感受到众人非难的眼光。我就曾经因为不知情而坐上去，结果一根拐杖突然往我脚上用力戳过来，吓得我整个人都快跳起来。

所谓的“博爱座”，就是特别为那些资格符合的人所设置的。如果不让它保持专用，有需要的人不就上车后还得一一跟在座的乘客说明自己是“老人”或者“残障人士”吗？再说，其他乘客在见到这些人士后才站起来让座也蛮失礼的。

禁烟车厢

欧洲的火车几乎都会区分为禁烟车厢和吸烟车厢。虽然这样的划分是为了让不吸烟的乘客不必去忍受二手烟害，但从这种地方也可以看出欧洲人的想法：不侵犯他人权利、不造成他人不便是社会生活的原点。

买火车票时必须指定要坐在哪种车厢。我虽然不抽烟，不过也不介意二手烟，所以常常习惯性就回答：“都可以。”结果是被训了一顿：“我是在问你要坐哪一种车厢呢，得做决定的应该是你自己，而不是我吧！”

好旅馆

经常碰到有人要求我:“想请你推荐一下好旅馆。”通常我会显露出蛮困扰的表情，对方便接着说:“你跑了那么多地方，应该知道哪些旅馆比较好吧！”这让我更加不知如何是好。

一般人在说好旅馆这个词的时候，大多指的是“适合自己需求的旅馆”；所以好旅馆的定义，实在因人而大不相同。有的人认为便宜是好旅馆的先决条件，也有人持相反意见，认为“只要能够消除旅途疲累，就算贵一点也没关系；而且希望能够都睡差不多等级的房间”。

“要推荐好旅馆真难呀！”因为每个人的期望不同，所以就算是同一家旅馆，有时会是好旅馆，有时就又变成烂旅馆。

在欧洲寻找住宿点时，若只表示要好旅馆，那是找不到合意的；尤其别奢望欧洲人会像日本人一样地体察询问者的需求。对方多半介绍他自己认为不错的旅馆。好旅馆的定义的确有千百种，不过大概可以从中找出一个共同点，就是“住客和旅馆经营者之间的关系是决定该旅馆好坏的要素”。

我住过的便宜旅馆

在这次的旅行中，我认为好旅馆的首要条件是价格低廉，所以住过的房间多数没有卫浴设备。有些人会很惊讶："没有厕所？"其实日本有很多普通旅馆的浴室和厕所也是设在房间外面，再说又不是一直跑厕所，所以没有想象中那么不方便。其间偶尔奢侈一点，住到附卫浴的房间就高兴得不得了；不过这种房间毕竟比较贵，所以大多时候不敢投宿。

我一天的预算是7000日元，其中包含了住宿费、餐饮费、交通费、剧场的门票、资料费等等，所以住宿的平均预算是1700日元。

虽说如此，这只是抓个大概而已。一旦到了物价高的国家，当然住宿费也跟着水涨船高，所以常常超出预算；影响所及，有时只得坐在港边长椅上，以面包和牛奶果腹。但是到了南方的国家，物价常常便宜到让我觉得不好意思的程度，结果就平衡掉在北方产生的赤字。

我在各国所住的旅馆都差不多等级。价格固然是依国家和城市而异，但是这些差异到底具体表现在什么地方？风土民情又有什么样的改变？这类问题都会引发我的好奇心。

例如拉丁民族的国家，即使在房间里没有厕所，也会设置净身盆；这个“有”和“没有”就颇有意思。又比如同样在瑞士境内，苏黎世等属于德语区的城市就不见净身盆的踪影，但在法语区里的日内瓦就有……

从下一页开始的记录，是我在周游各国时画下来的素描，不过顺序并非依照真正所走过的行程，而是按国家重新排列。欧洲以外的国家也没去掉，就这样一并附上。

或许我的提醒有点多余，不过还是事先说明：这些记录并不是住宿指南，只不过刚好是我住过的旅馆而已。何况欧洲的饭店我既然未曾一一住过，就更遑论加以介绍了。

我是在 1971—1972 年间出游的，所以现在书上所列的价目当然会有所变动。不过我想此中的旅店的房价现在应该还是一样地便宜。虽说如此，其他应该还有许多“又便宜又好”的旅店。

我真正想说的是，如果要旅行的话，“走出自己风格的旅游最棒”。

埃及 开罗 (CAIRO)

EL BORG Hotel，Saray E1.
Guerzireh st.CAIRO U.A.R. Tel 816060

原本两个人 15 美元，算我们 14 美元。1 美元合日币 360 元，折合日币 5040 元。算起来含早餐一个人日币 2520 元。

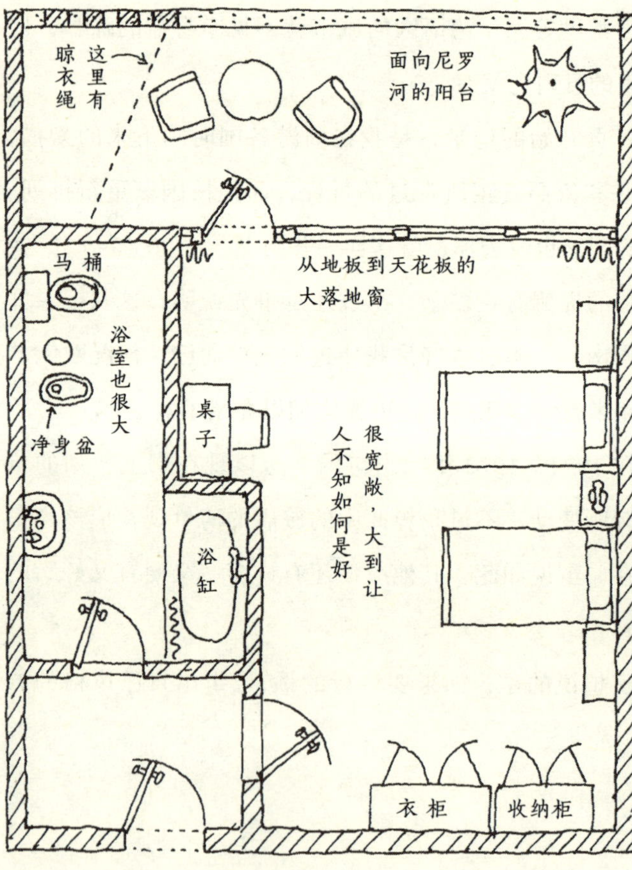

到达机场的时间是凌晨3点，所以只有这家饭店是在出发前就事先预约好了的。但是过于豪华，已经超出预算。

卢克索（LUXOR）

EW WINTER-PALACE
Hotel，LUXOR
U.A.R.

从开罗搭机一个半钟头附早餐，两人25美元（日币9000元）、一个人4500日元。

非常豪华的旅馆，距离开罗600公里，沿尼罗河上溯可达，位于沙漠的正中央。在沙漠中竟有这么豪华的饭店，实在令人心生不可思议之感。连我都被吸引至此，想必有很多人从世界各地慕名而来吧。这附近有卢克索神殿、王家谷等珍贵的古埃及文化遗迹。

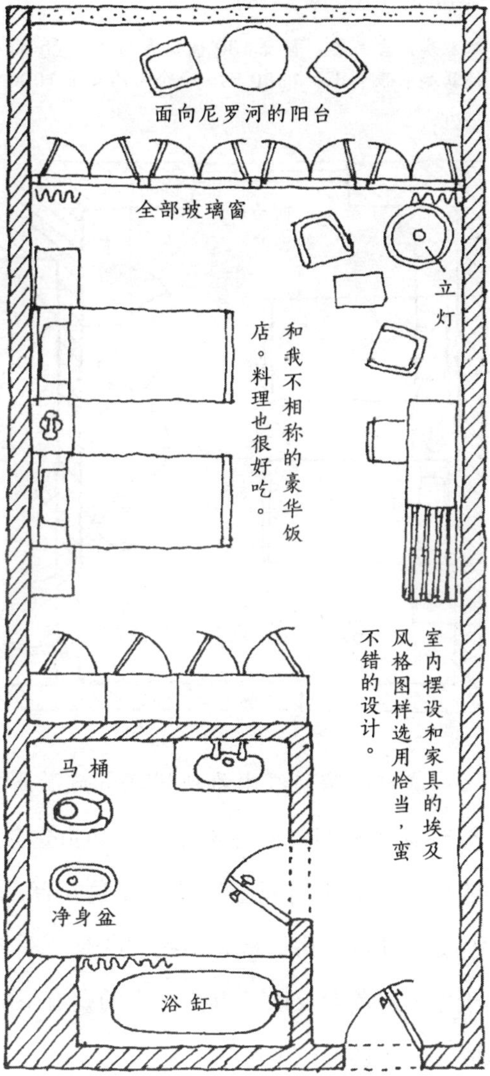

希腊 雅典（ATHENS）

Hotel ARCADIA，44 Rue
Marni ATHENS Tel 533851

双人房，含早餐，每晚 180 德拉克马（drachma），算我们 165 德拉克马。换算起来等于日币 1980 元，一个人约日币 1000 元。

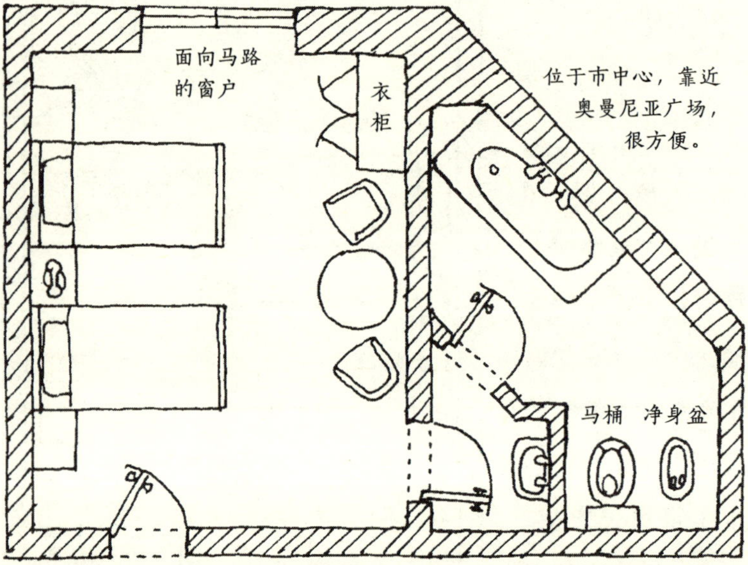

这家旅馆是经由雅典机场的旅游服务中心介绍而找到的。虽然有些老旧，但还不错。不知道这是不是他们最引以为傲的房间，饭店简介上用的正是这房间的照片。不过我们不是马上就住进此房，最先给我们的是下一页上所画的小房间，由于立即向前台反映“事前约定的是有浴缸的卫浴，不是淋浴式的”，才换来这个房间。

雅典

Hotel ARCADIA，44 Rue
Marni ATHENS Tel 533851

这是最先给的房间，同一家饭店，所以价钱也一样。原来有各种不同的房间，真有意思。

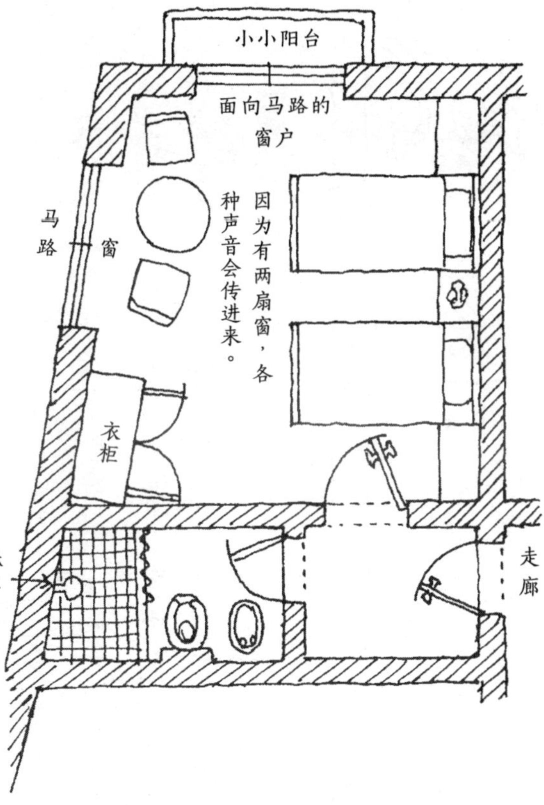

在这儿若有不满最好就立即反映，否则会被视为满意；对方是无法理解体会日本人温雅内敛的表达方式的。所以高兴的时候也是一样，最好充分表达，好让对方理解。

若很单纯地认为只要抱怨就可获得改善的话，那可就错了。不管在哪个国家都一样，说话若不够技巧，有可能会被拒绝入住喔。

意大利 那不勒斯（NAPOLI）

HOTEL PRATI，VIA CESARE
ROSAROLI，4 NAPOLI Tel 518898
（ANGOLO PIAZZA PRINCIPE UMAERTO）

不附早餐。原价4900里拉，算我们3000里拉（日币1800元）。两人对分，算起来一个人才日币900元。

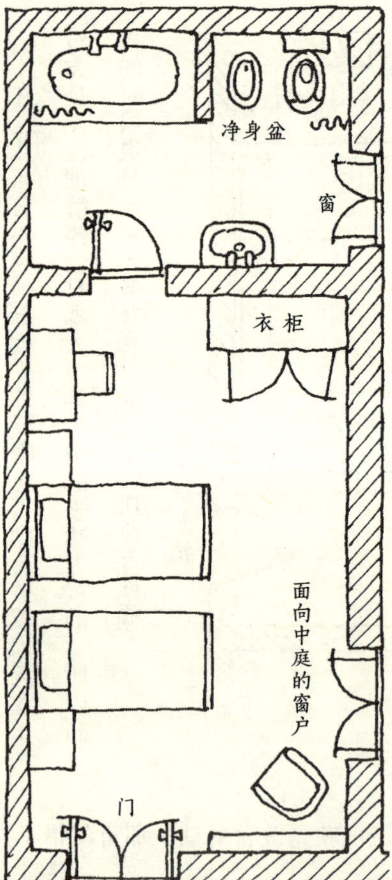

在车站的旅游服务中心前被一个为旅馆揽客的大叔拉住。『我们的预算是一个人1500里拉以下，而且要有卫浴。』『这怎么可能，哪有这种房间！』『那我们就去找其他的啰。』『等一等……』就这样你来我往的，最后才终于决定这间旅馆。若在旺季，恐怕会比原来的价格还要高出许多；而这位大叔之所以如此努力地与我们周旋，正因为现在是2月的淡季。

那不勒斯——巴勒莫（PALERMO）

（往西西里岛的船）

“TIRRENIA” SOCIETA’ DI NAVIGAZIONE-NAPOLI M/t “ALABRIA”

二等舱的船票价格是5600里拉（等于日币3360元），是坐席。卧铺得加付1900里拉（约日币1040元）。

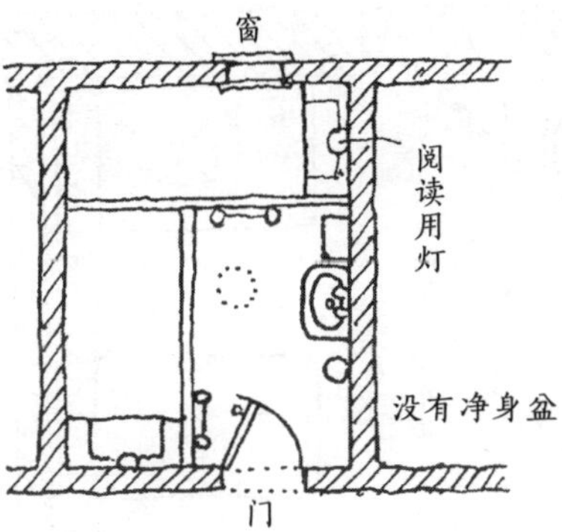

为了观赏想看的歌剧，再辛苦也要从那不勒斯搭船到西西里（Sicilia）去。晚上10点起航，隔天早上10点到达巴勒莫。

乘客们都聚集到大厅的电视机前，兴奋莫名，因为这天是圣利摩音乐节进行的第三天，刚好碰到最后的决赛日。客舱内的气氛真可以说是热闹非凡，我也加入众人之中跟着喧闹；不过到了后来，我实在没办法以坐姿撑满12个钟头，于是买了四人房的卧铺票，躺下来便呼呼大睡。本来打算从海上拍摄西西里岛，但等到被服务生叫醒时，已经抵达巴勒莫的岸边了。

锡拉库萨（SIRACUSA）

ALBERGO ARETUSA

VIA FRANCESCO CRISPI，SIRACUSA

不附早餐，1000 里拉（约日币 600 元）。这里可说是具有货真价实的乡下廉价旅店风情，具有文学气息。这一带都很便宜。

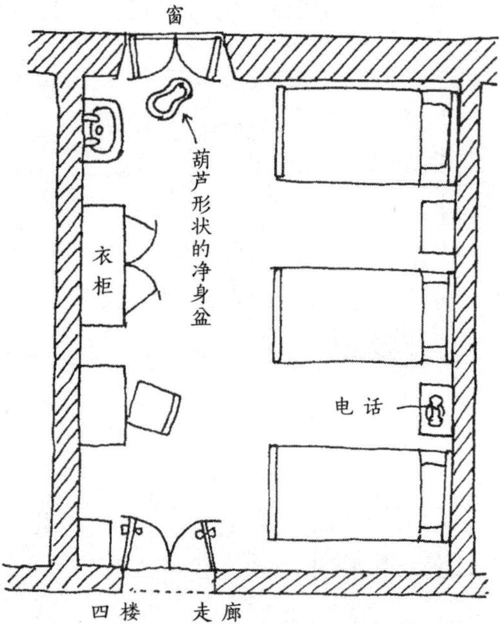

我想从巴勒莫到卡塔尼亚（Catania）去，于是搭乘横越西西里岛中央山区的地方线火车。但是不知道怎么搞的，车上的乘客个个轮流跑来偷瞧我这个外国人。一问之下，答案居然是“你是第一位搭乘这条路线的日本人喔。”——不会吧，有这种事？！跟他们聊过了以后，我当下改变原有计划，决定往“很棒的地方”——锡拉库萨去。

到达锡拉库萨的时候已经快深夜了，在车站附近找到这家旅店。虽然也有一晚日币 400 元、位于酒吧二楼的宿处，但我选择这家住下。

西西里 · 锡拉库萨的旅店

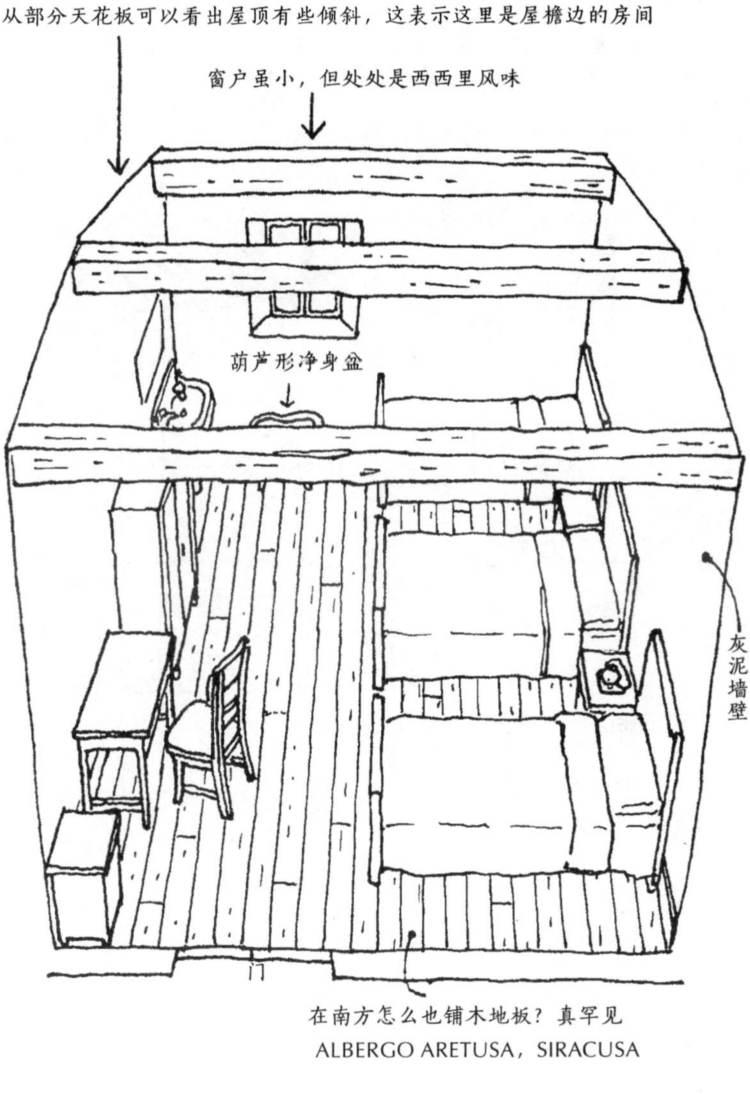

ALBERGO ARETUSA，SIRACUSA

罗马（ROMA）

Hotel PARIS，Via Firenze，57 ROMA
Tel 460383/484440

两人房，附早餐，价格是6000里拉（约日币3600元）。这儿也给我们打折，只收5000里拉，因为我们会长期住宿，还有现在是淡季。

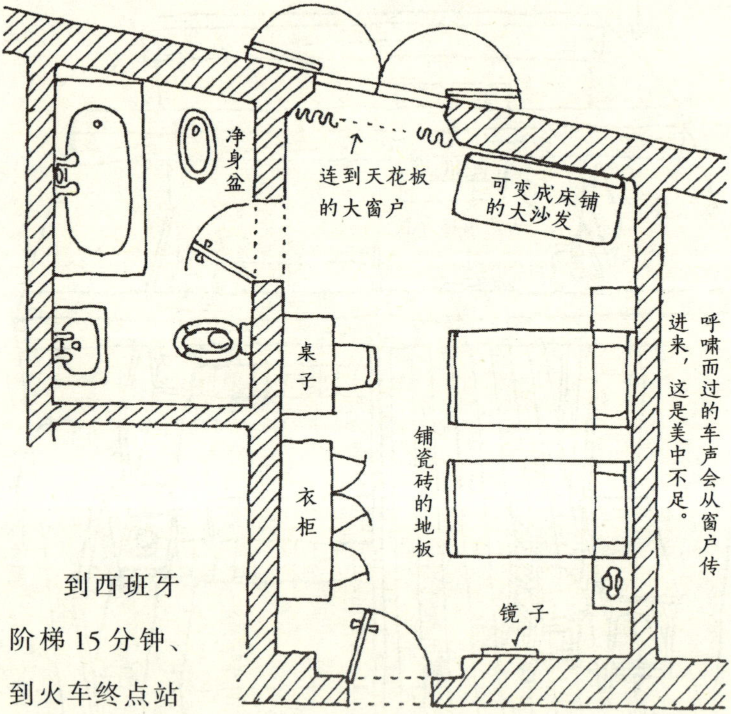

到西班牙阶梯15分钟、到火车终点站（Terminus）5分钟、到歌剧院更只要50秒而已，位置便利。

我是通过朋友介绍得知这间旅馆的；日航罗马办事处的前台也推荐此处，所以日籍旅客蛮多的。

罗马

Hotel PARIS Pensione，Via Firenze，57 ROMA

Tel 460383/484440

附早餐，双人房的价格是6000里拉，一个人3000里拉，约合日币1800元。（有的人以1000里拉，合500日元的汇率换算，我算得松些，以600日元作为换算的基准。）

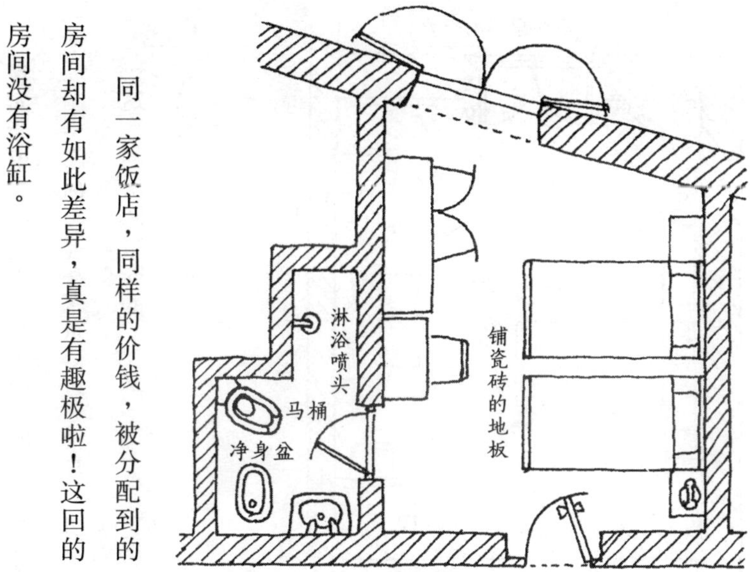

3月15日罗马下大雪，但积雪只有15公分。据说“有70年未曾在这个季节下过雪了”，所以也难怪会引起一番骚动。老实说，真的蛮冷的。夏季时烈日当头的地方对于避暑颇有一套，但反过来说，防御严寒就比较不在行啦。饭店的阿婆就直喊：“这么冷这么冷，简直要把我冻死呀！”意大利人说话真是夸张。

罗马

Hotel PARIS，Via Firenze，57 ROMA

Tel 460383/484440

附早餐，两个人 6000 里拉，但跟上次一样，只算我们 5000 里拉而已，一个人 2500 里拉（约合日币 1500 元）。在罗马，这种价位算是便宜的。

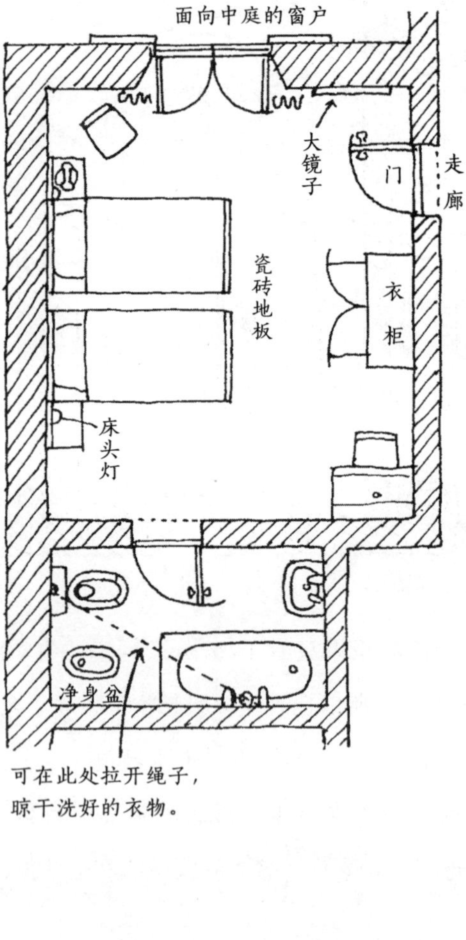

从西西里岛回到了罗马，前台的罗坎迪老弟竟然用日语对我说：『欢迎回来。』他曾经在东京待过三个月，所以会说一点点日文。『这次的房间很安静，您一定满意。』说着便给了我这间50号房。的确令我称心如意。

罗马的房间 Hotel PARIS No.50

罗坎迪老弟认真地问道:“河童先生，您没爬到天花板上，怎么有办法画出这样的画来呢？”他说的时候一脸不可思议的表情。

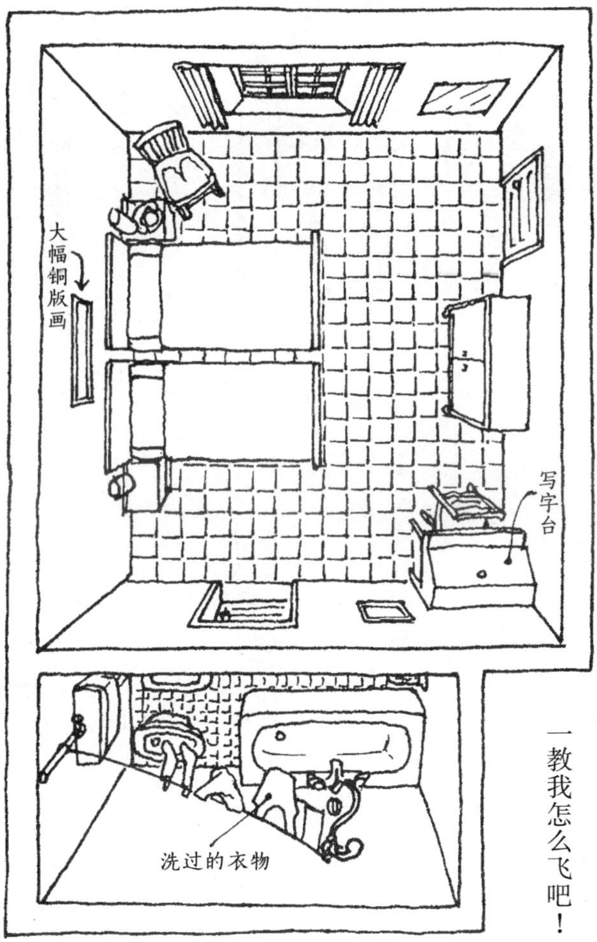

『我趁没人在的时候，在房间里飞来飞去。』结果他紧接着对我眨了眨眼道：『不要告诉别人，您也教一教我怎么飞吧！』

瓷砖地板在夏天沁凉清爽，但到了冬天就显得更加冰冷。

罗马

Hotel PARIS，Via Firenze，57 ROMA

Tel 460383/484440

价钱和前面一样，附早餐，一个人 2500 里拉。事实上这房间原来的价位是 6000 里拉。

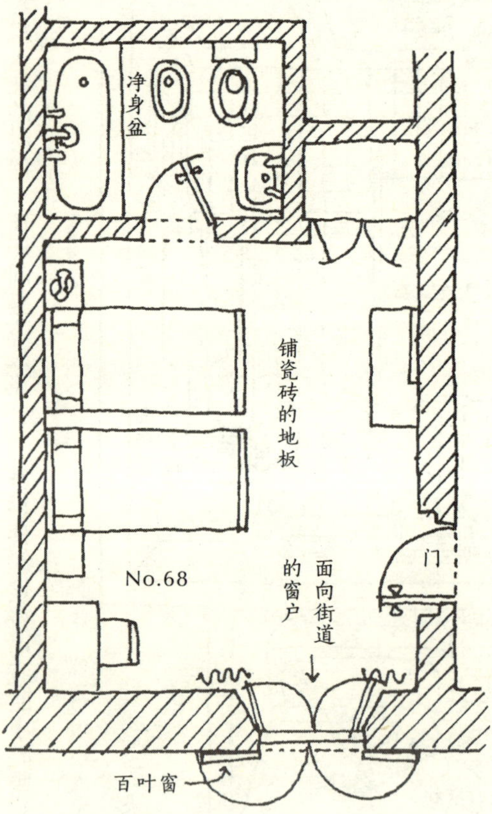

50 号房三天后才会空出来，所以暂住在这个房间……

我在佛罗伦萨和威尼斯等地转了转，再回到罗马时已经是好一阵子以后的事了。到这间旅馆有种回家的感觉，大概是因为我的大行李箱还寄放在此，而且信件也都多集中寄到这里的缘故吧！连饭店人员都会对我说：『欢迎回来』……像这次只有我一个人回来，还让我继续住双人房，房价却只付一个人的价钱就 OK。

圣天使城堡

这座城堡蛮有意思的，原是阿德里安（Adriano）皇帝的圆形寝陵，之后数度经过改建，曾经是教皇的避难所，也曾作为监狱之用，总之不是有什么大用处的建筑。

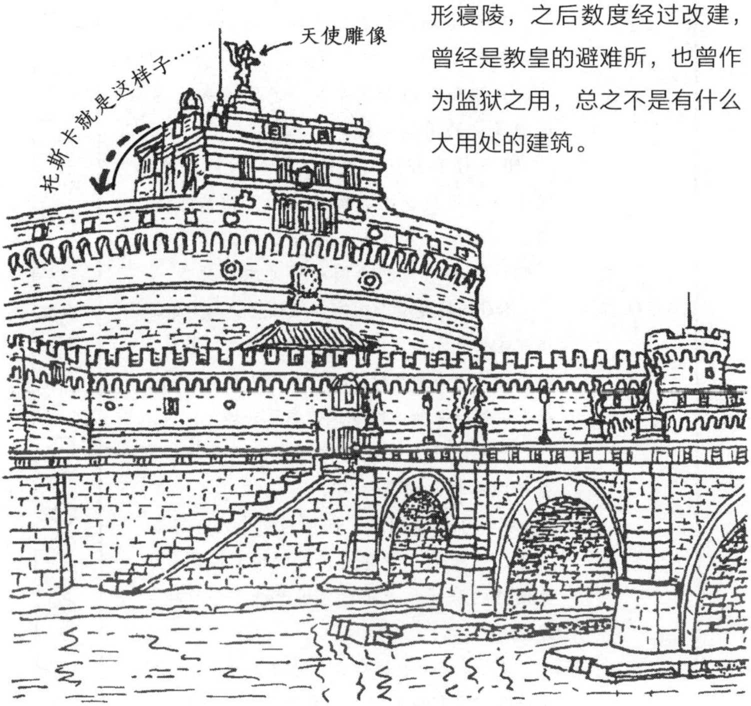

歌剧《托斯卡》的故事发生在这里。我的第一件舞台设计作品即为《托斯卡》所作，和这座城堡算是有某种缘分吧。我自己本身并不特别迷恋此城，只不过这出歌剧最后一幕的场景就在这圣天使城堡的屋顶。歌伶托斯卡在得知情人被枪杀后，从屋顶纵身跃下跳入台伯河自杀——是个相当有戏剧张力的结束。不过实际登上圣天使城堡一看，好像不管采用哪一种俯冲姿势都没法直接跳入台伯河内……唉！还是别要求太多。

『净身盆』是什么？

提到“净身盆”，有些女性可能会脸红，但可不要误会它只有那种用途而已。

欧洲人不似日本人有泡澡习惯，所以用此取代浴缸来清洁下半身，其实净身盆就像冲澡盆的用途一样。

在气候容易让人微微发汗的国家，净身盆还是不可或缺的。因此在拉丁语系的法国、西班牙、意大利、希腊等国，以及瑞士的法语和意大利语圈均可见到净身盆。

不过同样是欧洲国家，越往北就越少见。净身盆的有无和风土气候有密切关系，甚至可以由此一窥当地民情。我在旅途中就对房间里是否设置净身盆这件事抱持高度兴趣。

净身盆有各种式样，随饭店的等级、所在区域和新旧程度而异。

在拉丁语系国家，即使房间内没有卫浴设备，也一定有净身盆。可以说不管是多小多便宜的房间，也必定会设有洗手台和净身盆。

最近日本有些饭店也开始设置净身盆，只不过我们原有的生活中并无使用净身盆的习惯，好像有些人的用法有误。

请注意，净身盆不是便器。

除了净身盆原有的用途外，我也曾在里面洗涤内衣裤。（被饭店的人知道后，或许会臭骂我一顿……）有时候买水果回旅馆享用时，我会把水果放在净身盆里冰镇，同时喃喃自语安慰自己：“反正是要剥皮吃，应该没关系吧”……

古典式净身盆

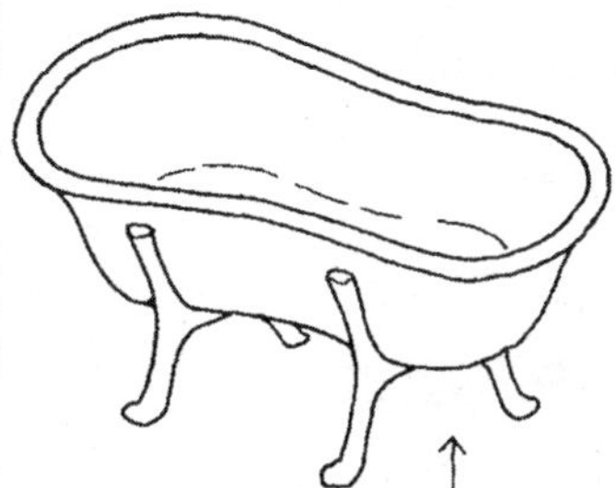

越往乡下，这种简朴、塑料制的葫芦形净身盆越常见。

灌入热水后，从上面横跨过去清洁下半身，跟日本的冲澡盆可说是同类。四只脚是铁制的。

从前方喷水的净身盆

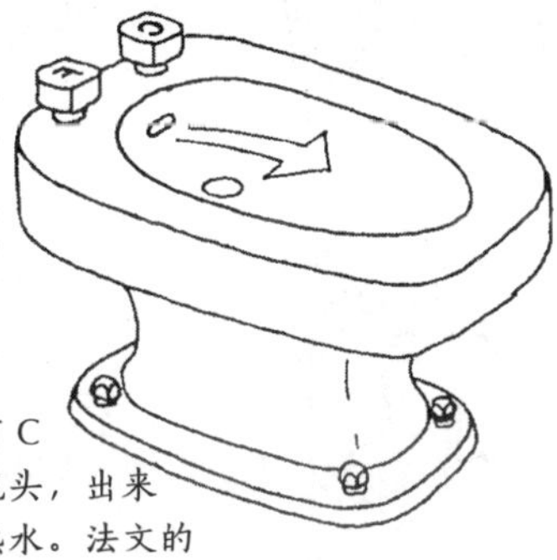

热水依箭头方向喷出。这个净身盆是陶制品。

一转写有C字的水龙头，出来的竟是热水。法文的“热的”（chaud）开头为C，容易误解为英文“冷的”（cold），有人还因此烫伤，千万注意！

喷水式净身盆

（有的水柱甚至可以喷到快两公尺高）

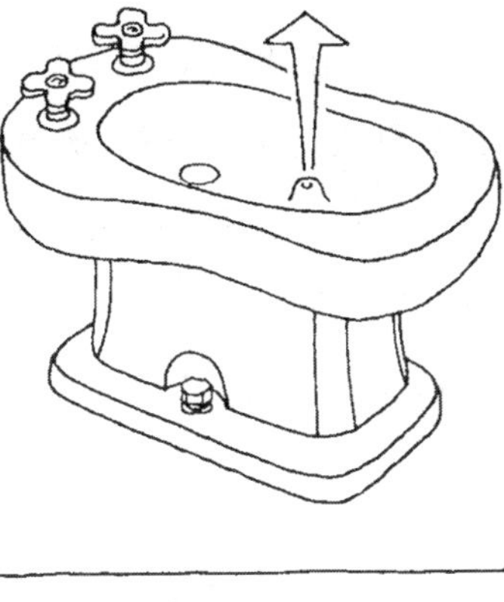

净身盆并非女性专用，男性清洁后也会觉得很舒服，还可以预防痔疮喔。

罗马

Hotel PARIS, Tel 460383/484440
Via Firenze, 57 ROMA

附早餐，3000 里拉。

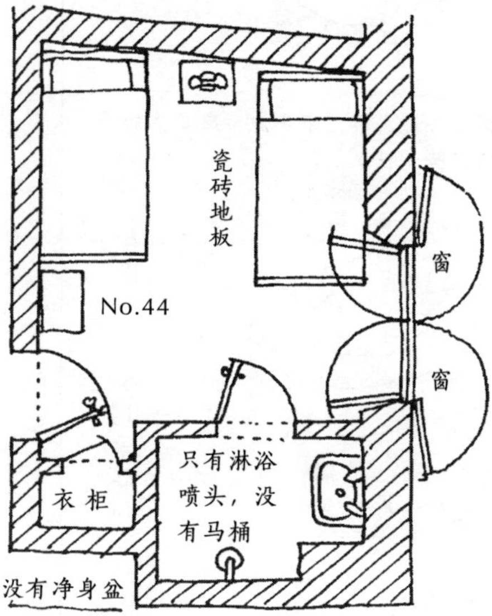

在罗马，淡季是指隆冬时节的那三个月。除此以外，可以说一年到头人都很多。尤其是一到了夏天，罗马的所有饭店通通爆满，房价当然是旺季的价位，像这间 6000 里拉的房间就涨到 7000 里拉。不过，饭店绝不会因为是旺季就漫天抬价，在门的内侧一定贴有价目表，并且严格执行。只是有些房间虽然价钱一样，却有好坏的差别。

8 月 10 日我一到罗马就先联络饭店，于是给了我这个房间。房间都已经不够了，还让我一个人住双人房，觉得不太好，明天还是请他们给我换间单人房吧。

罗马

Hotel PARIS，Tel 460383/484440
Via Firenze，57 00184 ROMA

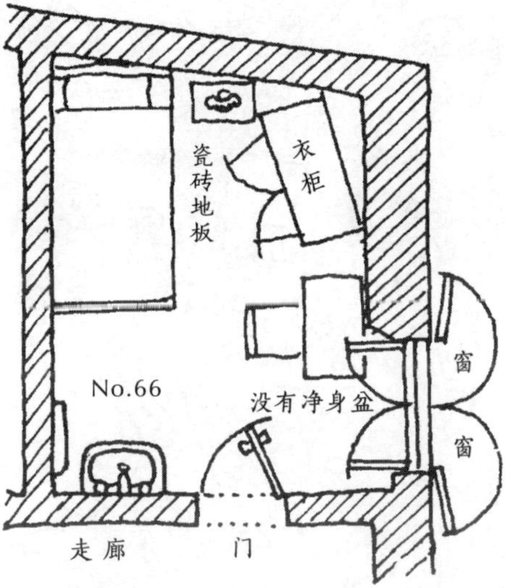

像左图这间单人房，一到了旺季就涨到4000里拉（含早餐），折合起来约等于2400日元，不便宜。

我就是从前页所画的双人房搬到这个房间来的。前台的人不断地跟我抱歉，太亲切了反倒让我这个客人不好意思再有什么要求。对方还说："这个价钱是相当于给堂表亲戚的特别价，可不要让别人知道呀。"还真是意大利作风。

对我来说，这间饭店算是蛮对味的；不过对其他人来说可就不一定啰。事实上，我曾向朋友们推介这家旅馆，结果评语很两极，"很满意"和"事先做了预约，却遭到不合情理的对待"的说法都有。

罗马的骷髅教堂（像这样的房间有六间）

贝里尼喷泉附近有一间仅用僧侣的骸骨做装饰的教堂（与其说是教堂，不如说是坟墓）。日本人的反应大多是大吃一惊，我也是其中之一。“为什么要这样做？”的疑问正好清晰地显现出日本人和欧洲人在宗教观上的鸿沟，耐人寻味。不过对于想要探访此地的人我想奉劝一句话，就是“可能会克制不住惊声尖叫的人拜托不要去，这可不是鬼屋”。这是个非常神圣的地方。

罗 马

Hotel PARIS，Tel 460383/484440
Via Firenze，57 00184 ROMA
3000 里拉算我半价 1500 里拉（日币 900 元），这是有原因的。

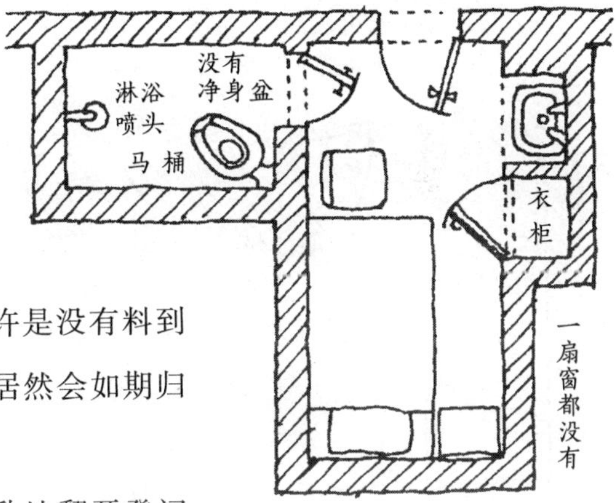

返回罗马后再到这间旅馆，前台的罗坎迪老弟见到我大吃一惊，或许是没有料到行踪飘忽不定的我居然会如期归来吧。

只见他手忙脚乱地翻开登记簿，却是全部客满，就只剩下这一间。“真的真的非常抱歉，明天一定帮你换个房间。今天就委屈一晚，当成是到拘留所一游吧！”

果然是好一间单人囚房。尽管有马桶和淋浴喷头，但连一扇窗户都没有，全然一副关闭囚犯的模样。这样的房间也算是客房哪。搞不好，很生气地评定此处为“烂旅馆”的朋友，就是因为被安排住到这种房间，并且还被索价 3000 里拉也说不定。

罗马

Hotel PARIS，Tel 460383/484440
Via Firenze，57 ROMA

4000 里拉的房间算我 3000 里拉（日币 1800 元）……要保密。

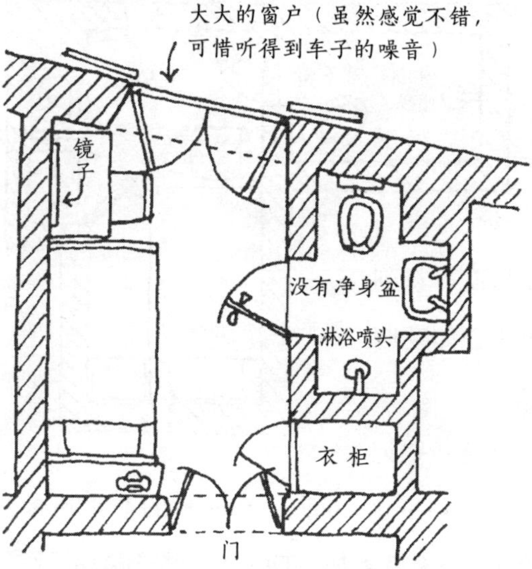

“昨晚真的非常抱歉。”还在道歉，昨晚不仅请我喝了咖啡，全饭店上上下下还对我特别照顾。那些对意大利人的漫不经心颇有微词的人，大概是因为没有机会发觉他们在待人时所表现的“优点”吧……

“你刑期已满，可以出狱啦！”高高壮壮的门房鲍蒙特来我房里拿行李时说道。于是我从单人囚室移到这间房来。“这房间还好吧？”“嗯，很好喔！”“你喜欢，那我就放心了。还有，你昨天打到米兰的电话费，账算饭店的。”“为什么？”“因为你是朋友啊！”对我而言，这家旅馆真是太好了，不过别人怎么想，我可就不知道啰。

阿西西的街道和石阶 离罗马约三小时

我特地从罗马造访阿西西，真可以说是不虚此行。圣方济各教堂的建筑物很棒；而且里面的艺术珍品，从著名的乔托（Giotto）的湿壁画到中世纪的名画，都令人满意。而且最让人称道的是整个城镇的营造，石头的堆砌方式恰到好处，每条石阶也很好。反正什么都非常好。

罗马

Hotel PARIS，Tel 460383/484440

Via Firenze，57 ROMA

这间在旺季时索价4000里拉的房间，按惯例有打折，减为3000里拉（日币1800元）。只是奇怪，有我投宿的旅馆总会少赚钱，这让我有点在意……

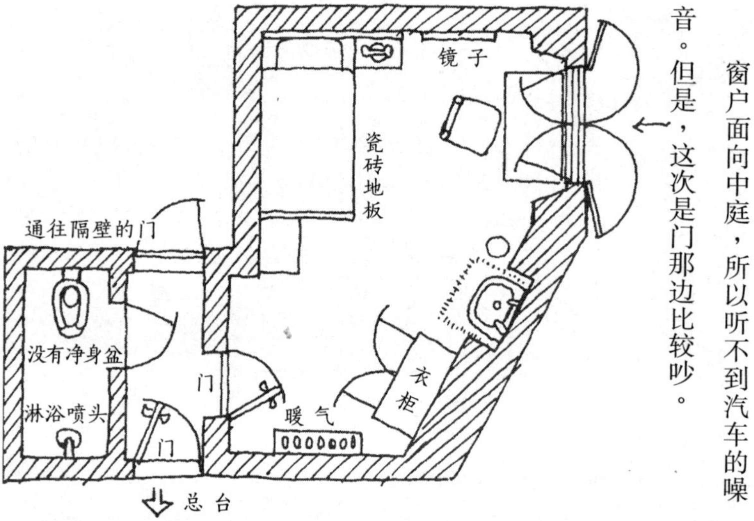

即使到了秋天，客人还是一样多。由于我是突然折回罗马，事先又没有预约，前台的人说："两天后再帮你换房间。在此之前先暂时忍耐一下，就住这间吧！"不过我觉得麻烦，所以就一直住这间没搬。

因为这房间就在前台旁边，所以到深夜都还听得到人声，感觉自己好像就是这家饭店的员工似的。

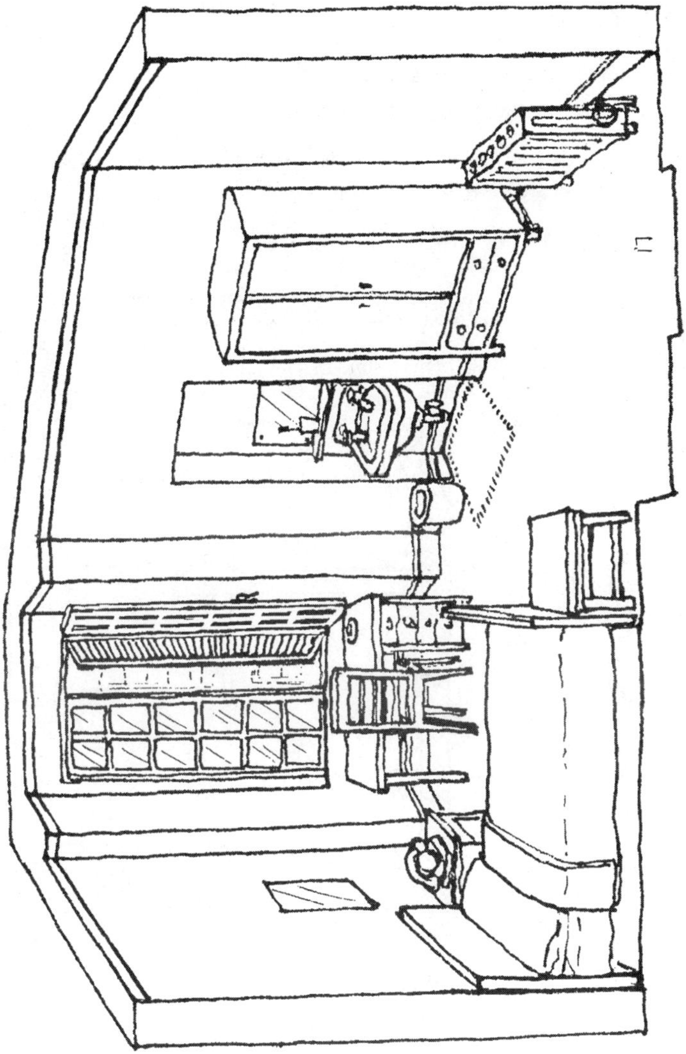

罗马的房间 Hotel PARIS 前台旁边的房间

威尼斯（VENEZIA）

Hotel LA FENICE et des Artistes Tel 26403，

San Marco，1936 VENEZIA 32333/704164

不附早餐，两个人竟然要 10000 里拉，对我来说太贵啦！我再确认一遍“是算淡季的价钱喔。”结果是 7000 里拉。一个人约 2700 日元。

这间旅馆除了价位高以外，其他都非常棒。家具是洛可可风格的，相当讲究。我从没住过这种地方，所以真是高兴极了。一打开窗户，隔着中庭出现在眼前的就是歌剧院的后面，白天就可以听到歌剧演员很投入地在发声练习，这点也让人颇感愉快。

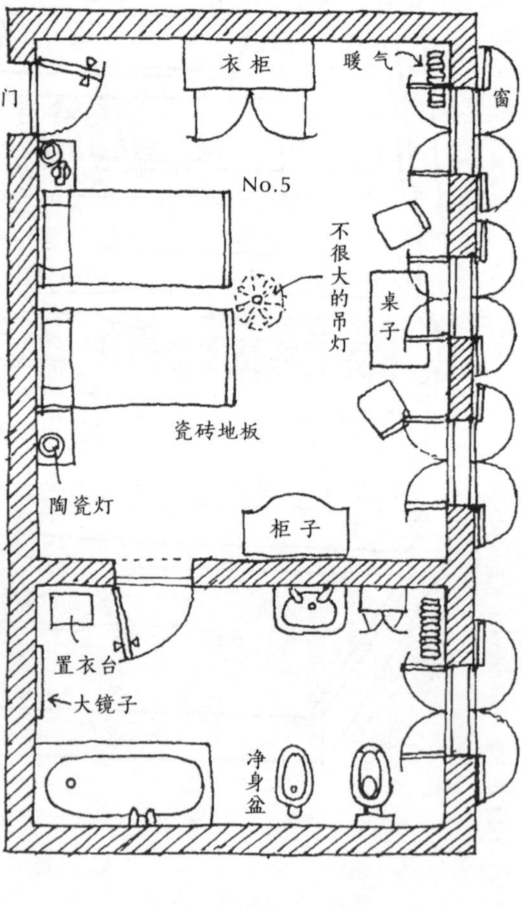

Hotel LA FENICE et des Artistes

这是家小而美的旅馆。（在歌剧院演出的声乐家经常投宿此处）

威尼斯

Pensione MARIN，Tel 25018
S.SIMEONE PICCLO 670 B VENEZIA

附早餐，房价 2200 里拉，也就是 1320 日元，是前面那间漂亮旅馆的半价。（但是位于火车站对面，很方便。）

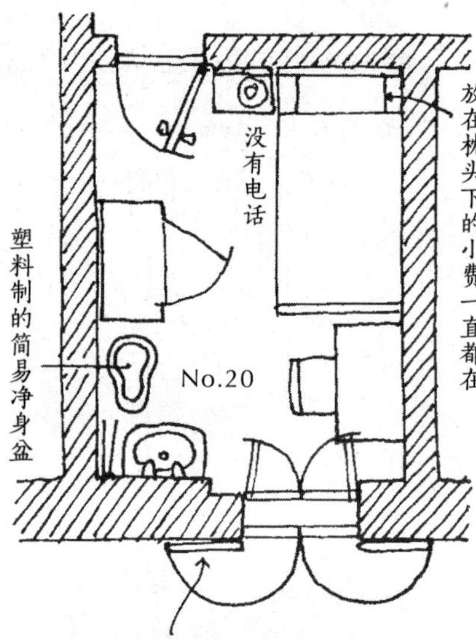

和上回不同，这次我一个人旅行，所以不管住什么样的地方都没关系。而且，我还想干脆去体验一下和先前的豪华旅馆相反的便宜旅店。我知道威尼斯有各式各样的旅馆。

这间是车站前拉客的大叔介绍的。这里就和日本温泉乡的情形一模一样，各家旅馆的领班会靠过来问："住的地方决定了吗？"每次列车一靠站，这些大叔就一边嚷嚷一边叫客，旅客只要说出自己的预算就可以了。

这间房除了便宜，既小又不漂亮，不过就一个人睡觉的地方来说是足够了。这里完全就是一副便宜旅馆该有的气氛，很好，可得满分。早餐的面包也很好吃。

威尼斯巷弄间的小小水道 Pensione MARIN 的附近

米 兰（MILANO）

Hotel BAVIERA et GARE，Tel 639690/650578

Via Manuzio，9 MILANO

不附早餐，两个人6100里拉，算6000里拉，也就是说一个人3000里拉，约等于1800日元。物价比罗马贵。

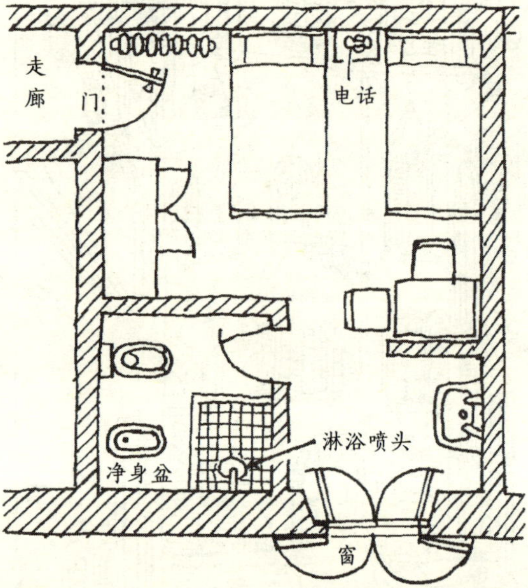

整个旅馆给人的感觉十分冷淡。也不是要求每个人都得要面带微笑，但他们一副很不爽的样子，说不定是曾经被恶劣的日本人赖过账吧。

不过也好像不是这样。不管原因是什么，反正就是内部不和；老板和前台的人老是吵个不停，餐厅的女服务生也粗手粗脚的，整个旅馆的感觉实在不太好。

不过，我还是不愿意如此就判定这间旅馆不行；说不定这种状况是有什么特别原因的。

米兰

Hotel BAVIERA et GARE，Tel 639690

Via Manuzio，9 MILANO

两个人，不附早餐6000里拉，合3600日元，一个人1800日元，附早餐的话加500里拉。

这还是前面那家感觉不好的旅馆。我想说，那时候可能是有什么问题才会那个样子吧，所以决定再试试看。想不到什么都没改善，跟上次一模一样。同伴终于生气了，我的好奇心多少是个原因……真是抱歉。我们换一家吧。

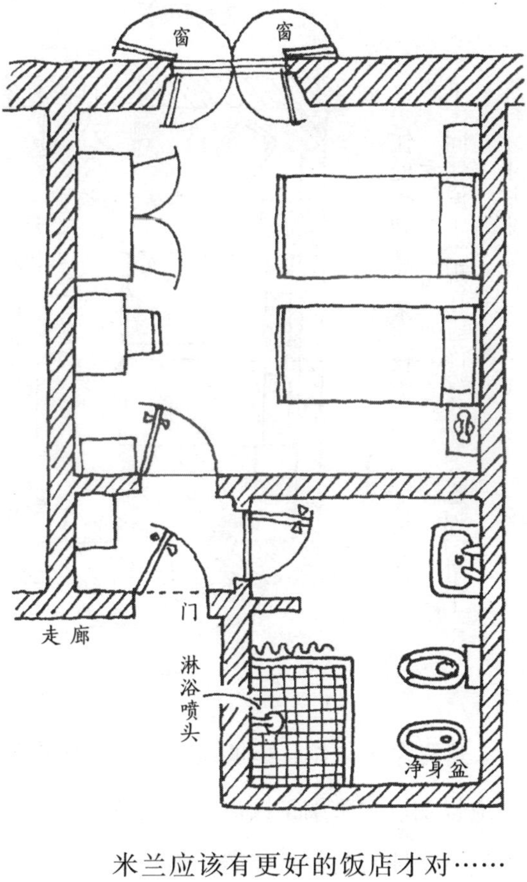

米兰应该有更好的饭店才对……

实在不想因此而影响到对米兰的印象。

米兰

Hotel TERMINUS TERMINAL，Tel 665691/664917
Viale VITTORIO VENETO，32 MILANO

不含早餐，两人6000里拉，合3600日元，一个人1800日元。这在罗马是包含早餐的房价……

住处换到这儿来。这家旅馆的人可和气多了，同伴说：『现在应该没啥让人吃惊的事了，这样才正常嘛。』

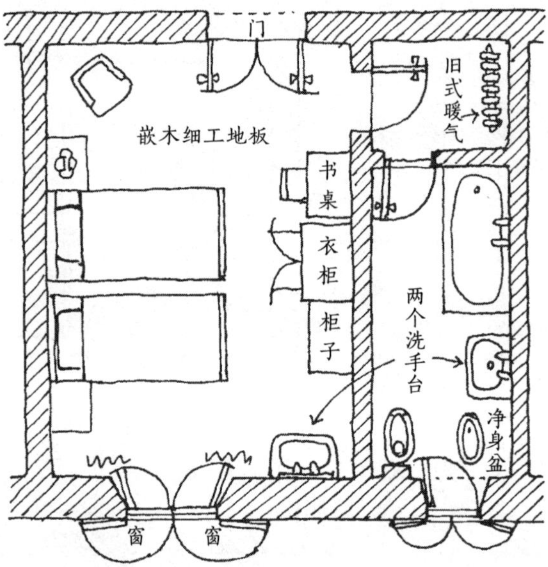

这是家老旅馆，能够认识一下有历史的旅馆也不错。这儿的地板是以木头细工镶嵌，不是意大利风格，蛮少见的；一般地板不是铺石头便是瓷砖。因为米兰冬天寒冷，从这家老式旅馆就能够一窥这儿的风土气候。

米兰的斯福尔察堡

这座堂皇的大城堡充分展现出 15 世纪米兰大公斯福尔察的实力。城堡必备的军事设施一应俱全，不过设计品位不凡，颇有格调。

城堡内是美术馆，其中最让人印象深刻的是据传为米开朗基罗逝前仍未完成的圣殇像。

佛罗伦萨（FIRENZE）

PENSIONE EDEN，Tel 483722

Via NAZIONALE，55 FIRENZE

车站前揽客的人介绍的。双人房附早餐 5000 里拉，算我们 4700 里拉，折合日币 2800 元，一个人约 1400 日元。

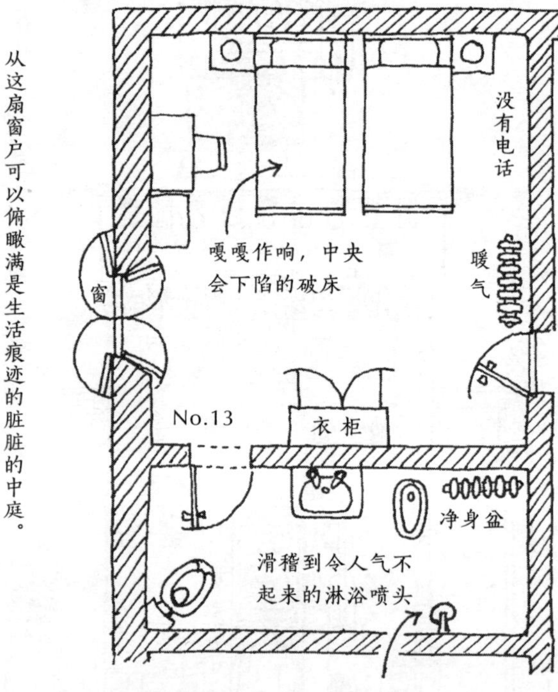

即使这里廉价又宽敞，也不能说是好旅馆。从这平面图看起来是还不错，实际上却破败得很——尤其这句话是由我口中说出来的喔，可见状况之糟。不过饭店的人不错。

这个淋浴喷头可怪了。才想说水快变热了，竟然会突然喷出冷水；而且水柱喷的方向还真让人觉得匪夷所思。来修理的大叔整个人被搞得湿漉漉的，边修理边抱怨：“这家伙疯了，每天让我吃足苦头……”

佛罗伦萨

PENSIONE EDEN，Tel 483722

Via NAZIONALE，55 FIRENZE

附早餐，虽说双人房3000里拉，合1800日元，是不错……不过那种住廉价旅馆的趣味却不太够。

这是在佛罗伦萨的第四天。同伴转往米兰去，又只剩我一个人。本想搬到别家去，不过在旅馆老板父子俩的温暖招待之下又决定留下来。

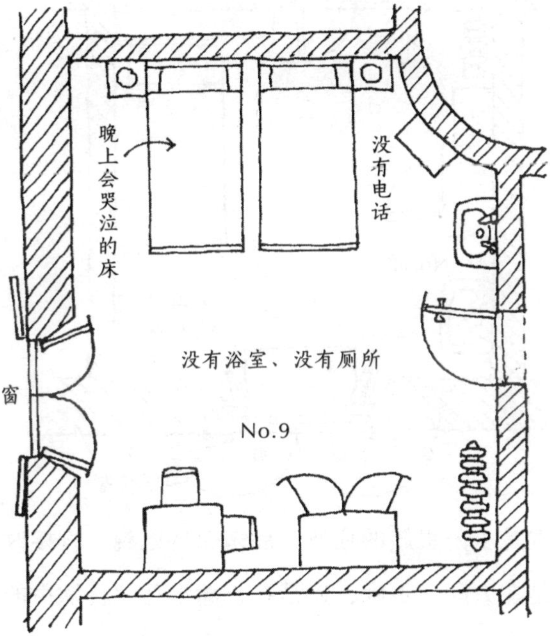

这家旅馆呢，实在是怎么样也没办法介绍给人。佛罗伦萨应该有其他好饭店，明天去街上逛逛找找看。偶尔睡睡还好，但是我已经受不了这张每天晚上嘎嘎惨叫的床啦。

佛罗伦萨

Hotel ROYAL，Tel 483287

Via DELLE RUOTE 50，52，54，FIRENZE

附早餐，2700 里拉，合 1620 日元。这是这家旅馆最便宜最小的房间，不过整栋建筑可是蛮不错的哟。

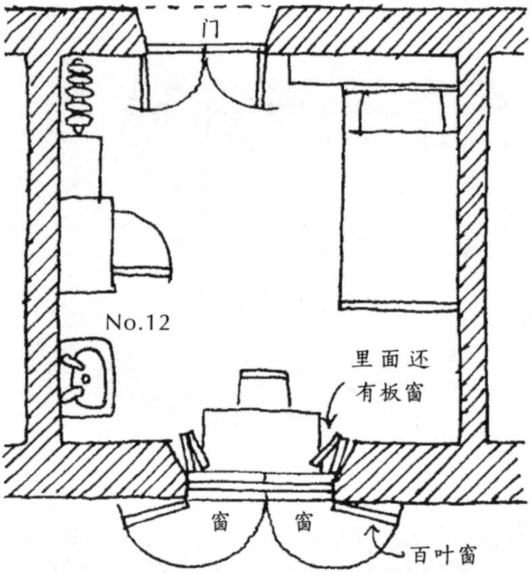

这是间很棒的旅馆。或许是因为前面住的那家实在太寒酸了，这里虽然没有折扣，我还是决定住进来。更何况整栋建筑感觉非常好。

这里好像原本是王公贵族的住所，后来保持原貌，直接改装成饭店。不论是在大厅、走廊，还是在充满小鸟婉转歌声的庭园，单单只是坐在那里，都会觉得十分享受。像我住的是旅馆里最便宜的房间，却也和其他人一样能拥有这么好的气氛，心情特佳。跟情人一起来应该更棒。

我住的房间像是玄关旁的佣人房，虽然不显眼却……

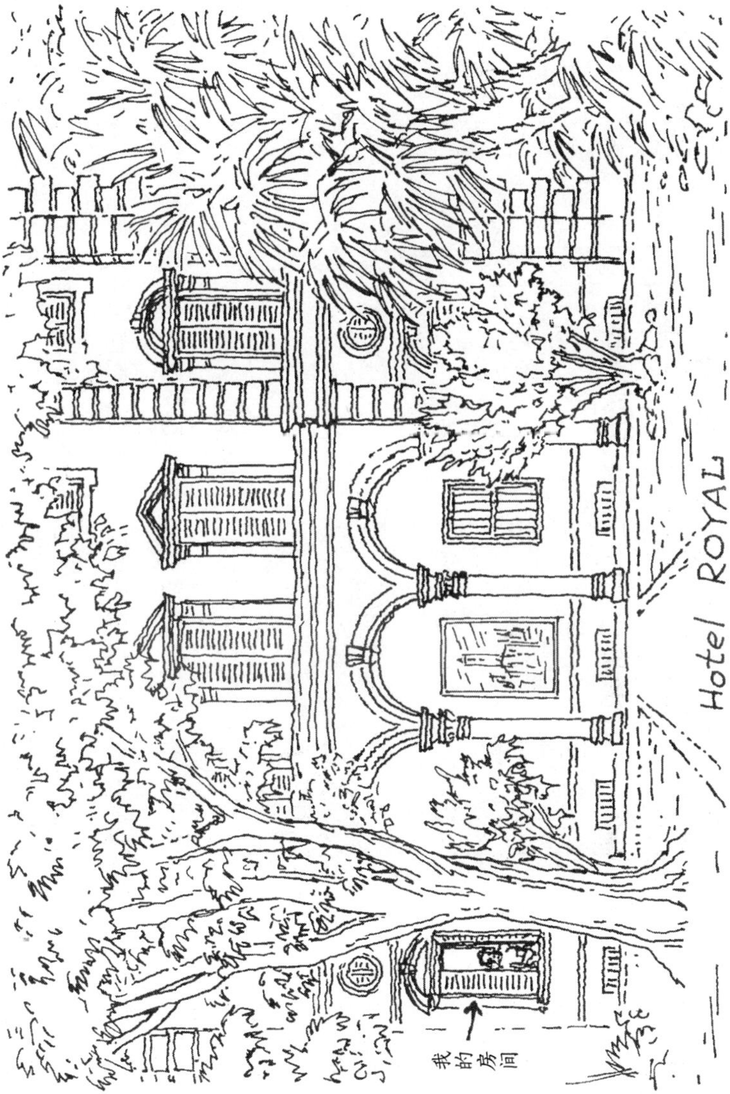
Hotel ROYAL
我的房间

佛罗伦萨

Pensione CENTRALE，Via dei Conti，Tel 215216
3（Palazzo Malaspina）FIRENZE

附早餐，双人房，一个人 2500 里拉，合 1500 日元，便宜。这里不只是便宜，而且是间气氛安详的好旅馆。

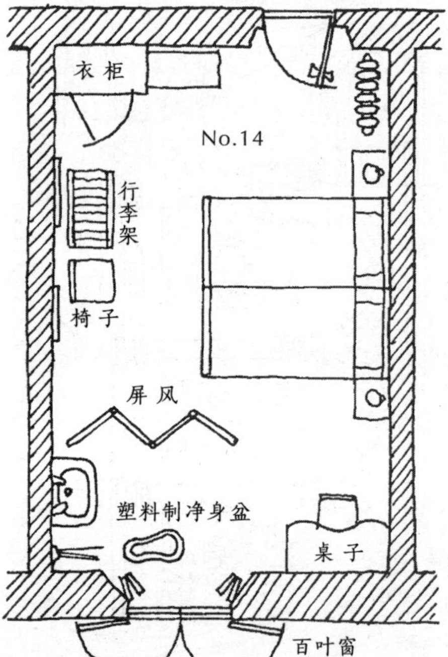

我一个人在餐厅用晚餐时，刚好女演员H小姐和朋友走进来。居然在这种地方巧遇熟人，真是让人吓一大跳。她们邀请道：『这间旅馆很好喔，要不要搬过来住？』我就真的搬了过去，的确不错。她们的房价是附早晚两餐的，共 4500 里拉（日币 2700 元）。

这家旅馆的房间不多，所以如果没有预约突然跑去，有时候可能会没有房间。不过也不必担心，反正佛罗伦萨的旅馆多的是。

佛罗伦萨的房间

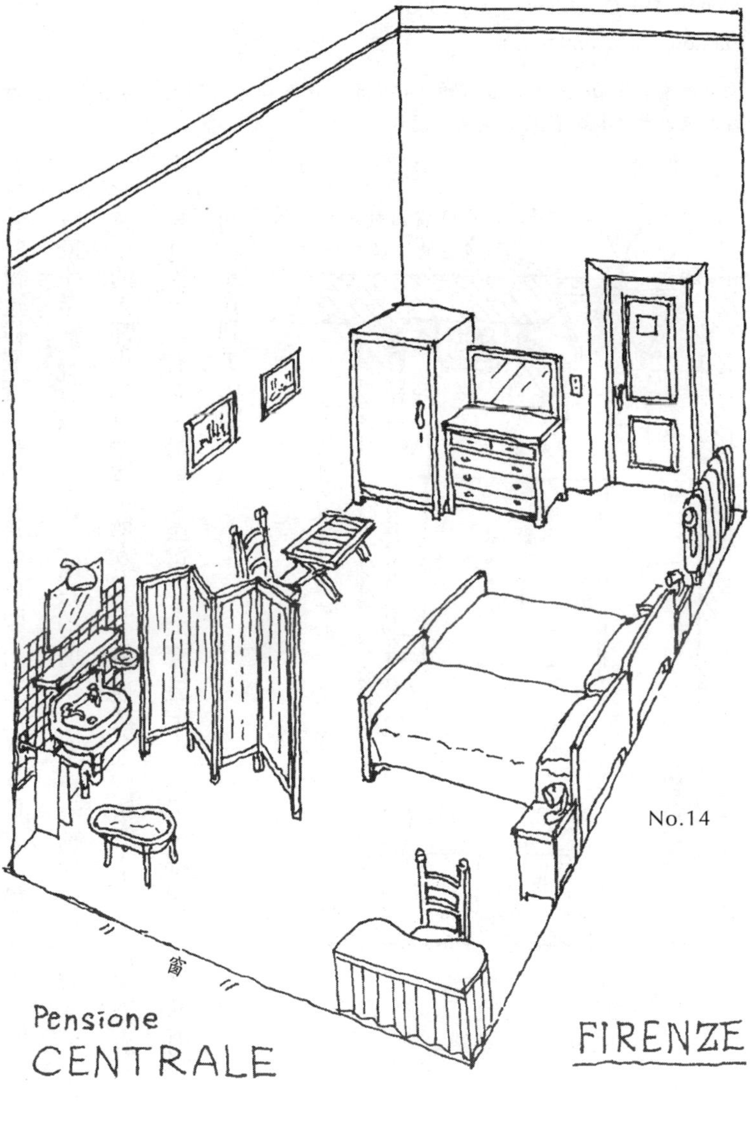

锡耶纳 (SIENA)

Albergo TRE DONZELLE，Tel 280358

Via donzelle，5 SIENA

没有早餐，2400 里拉，合日币 1440 元。这房间是好不容易才找到的，费这么大力气才找到住处可是头一遭。

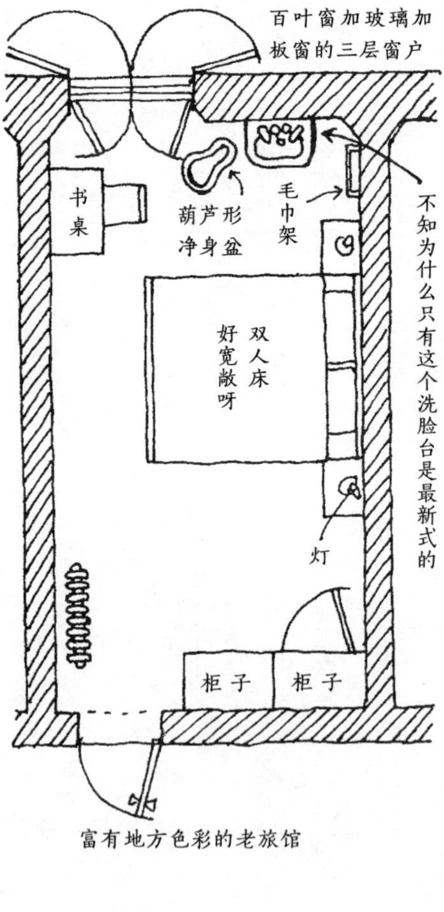

富有地方色彩的老旅馆

得这样辛苦地找房间是应该的，因为7月2日正是锡耶纳有名的『帕立欧』节。『都已经是「帕立欧」的前一天了，没有预约旅馆也敢来？』连这里的人都很惊讶。这小地方上的旅馆当然全部住满，不过我还是不放弃，想到街上再看看；最后是旅馆的人实在看不过去了，特地帮我打电话到处问，才找到了这间。

锡耶纳的节庆

“帕立欧”（Palio）是锡耶纳城内各教区对抗的赛马节，从16世纪就开始了，延续至今。图中这栋建筑物前面的坎坡广场（Piazza del Campo）在节庆时会变成赛马场，被选出来的10位年轻人骑上无鞍马，然后拼个你死我活地奔驰两圈。

广场上观众的加油声响彻云霄。站在我旁边大喊着“帕立欧！帕立欧！”的阿婆突然没了声音，大概是兴奋过头昏了过去。到达终点的只有两位，其他全部落马，非常激烈。真不愧是意大利人的节庆。

锡耶纳

Albergo TRE DONZELLE，Tel 280358
Via donzelle，5 SIENA

没有早餐，1100 里拉，合日币 660 元，便宜有趣的旅馆。

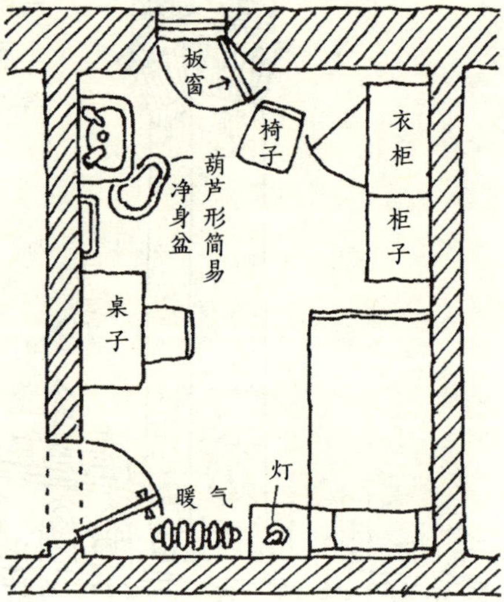

“一个人睡双人床太大了。而且，如果能有再便宜些的房间就更好啦。”“那，明天会有房间空出来，如果要搬也可以。只不过是 piccolo piccolo camera（很小很小的房间），而且是阁楼的房间哟，这样也可以吗？”

阿婆担心我不能接受、一再问我意见的房间就是这间。经她这么一问，本来想说会小到什么程度；没料到看了以后，可是一点儿也不 piccolo——而且还可以称得上是宽敞嘛。价钱又便宜，真是太棒了！

“帕立欧”节一结束就有许多人离开锡耶纳，旅馆也开始空了起来。锡耶纳和隔壁的圣吉米尼亚诺都是仍留有中世纪遗迹的重要城镇。

锡耶纳的阁楼房间

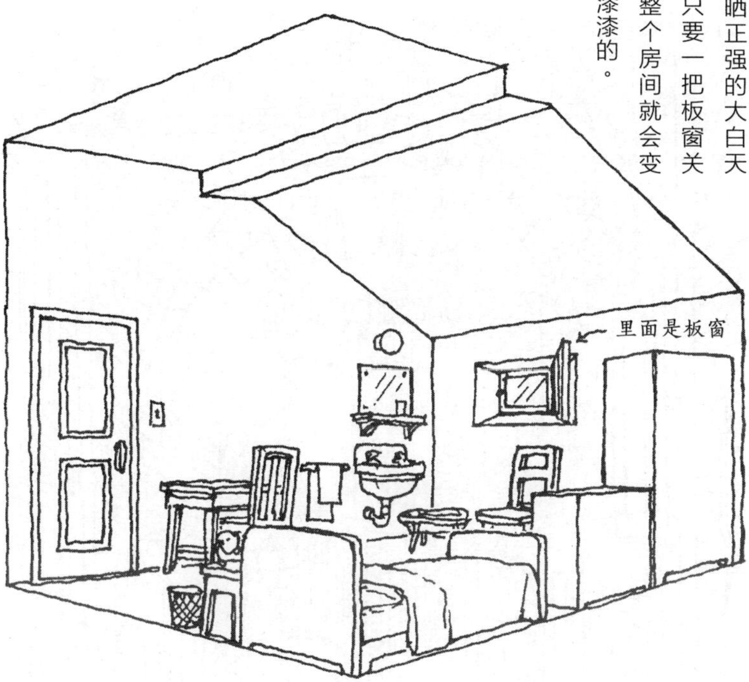

真是奇怪，我对阁楼房间非常非常感兴趣，这到底是为什么呢？

意大利的阁楼房间和法国、德国有所不同；他们不开天窗，窗子的面积也都尽可能地缩小。这是为了防止阳光曝晒和热空气的进入，此外，外层还装上厚厚的板窗……

从窗子的尺寸与构造，又再次感受到各个国家、各个地域各有不同特色的气候风土。

锡耶纳的狭窄巷道 拱支撑着两侧的建筑物

圣吉米尼亚诺 奇妙而重要的中世纪城镇

昔日领主为了展现权势以及要塞本身的用途，会在领土内建塔。在那个时代，建塔是男人的梦想。在这山上也有个男人，为了展现实力建了座塔，结果其他男人不甘示弱就盖了“更高的”塔；一个人没法盖的，就几个人凑钱一起盖，甚至还出现以“我可是盖了三座塔喔”自夸的家伙。大家争先恐后地较劲，结果居然在这狭小的镇里起了 72 座高塔，目前仅存 13 座。不知怎的，总觉得这座小城令人扑哧一笑。

圣吉米尼亚诺（S.GIMGNANO）（避暑胜地，所以夏天很挤）

Hotel LA CISTERNA，Tel 0577 940328

53037 S.GIMGNANO

附早餐 3200 里拉，合日币 1920 元，非常好的旅馆。身材高大的前台人员应对得体、十分周到，这让已经习惯廉价旅店的我有点吓一跳。

饭店的外观是中世纪的石制建筑模样，大厅也仍然保留着中世纪的气氛，客房和走廊则完全是现代风格，相当奢华。餐厅的餐点也颇为美味。

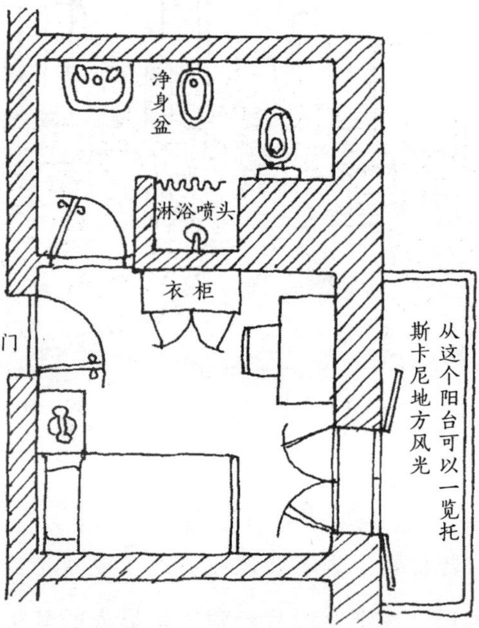

小镇圣吉米尼亚诺坐落于出入不便的山顶上，四周又用城墙围起来，遇到危险时便关起城门以御外敌。

能够亲身体会到中世纪的时代感是此行的一大收获。圣吉米尼亚诺可说是非常完整地将当时风貌保留下来，整座镇里散发着中世纪的气氛。

圣吉米尼亚诺的旅馆的大厅

Hotel LA CISTERNA 的
大厅存留有中世纪风貌

马切拉塔（MACERATA）

RISTORANTE-BAR “ANCONA” MACERATA，
没有门牌号码也找得到（意大利东部）

不附早餐，房价1300里拉，合日币780元。（很好笑的房间）

马切拉塔只有五间旅馆。这座小镇虽然小，所举办的露天歌剧音乐节可是不得了，以强大的演出阵容著称，所以有不远千里而来的观众，当然，住宿的地方也很快就客满。

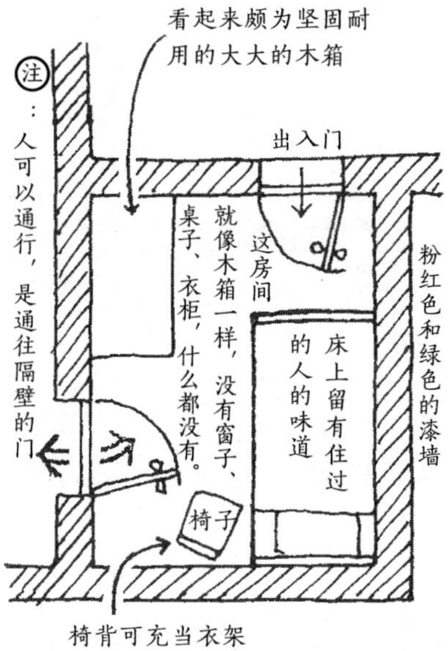

我进了餐馆跟里面的人打听：“还有其他可以住宿的地方吗？”服务生手举了举说：“Momento!（等会儿！）”没过多久就和餐馆老板娘吵了起来。只听那老板娘说：“那种房间根本没法让客人睡啦！”“等会儿！”先生回说：“可是，这位先生正为没有住的地方在烦恼呢。再说，这样也可以多赚点儿钱啊！”大吵一架后的结果就是这个房间。我看大概是那“等会儿”先生的房间吧。

连这种地方都住过的话，那今后没啥房间不能住的了。

雷卡纳蒂（RECANATI）

Albergo LA CANTINA di PALAZZO BELLO

LAVERA CUCINA MARCHIGIANA 62019 RECANATI

不附早餐，2200 里拉，合日币 1320 元。附早餐加 500 里拉（300 日元）。

在马切拉塔露天歌剧演出的地方偶遇从米兰过来的朋友，他说他曾在这附近的城镇住过，邀我一起去找找看，车程约二十分钟。后来找到这个房间时我真是高兴极了，朋友看到我那副模样，不禁笑了出来。

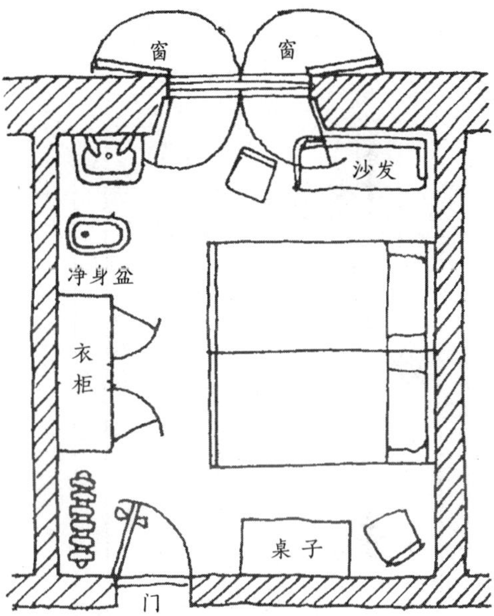

“房间果然还是要有窗子啦、衣柜的比较好啊……”我喃喃自语道。

这里的房价虽然便宜，却是间小而漂亮的旅馆。我说这话可不是因为偏心或心情好，而是它真的不错——这儿离亚得里亚海的意大利东海岸才十分钟的路程，可以白天去游泳、晚上去听露天歌剧。

维罗纳 (VERONA)

Hotel ROSSI，Tel 25065

Via Carlo Montanari VERONA

不附早餐，2200 里拉，合日币 1320 元。附早餐需再加 500 里拉（等于 300 日元）。

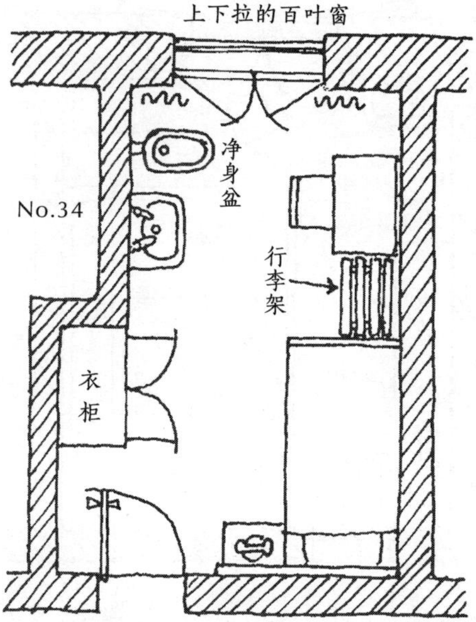

维罗纳车站前空旷的广场上只有巴士站，不见帮旅馆拉客的大叔；不过如果搭巴士到市区去就可以看到旅馆了。维罗纳不是什么小城镇，所以旅馆也蛮多的。

这家旅馆是车站贩卖处的年轻人介绍的，是离车站最近的旅馆。规模小但是蛮漂亮的，就算是有点神经质的千金大小姐都能接受。

维罗纳除了以《罗密欧和朱丽叶》的发生背景地闻名以外，夏天的露天歌剧也颇为有名；一到那时候，街上的旅馆全部客满。

朱丽叶的家 维罗纳

罗密欧爬的就是这座阳台。朱丽叶之墓离这儿不远，石棺现在虽然是空的，但上面供着白色百合……一切看起来煞有其事，蛮让人高兴的。

加尔达湖（GARDA）

Hotel ASTORIA，Tel 62407837016

GARDA（VERONA）

夏天旺季时，附早晚两餐，一个人5500里拉，也就是日币3300元。朋友很早以前就帮我预约好了。

这儿是维罗纳西北方加尔达湖畔的观光休闲旅馆。之所以会挑这家豪华饭店，情形和前面一样，都是因为露天歌剧的旺季时维罗纳市区的旅馆一个房间都不剩，所以每天得不辞辛劳地从这里搭巴士到30公里外的维罗纳圆形剧场去。加尔达湖畔夏天也是到处可见度假的德国人；这儿曾属于奥地利，所以德语也通。

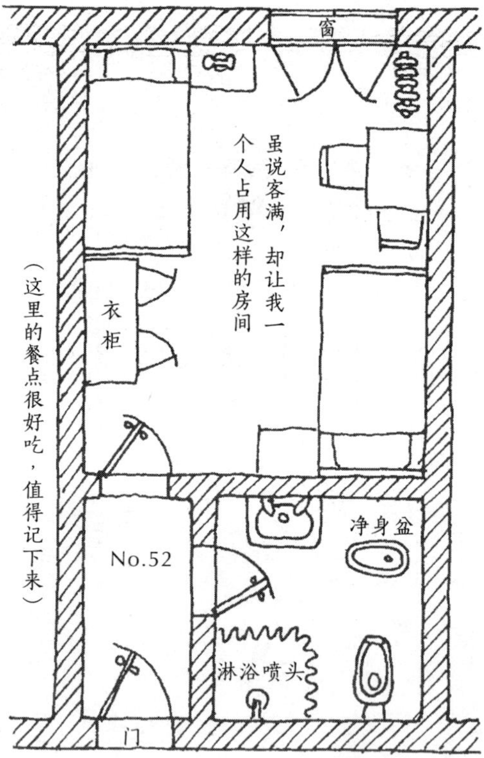

第三天，“您预订的住房期限已经到了”，被赶了出来，可惜呀。

曼图亚（MANTOVA）

Albergo MODERNO，Tel 22329

di Piscitello Albetto MANTOVA

附早餐，1300 里拉，合日币 780 元。有股小乡村老旅店的情趣，很好。（歌剧《弄臣》的故事发生背景地就是在这里）

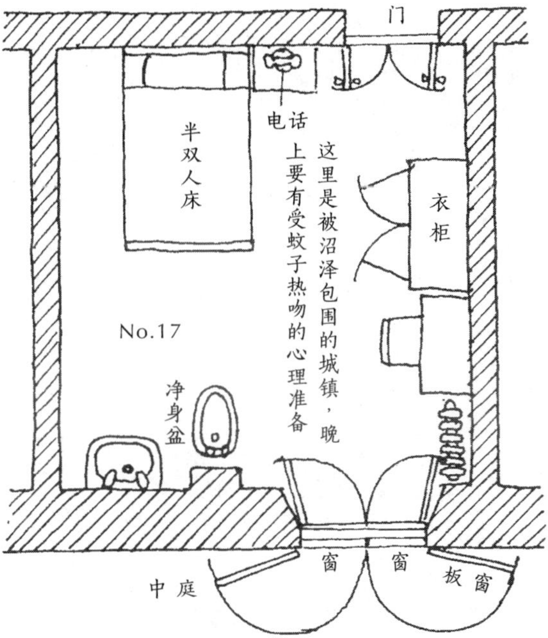

这家旅店正位于车站前。由于面对大马路，怕车声很吵，便特地跟前台要求：『我想要安静点儿的房间。』结果就给了我这面对中庭的房间。真的很安静。

好久没好好地晒衣服了；我就在这开满绣球花和葵花的中庭声势浩大地晒将起来。在此之前一直都只能晾在自己的房间里，现在可以在太阳底下尽情地晒，感觉很棒。在日本是晾在哪里都无所谓，可在欧洲就不是这样啰……

曼图亚（MANTOVA）

Albergo MODERNO，Tel 22329
di Piscitello Albetto MANTOVA

不附早餐，1300 里拉，合日币 780 元。早餐在饭店前面的酒吧站着解决，一杯卡布其诺和面包，300 里拉，合日币 180 元。

被加尔达湖的饭店『赶』出来以后，来到了这家旅馆；老板和老板娘再见到我都蛮高兴的。这乡下小镇到了夏天也是到处客满，他们却给了我这么好的面向中庭的二楼房间。从这儿到维罗纳更远些，但也是没办法的事。

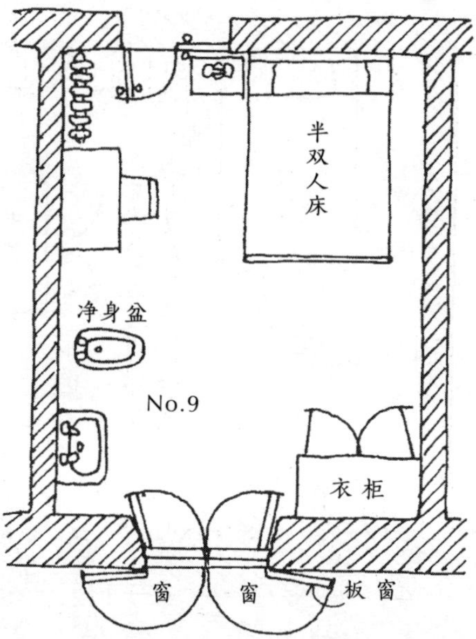

曼图亚的湿度高，夏季闷热。一般认为“意大利气候干燥，所以夏天在阴凉处也很凉爽”，可是有些地方就无法这么一概而论；更何况，像这儿还附赠蚊虫呢。跟旅馆的人说：“我不喜欢有蚊子”，结果给了我一瓶喷雾式杀虫剂。

曼图亚的弄臣之家 好像史迹一样，有完整的标示

歌剧《弄臣》以曼图亚为故事发生的舞台。好色的领主曼图埃布尔伯爵一见女人就会乱来；里哥列特是伯爵跟前的老弄臣，大臣们常常讽笑他的驼背，他就帮领主将诸臣的夫人弄到手，以为报复。不过最让里哥列特感到不安的是他正好有位美丽的独生女。由于怕别人知道这件事，他一直将女儿藏起来，那藏身处就是这栋建筑。

不过曼图埃布尔伯爵的城堡居然就近在咫尺，比较挑剔的人或许会觉得“这怎么想都不合理嘛”。但这项安排就像《金色夜叉》中的那棵松树一样，是个悲剧性的场景。总而言之，这里是里哥列特的家。

博洛尼亚（BOLOGNA）

Pensione MARACONI，Tel 384417

Via Maraconi，22 BOLOGNA

不附早餐，1800里拉，合日币1080元。博洛尼亚的意大利面等料理非常美味。意大利人说："火车便当得要在这儿买才行。"

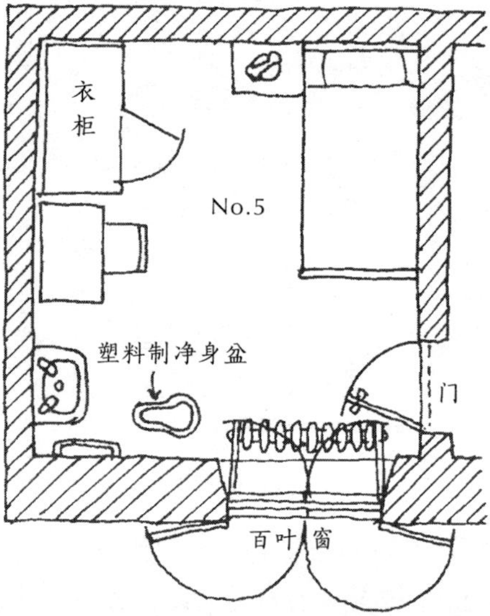

到设在火车站的旅游服务中心找旅馆的时候，对方却回答："很抱歉，现在因为正在罢工，没办法给你介绍饭店。""那，我就自己边走边找啰。""等等，说说看你想要什么样的旅馆吧……"于是我就大声地"自言自语"，他呢，则把脸别开，边用指头在地图的某一点上叩叩叩地直敲。我赶紧把那个地址暗记下来，向他说声"Grazie!（谢谢）"，他则对着我眨了眨眼。意大利人真是有意思。

博洛尼亚有全意大利历史最悠久的大学；整个城市就像是座大学城一样，四处可以见到皮肤黝黑的年轻人大大方方地挽着手走在街上。

博洛尼亚的两座斜塔

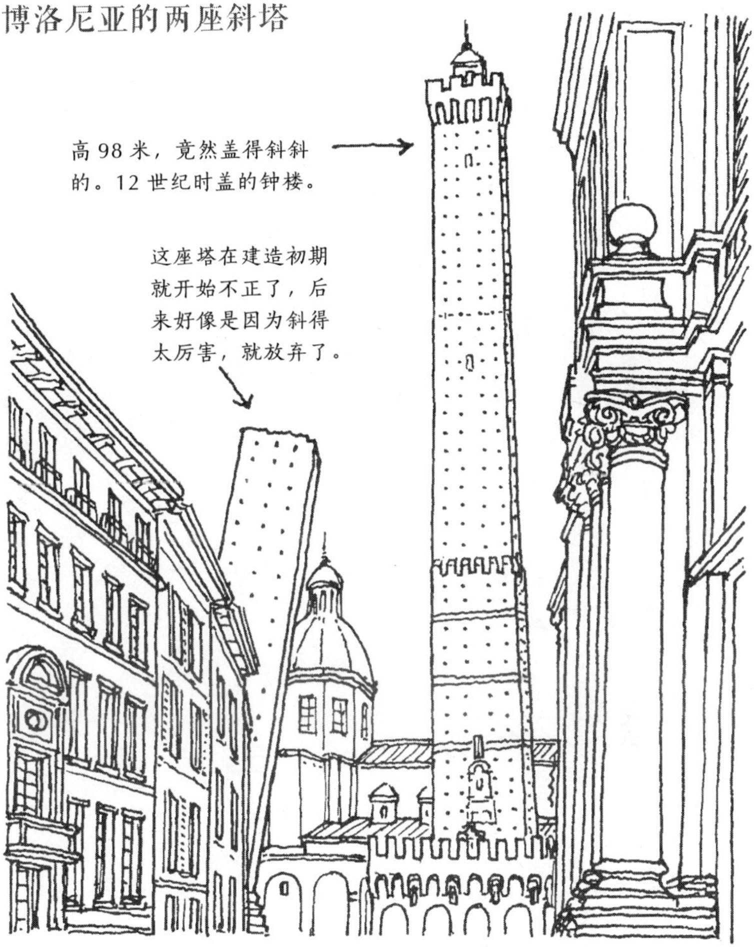

在中世纪时，12 至 14 世纪之间，博洛尼亚城里最多曾经同时有 200 座塔。在一幅 17 世纪的铜版画中，数一数共有 68 座。这些塔既没用处，又不美观，所以在文艺复兴时期就都被毁掉了吧。

法国 巴黎（PARIS）

Hôtel SAINT-MICHEL，Tel 32698-7017，
RUE GIT-LE-COEUR，PARIS 6e

不附早餐，12 法郎，合日币 780 元。价位惊人，便宜到让人无法相信是在巴黎的市中心。位于 SAINT MICHEL 的后巷里。

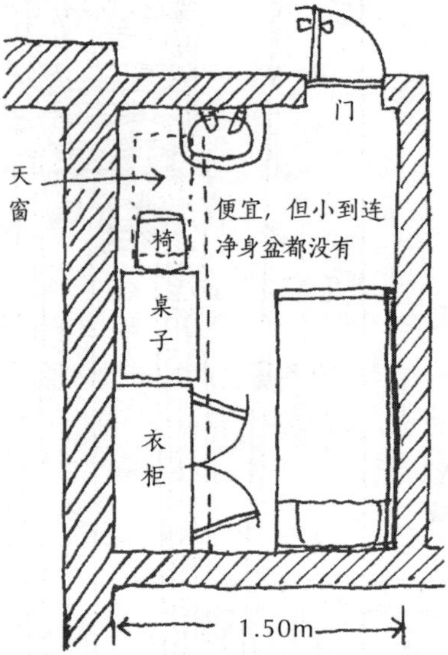

这时候刚好碰上复活节旺季，巴黎的饭店简直就是大爆满，走了不少地方以后，好不容易才找到这里。房价非常便宜，但也只有这个好处而已。这间房间是位于五楼的阁楼房间，当然没有电梯，而且整个旅馆里还充满一股汗臭味。

房间里有股怎么也说不上来的味道，那味道好像都已经渗到墙壁里面了，这是廉价旅店的“特色”。不过床单和毛巾等倒还算干净。墙上一张画都没有，从天窗望出去只看得到天空；但站到椅子上探头望望，可以看到隔壁的屋檐和烟囱，非常巴黎。我还蛮喜欢这臭臭的小房间的。（使用淋浴时要 3.20 法郎）

巴黎12法郎的阁楼房间

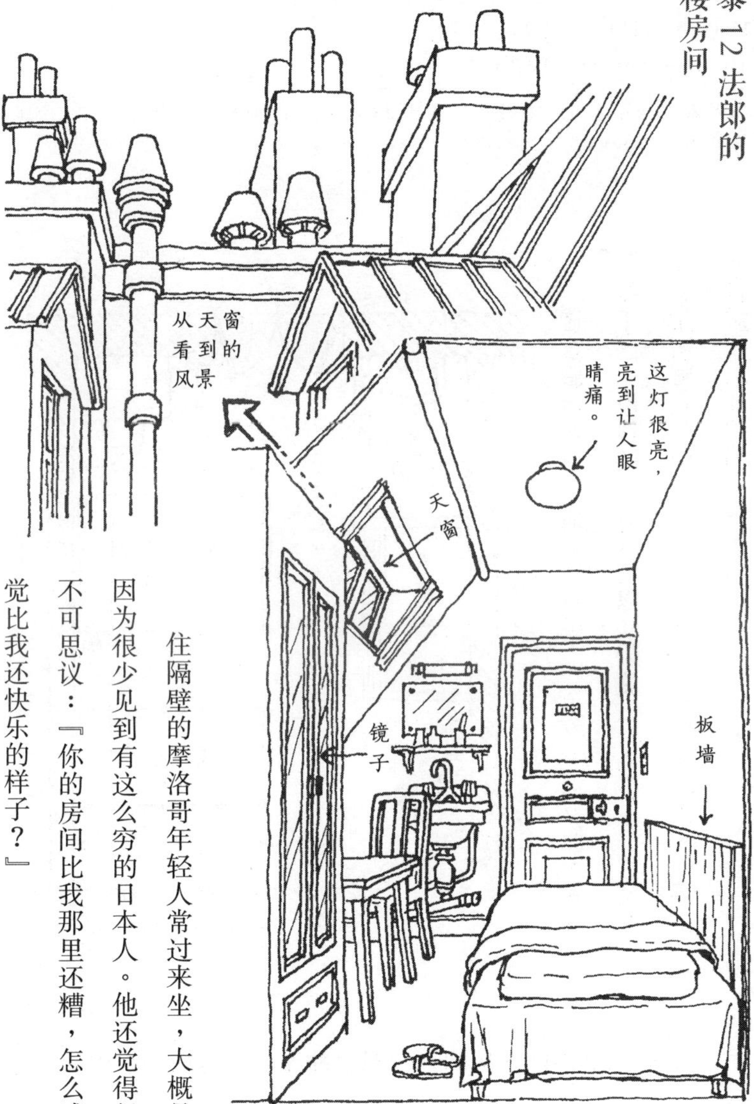

住隔壁的摩洛哥年轻人常过来坐，大概是因为很少见到有这么穷的日本人。他还觉得很不可思议：『你的房间比我那里还糟，怎么感觉比我还快乐的样子？』

巴黎

Hôtel NOVELTY，Tel 033-89-72

10，Rue Dupuytren PARIS 6e

附早餐，两个人 35.40 法郎（日币 2300 元），对分后一个人 17.70 法郎，合日币 1150 元。

这家旅馆就位于地下铁 Odéon 站旁，很方便。附近是拉丁区，没钱的人多，所以廉价旅馆、便宜餐厅林立，这家旅店就是其中之一。老板娘虽然只会说法语，但算是亲日派，态度和蔼可亲。

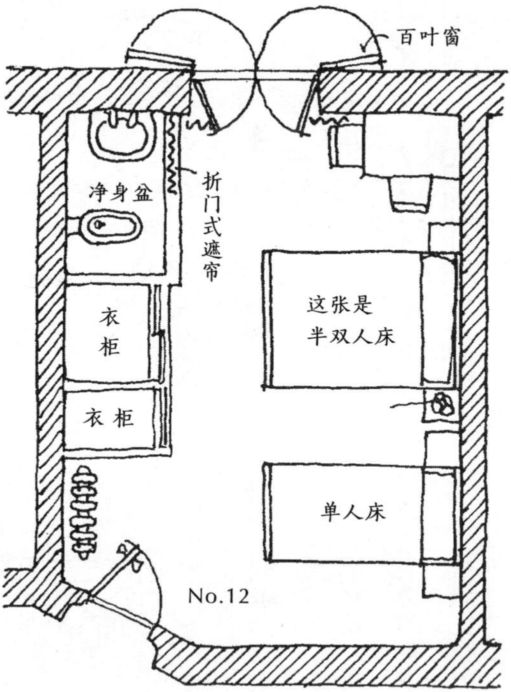

厕所和淋浴间在房间外，想要冲澡时，得向老板娘或大叔缴 3.50 法郎借钥匙。

巴黎的旅馆

Hôtel NOVELTY 的门面

这家旅馆小到一不小心便会错过。“喂！河童先生，要去哪儿呀？”我还曾经因为走过头被饭店的阿婆叫住。

巴黎

Hôtel NOVELTY，Tel 033-89-72

10，Rue Dupuytren-PARIS 6^{e}

附早餐，24 法郎，合日币 1560 元。不知为什么，总有日本人到这间旅馆投宿，大概是口耳相传得知的吧。

一位住在巴黎的朋友为日本来的人找饭店而四处奔波，找了很多家都被拒绝，很伤脑筋——因为高级饭店接待的多是事先已经预约的客人。要在到达当天找的话，便宜的旅馆比较可能有空房，只不过最好得中午前就去询问。

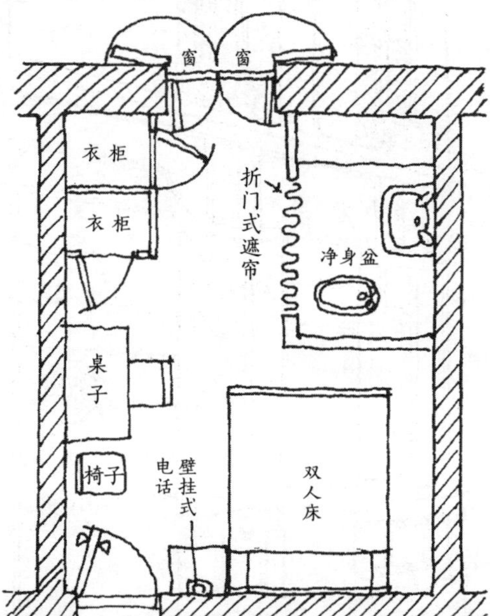

我还蛮喜欢这家旅馆的，所以就把它当作在巴黎时的据点。大妈和蔼又健谈；相较之下，大叔显得沉默寡言，而且老是板着一张脸，初见面时让人觉得好像挺难以亲近的。事实上大叔人好又亲切——虽然得花点时间适应……他会说英语。

巴黎的屋顶和昔日会冒烟的烟囱

从 Hôtel NOVELTY 的屋顶望出去

不知道是不是被《巴黎屋檐下》《巴黎节》《北方饭店》等法国电影感动的后遗症，巴黎的屋檐和烟囱异常吸引我。旅馆老板娘把往屋顶的门钥匙交给我时一再叮咛：“绝对不要跌下去哟！我可不想到警察局去报到。”

巴黎（PARIS）

Hôtel NOVELTY，Tel 033-89-7210，

Rue Dupuytren-PARIS 6^{e}

附早餐，19.20 法郎，合日币 1250 元。还有比这更便宜的阁楼房间，每一间都颇有个性，有趣。

『Monsieur 河童！阁楼的房间空出来啰！你可也等久了哪！』老板娘通知我时差不多跟我一样高兴，简直像是我当选了小区委员似的。

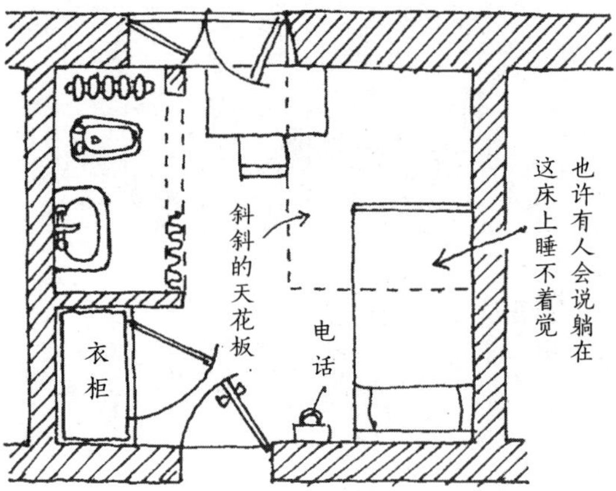

我从住进这家旅馆以后，就一直以住进阁楼房间为目标，但却老是等不到。这间饭店没有电梯等设备，所以对于爬楼梯上到这房间时会喘不过气来的人，实在无法跟您推荐；不过住这种房间确实别有一番风味。

不论哪里都一样，如果利用建筑内多出来的空间做成房间的话，大概就是像这个样子，蛮有意思的。从这种地方也可以看出该地的风土民情。

巴黎的阁楼房间 Hôtel NOVELTY 20 号房

就阁楼的房间来说，这间显得宽敞且明亮，很好。除了这间以外，还有四间阁楼房间，也都住着跟我一样长期居留的家伙。

圣母院正门的金属装饰

圣母院的彩色玻璃是很有名，不过仔细观察的话，可以发现其他还有很多地方值得仔细欣赏。正门上的哥特式风格蔓草装饰图案便是其一。

用相机把东西拍完时，会有种“已为己有”的感觉；但事实上，这常常只是种错觉。例如这扇门，我天天定睛细看，而且也已经拍了照，但一旦像这样一条线一条线地细细描绘时，还是每每有种初次邂逅的新鲜感，让我惊艳不已……

皮耶丰堡 巴黎北方 80 公里

堂皇的石砌白色城堡

这座城堡长期以来像座废墟，1857 年才由拿破仑三世下令整修。当时王公贵族所偏好的是宫殿而非城堡，也就是说，重现城堡风貌之举根本像是跟不上潮流的土包子才会做的事。也幸亏有人不畏人言、坚持这种傻癖好，现在在法国才能见到珍贵的中世纪城堡。

南　锡（NANCY）

Hôtel FOCH，Tel 52-91-608，

Avenue Foch NANCY

不附早餐，22.90 法郎，合日币 1500 元。刚好碰上南锡的戏剧节旺季，这座小城的饭店全部客满。

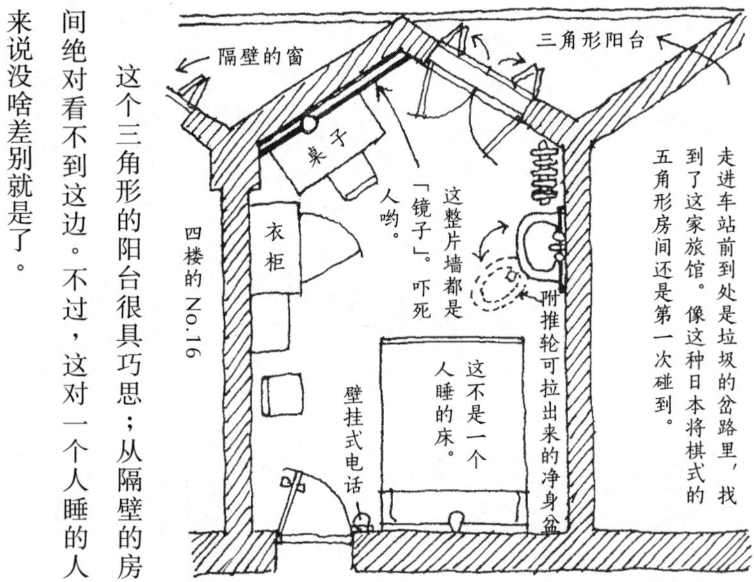

好不容易才搞懂，这房间似乎不是设计给“一个人住”的样子，大大的镜子里的那个我看起来有点惊慌失措……总觉得，嗯，“用途”好像不太合，所以我不太适合这个房间，只是这样而已。是家好旅馆。

南锡市中心留存的城门 14 世纪

城门上刻着的洛林式双十字架在第二次世界大战时成为抗德的“自由法国”抵抗军的标志。

图　尔（TOURS）

Hôtel LUT ÈT IA，Tel 05-33-2271，
RUE BERNARD-PALISSY 37-TOURS

不附早餐，两个人 26 法郎，合日币 1690 元（摊起来一个人 845 日元），早餐要加四法郎。

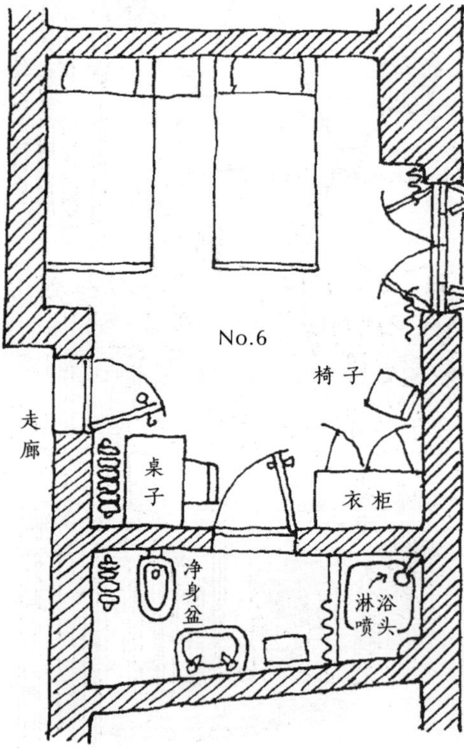

在旅游旺季时，图尔有条名为罗亚尔河流域『城堡巡礼』的巴士路线，但是淡季时就没有观光巴士了。

要到香依堡，可以搭每天一班从图尔发出到该村的巴士，当然也可以搭出租车……在冬雾包围下的香依堡又是另一种风情。

虽然只是车站附近的一星级旅店，但是小而美，又便宜。这房间有淋浴设备，真不错。

香侬堡

这座一般女性看到都会称赞“好漂亮！”的古堡很有意思，历代的主人都是女性，所以被称为“六夫人之堡”。

这座古堡的确细致又美丽；仔细想象一下女性会喜欢的城堡，好像就应该是这副模样吧：1. 白色，2. 非军事用途，3. 尖尖的屋顶，4. 水面上映着倒影，5. 给人浪漫的感觉。香侬堡的确完全吻合以上条件。

布卢瓦 (BLOIS)

Hôtel ST-JACQUES，Tel 78-04-15
Place de la Gare BLOIS

不附早餐，两人 26 法郎，合日币 1690 元（一个人 845 日元），早餐要加 3.50 法郎。

为了要参观尚博尔城堡、肖蒙堡、翁布瓦兹和布卢瓦等城堡，我把『根据地』从图尔移到布卢瓦。由于是淡季，已经没有观光巴士，只好包出租车。出租车司机说：『喜欢逛城堡的人是很多啦，不过你也太疯狂了吧。』被人这样一说，好像是有点热心过头……底片也用了不少。

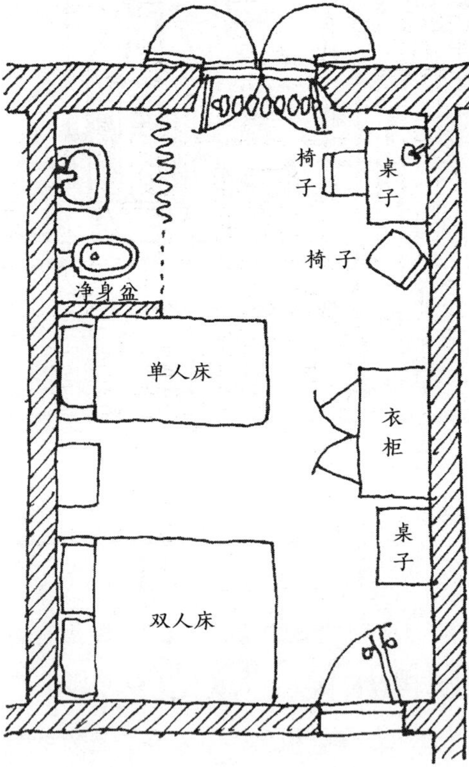

这旅馆离车站最近，虽然只有一颗星，但是不错。楼下餐厅的食物也蛮好吃的。

尚博尔城堡 莫里哀所写的《中产新贵》在此首演

据说尚博尔城堡里有 440 间房间，是这地区最大的城堡。16 世纪后城堡便不再需要具备军事用途，于是纷纷舍弃不合用的防御功能设计，转而加上华丽的装饰。如此一来，这样的建筑与其称为城堡，不如视为宫殿。此城堡到现在依旧是法国人喜爱的古堡之一。

肖蒙堡 中世纪的外观，哥特式的装潢

我喜欢这座城堡。从女性的眼光来看，大概会觉得香依堡比较好。其实从历史上看来也是这样：亨利二世逝世后，正室凯瑟琳·美第奇用这座城堡跟国王的情妇普瓦提耶的黛安娜交换香依堡；凯瑟琳大概是嫉妒黛安娜，再加上嫌肖蒙堡不够优雅吧。黛安娜没办法，只好交出香依堡，但也没住进这里。

翁布瓦兹 吕赛庄园

这座城堡虽因16世纪的“翁布瓦兹大屠杀”而闻名，但和达·芬奇的一段因缘也蛮有意思的。达·芬奇受弗朗西斯一世之邀从意大利移居此地，在君王的礼遇之下度过晚年。四百年前达·芬奇就已经画出直升机的设计图，与其称之为画家，不如说他是对各个领域都有强烈好奇心的传奇性天才。他在搬来此地后的第三年，即1519年，在吕赛庄园辞世，享年67岁。

圣米歇尔山 (MONT St. MICHEL)

Hôtel du MOUTON BLANC，MONT SAINT MICHEL

两人 32 法郎，合日币 2080 元（一个人 1040 日元），附早餐的话再加四法郎。

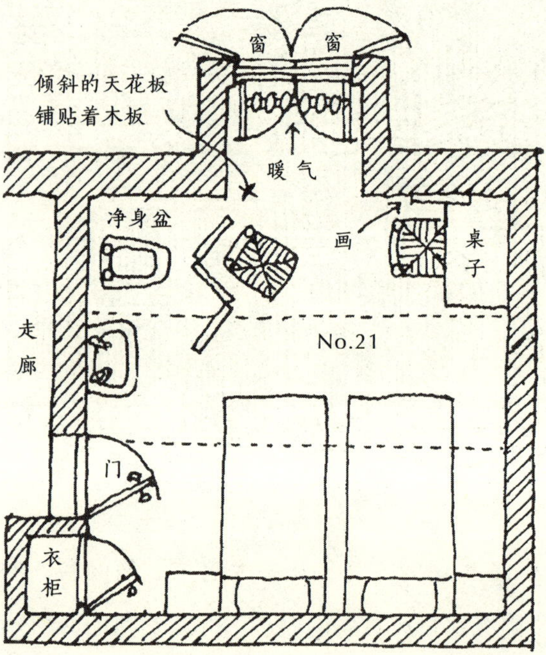

据说在夏天观光旺季的时候，圣米歇尔山的人潮多到和埃菲尔铁塔差不多。但是一到了11月，也是餐厅旅馆全都门窗紧闭，半个人影都见不到。

营业的旅馆只有这家。我问：“是不是隆冬一到就没有住的地方了？”对方回答：“不不不，一定有一家开着，你放心。因为我们是轮流营业的。”

圣米歇尔山全景

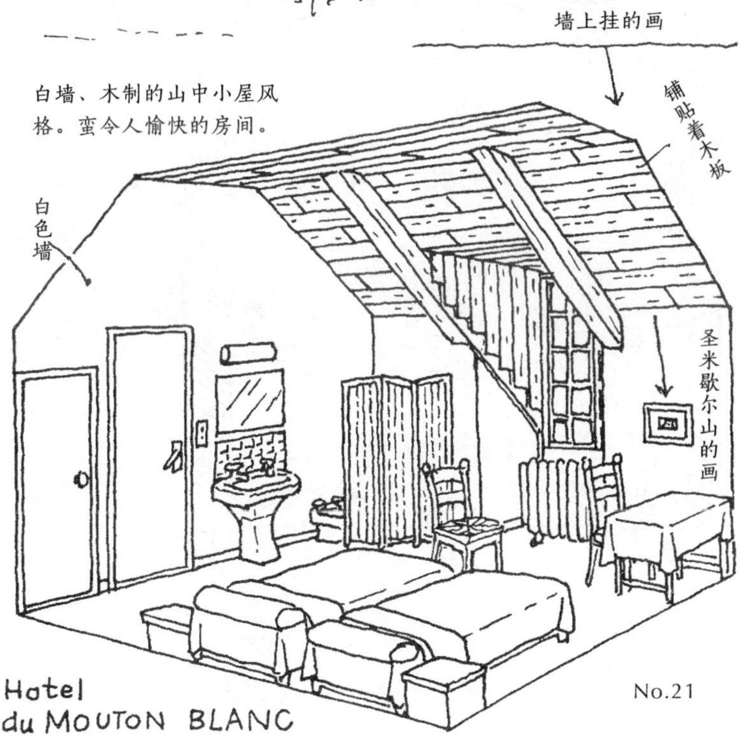
墙上挂的画
白墙、木制的山中小屋风
格。蛮令人愉快的房间。
铺贴着木板
白色墙
圣米歇尔山的画
Hotel
du MOUTON BLANC
No.21

波尔多 (BORDEAUX)

Hôtel DU PRINTEMPS，69， Tel 92.37.66
Rue Eugèn e Leroy BORDEAUX

附早餐，15.50 法郎，合日币 1010 元。车站出口 20 米外有订房服务中心，但眼前就有几间旅馆，看到这家直接就进去了。

这房间居然没有净身盆，罕见。

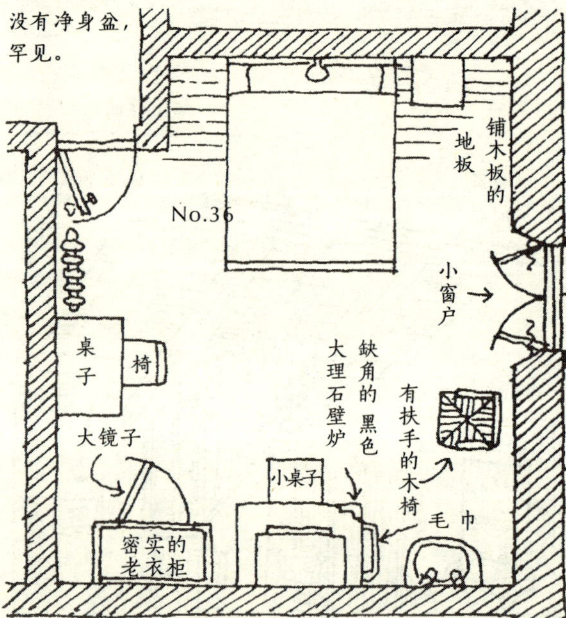

站在前台的是位爽朗的法国辣妹。『为什么来波尔多呢？这儿可不是什么漂亮的地方喔。』边皱鼻子边问道。

前台辣妹虽然嫌这城“一点都不好玩”，但这里也不是一无是处。的确，波尔多没有傲人的观光景点，但在这里却可以见识到具有历史意义的建筑物。

波尔多的城门 这座是卡优门

车子得从外侧绕行。为了保护文化遗产，有些事会变得比较麻烦；但和它所具备的意义与价值比起来，这点麻烦就不算什么了。

马赛 (MARSEILLE)

Hôtel BEAUS ÉJOUR（只说法语）
13，Rue Saint-Saëns Anglerue Glandevès
13-MARSEILLE 1er Tel 338059

不附早餐 12 法郎，合日币 780 元，附早餐加四法郎。

马赛的饭店不可以太美。因为对我来说，马赛是帕尼奥尔作品的背景地，应该就是法国怀旧电影中的港都模样……我要亲自找到在我想象中的旅馆。

后来让我在港口附近的小巷里找到了，完全就是一副廉价旅店的模样。爬上咯吱作响的楼梯来到二楼前台，果然有位精明爽朗风韵犹存的中年老板娘……

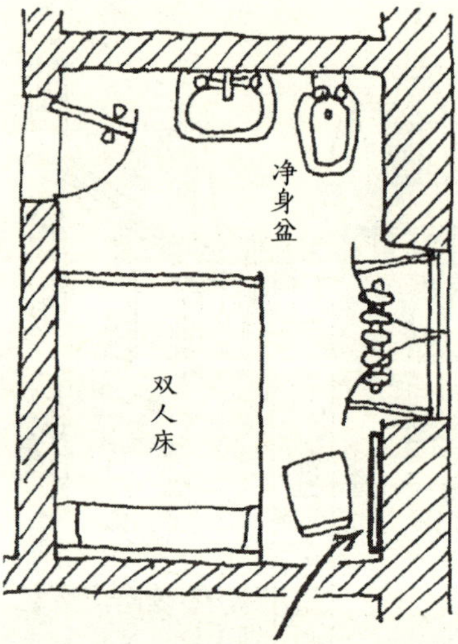

这里为何有面低低的大镜子？墙壁蛮脏的，到处有污渍，也没桌子，但是却有净身盆。

这家廉价旅店一如想象，有点诡异。我迫不及待地摆出帕尼奥尔剧中人物的架势，脱掉夹克扔到椅子上（因为这房间里没有衣柜），然后躺到床上看看，结果这儿也有面会看到自己的镜子——真可惜，没必要嘛。

马赛的后巷

完全一副港都风情。这里的气氛不会让外来者觉得格格不入，感觉很好。或许是因为有自各方搭船而来的人来来去去，送往迎来很早就已经融为生活的一部分了吧。

卡尔卡松 (CARCASSONNE)

Hôtel ST JOSEPH，Tel 25109481，

RUE DE LA LIBERTÉ11-CARCASSONNE

附早餐，20.80 法郎，合日币 1350 元，不用早餐减四法郎。

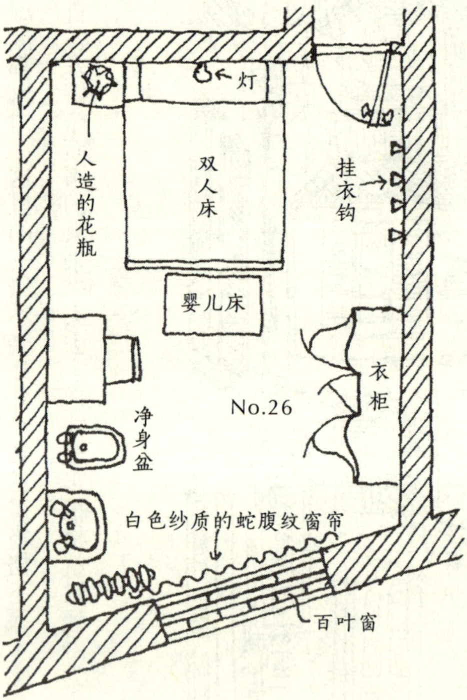

这间房间给人的感觉是，独自一人旅行的男性住起来可能会有点不好意思。粉红色花朵图案的壁纸、粉红色的床罩。和房价比较起来，可以说是物超所值、美丽干净，简直像是新房一样；连对我来说根本用不着的婴儿床都附上啦。前台人员是位年轻美女，可惜只会说法语，而且话说得很快。

规模宏大的卡尔卡松堡拥有两道城墙，这里因为将中世纪时的规模完整保存下来而闻名。旅游旺季时人潮汹涌；一到 10 月则该旅馆就休息啦。

卡尔卡松堡

比利时 布鲁塞尔 (BRUXELLES)

CAFE-HOTEL AU PETIT COQ，Tel 381421

AVENUE FONSNY 4. 1060 BRUXELLES

早餐，150 比利时法郎，合日币 975 元。到市区会有很多旅馆，不过为求方便，还是选在车站前。

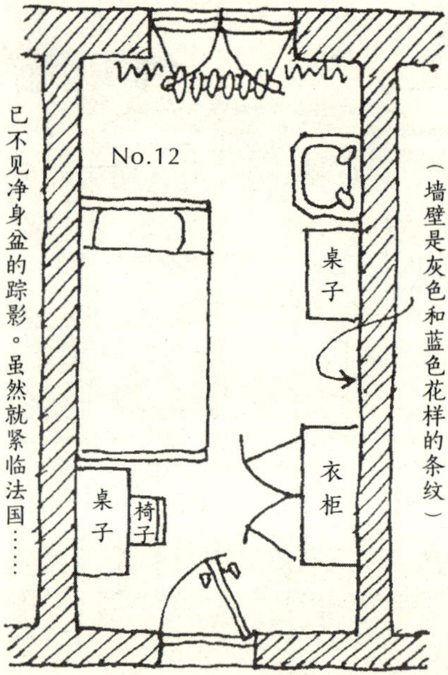

车站的东边出口前有几家旅馆，我依序一间间地问，结果不是客满，便是只剩『两百法郎的房间』，于是进了这家，第五间。一楼是有撞球台和吃角子老虎的大众酒吧，要订房得向站在吧台后的酒保大叔询问。

这间旅馆因为是幢老建筑，天花板很高；房间给人感觉很宽敞舒适，但也说不上是特别漂亮……到楼下的酒吧，可以边喝酒，边和人热闹地敲杆，很有意思。还可以见识到很庶民的打架场面。

布鲁塞尔的大广场 广场被这些建筑包围

这些装饰繁复极了，看了简直想让人大喊："真是辛苦你们啦！"我画起来也很费事。这是15—17世纪的市民建筑中华丽的巴洛克风格之代表作。

布鲁日 (BRUGES)

Hôtel-Restaurant DE SNEEUWBERG，
MARKT-GRAND，PLACE（Hallestraat 2）Tel（050）337-72

附早餐，240 比利时法郎，合日币 1560 元，楼下是餐厅。

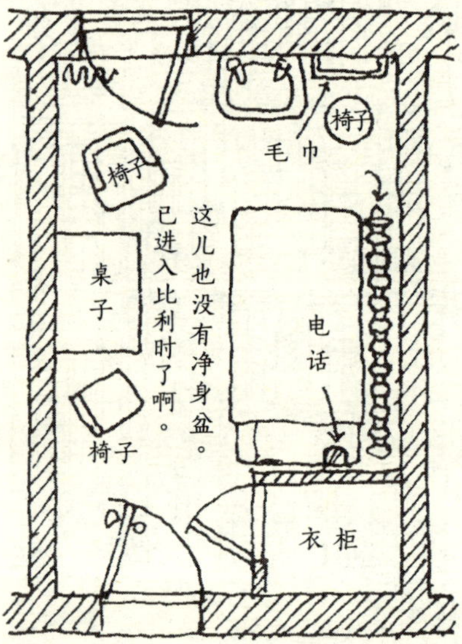

布鲁日据说是欧洲最美的城市之一，观光客很多，因此旅馆很华丽，价格也就不低。再怎么便宜也要300—350法郎，很难找到廉价旅馆。幸好让我找到了，多亏现在是淡季。这间可以说是阁楼房间，装潢的品位还不错。

布鲁日这座城市果然漂亮。有句话说风景如画，布鲁日正是如此。布鲁日是汉萨同盟（Hansa）时代繁荣起来的城市，老建筑栉比鳞次，运河环绕着的街区看起来就像是庭园式盆景一样。

若以历史的角度来审视布鲁日和附近的根特（Gent），更是兴味盎然。旺季时则挤满了观光客。

布鲁日的阁楼房间 DE SNEEUWBRG

布鲁日的街道 也有这么狭窄的水道

在汉萨同盟最盛期曾扮演过重要角色的运河网现在则是水道淤积，河水变成会涌出沼气气泡的泥水。不过河面的街景倒影仍一如往昔，美丽依旧。

根特的古堡 又称为法兰德斯伯爵城堡

这座古堡黑沉沉的，看起来让人毛骨悚然；而且是建在市中心，好像正虎视眈眈地盯着对面整排的华丽商行一般。事实上，在汉萨同盟时代，这座城堡曾经钳制镇压过渐具影响力的商人们。在十字军东征时所习得的中东筑城模式由此城堡的外形清楚可见。

瑞士　卢塞恩 (LUZERN)

Hotel WALDSTÄTTERHOF

门牌号码不详，反正是卢塞恩车站前的饭店。

不附早餐，两个人60瑞郎，算起来一个人30瑞郎，折合日币2500元——太离谱了！没法儿住。

反正这间旅馆十分豪华，不可能会有便宜房间，所以放弃。不过为了参考参考，还是进去参观了一下。

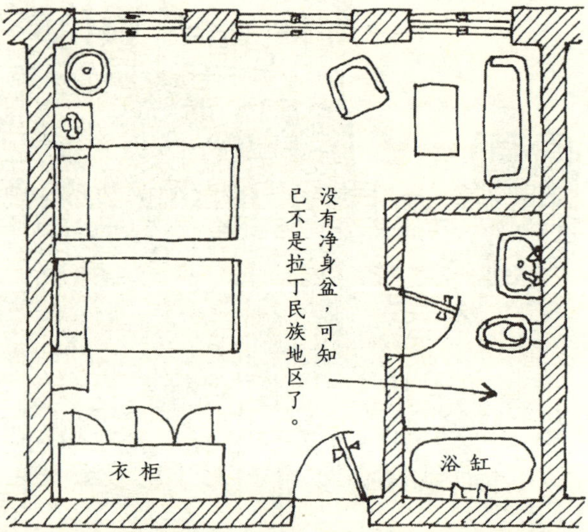

会来这家饭店看看，是因为在一本名为《一天五美金之旅》的旅游书上看到这间旅馆的介绍。我并不是要说“价格和书上写的不一样，真让人失望”之类的话，房价当然是会随物价的波动而有所调整；只不过，“既然要教人如何以极少预算来旅游，那这间旅馆应该不能列入这本书来介绍吧”。

卢塞恩

跟前面是同一家旅馆，结果也没法儿住这个房间。

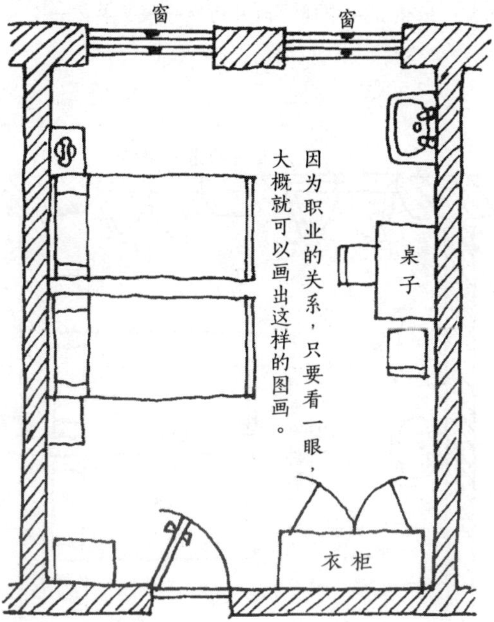

我才开口：“一个人30瑞郎实在太贵啦……”对方随即回答：“这样的话，也有便宜的房间喔。”接着便带我们看了这个房间。一个人20瑞郎等于是日币1700元，不包早餐，比起刚才的房间的确是便宜许多，不过就我的预算来看，还是希望可以再便宜一些。

卢塞恩市内应该有其他更符合条件的旅馆，于是就向同行的朋友提议：“反正时间还很多，我们再去看看别家吧！”只不过他不像我有那么强烈的好奇心，因此只是冷冷应道：“住哪里都可以，快一点下决定吧！”再加上他大概也因为已经要求看了房间却不住下来，觉得蛮丢脸的。虽然不太清楚他为什么会这样，但是就看在河童爱窥视的好奇心份上，原谅我吧！

卢塞恩

Hotel ALPINA，Tel 20660
6000 LUZERN

附早餐，两人36瑞郎，比前一家便宜4瑞郎，而且还附一顿早餐。一个人是1500日元。

看完前一家旅馆的房间后，大概走了70米，便来到这一家。从门面来看大概符合我们的条件；果然没错，刚好在预算之内。『可不可以看看你们的房间？』旅馆的太太听了便领我们进去。

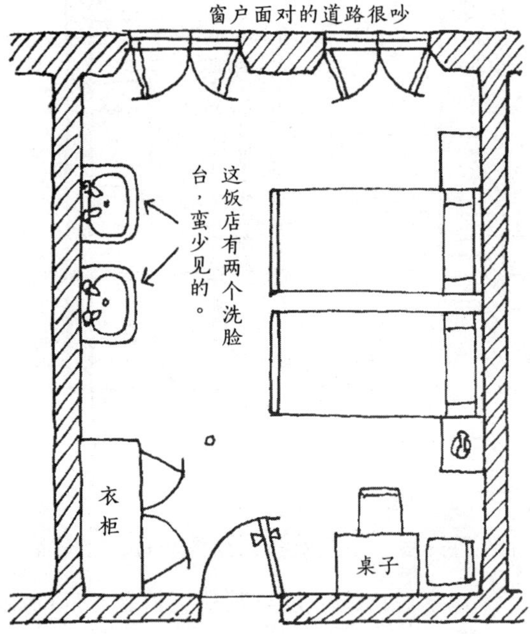

“这房间倒是蛮不错的呢……只不过，面向道路会比较吵吧？”一听我这么说，那位太太马上回答：“请等一下。”之后就又打开别的房间让我参考比较。这样的事可是在淡季才会有的呢。

卢塞恩

Hotel ALPINA Tel 20660

6000 LUZERN

附早餐，两人36瑞郎，合3000日元，一个人1500日元，蛮安静的房间。在卢塞恩的住宿总算决定了。

我赶紧去叫站在旅馆玄关等着没进来看的伙伴，『是蛮不错的房间喔，我们就决定住这里吧！』说的时候松了口气。幸好在他发火前就决定。不过，找饭店还是要多看多比较才好。

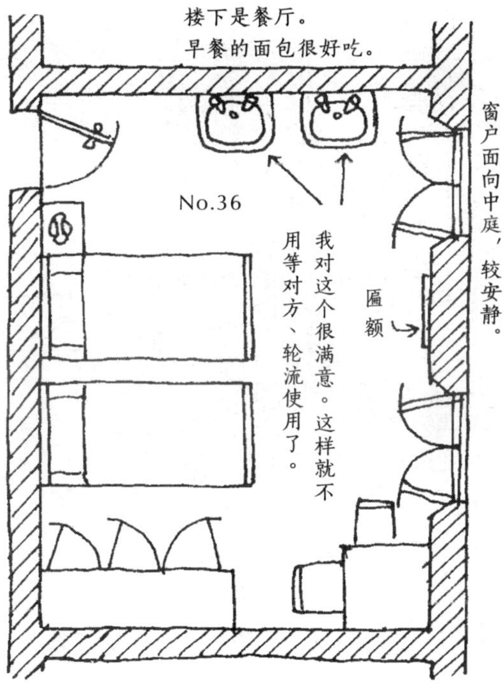

并不是什么时候都能像这个样子东挑西选挑房间，到了春天可就没那么好的事啦。现在都已经是3月28日了，还在下雪呢。一直要到5月，才会有春临大地的感觉。

苏黎世的街景

钟表王国瑞士，街上的钟表可真多——连在厕所里面都有，真是多啊！提及瑞士的钟表，自然是从轴承到锥子等，各种零件都在生产之列。如果连小小的制造商都算进去的话，据说有两千五百家之多……而且还有国立钟表学校呢，真不愧是钟表王国。

苏黎世 (ZÜRICH)

Hotel OTTER A.Giger，Tel 051322207
Oberdori-strasse 7, 8001 ZÜRICH

附早餐，两人40瑞郎，一个人20瑞郎，换算成日币约1600元，早餐还会送到房间里来。

玄关门一直是关着的，于是通过对讲机订房。虽然有点搞不清楚是怎么回事，但还是问问看吧。结果发现这是家由很有魅力的老板娘和年轻女员工两个人经营的小小旅馆。我对瑞士的旅馆印象是『实在很干净啊』——这间旅馆也是如此。

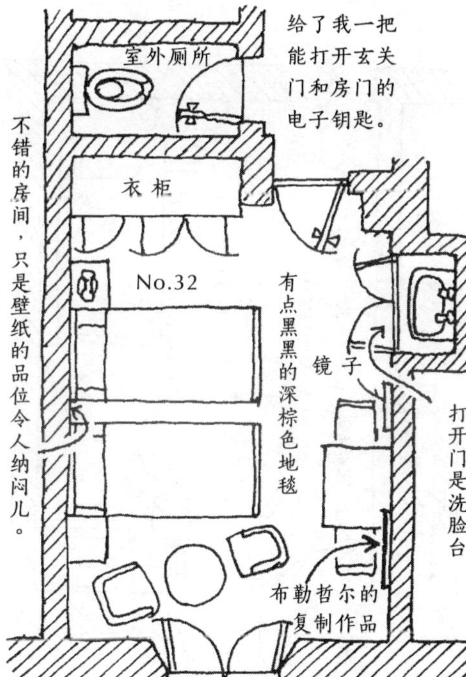

员工虽然少，但是服务不打折，感觉不错。另类的宿处是有趣没错，不过像这样的也很好。结果说起来，我好像哪一种旅馆都喜欢的啊。

苏黎世

Hotel FRANZISKANER, Tel 051.340120
STÜSSIHOFSTATT 1, ZÜRICH

附早餐，28瑞郎，合日币2300元。虽然有点贵，但是没办法，也没别的选择。这房间充分展现了瑞士的地方色彩。

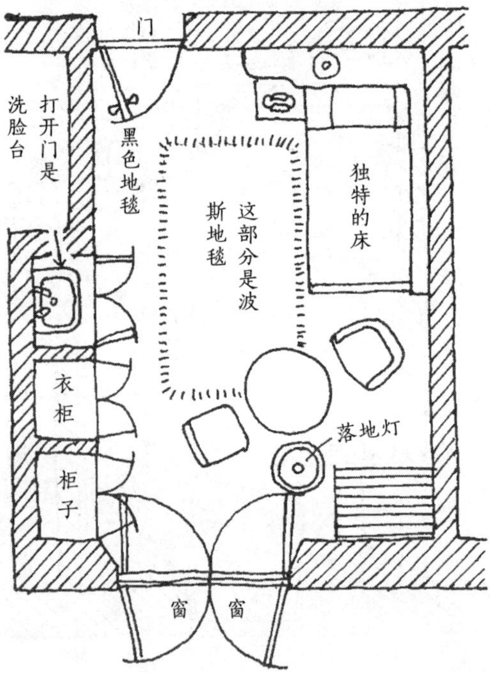

复活节假期的人潮比日本的黄金周稍稍多一些。对北半球国家的人来说，复活节还代表了漫长的冬天终于结束、春天总算来临，是个洋溢着欢乐气氛的假期。越过国界来来往往的人潮也不断。

碰到复活节连假，不管是哪里的饭店通通客满。这家是机场的旅游服务中心介绍的，心想凑合凑合……结果房间蛮棒的。首先是床好睡，还有，洗脸台也是以特别的门隔开来。

苏黎世的 Hotel FRANZISKANER

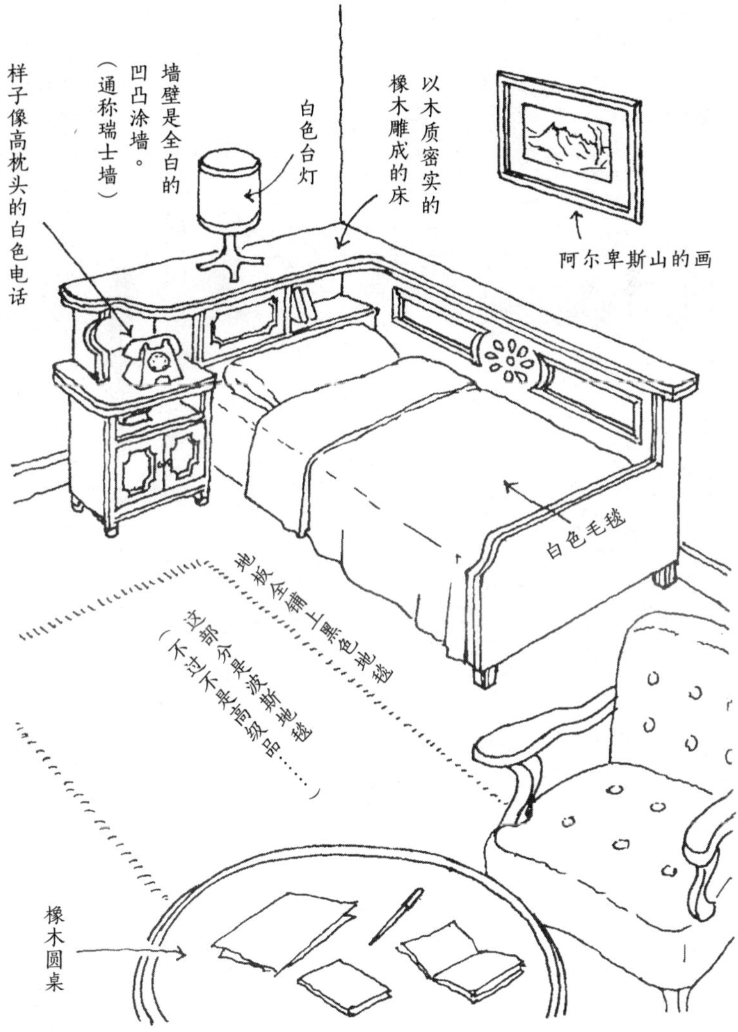

苏黎世

Hotel OTTER A. Giger，Tel 051.32.2207
Oberdori-strasse 7,8001 ZÜRICH

附早餐。单人房23瑞郎，合日币1900元。果然是比两个人住双人房再平分的价格来得贵一点。

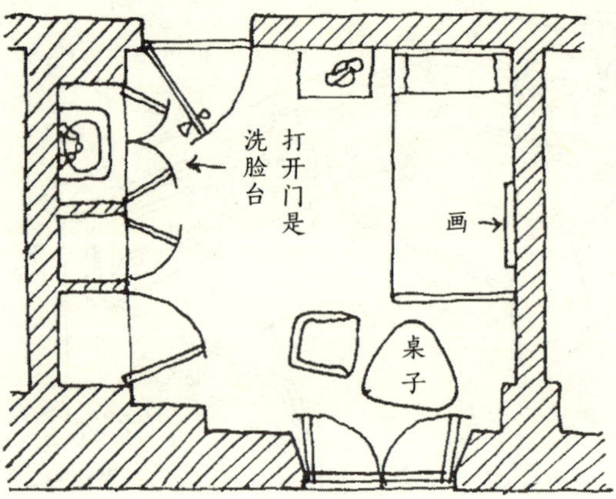

这是以前住过的旅馆，给人好印象的老板娘一如既往地亲切地招呼。我可不是为了老板娘才来的哟，而是因为向来一直强调的『便宜』。

厕所里有以四国语言写成的注意事项。瑞士没有统一的国语，所以当然需要这么做。比方说，苏黎世这里说德语，日内瓦则通行法语。

我问，“那么，各地的人聚集在一起，比如在国会开会时，是用哪一种语言啊？”对方一脸无所谓的表情回答：“大家戴耳机听同步翻译，不成问题啦。”据说学校里一定要教两种语言，一种是当地所通行的语言，另一种则是必修的德语。

墙壁的门一打开就可以看到洗脸台，关上门后看起来就和其他墙面没啥两样。我喜欢这个设计。

日内瓦 (GENÈVE)

Hôtel DES LIONS,
RUE DE LA CONF ÉDÉR ATION 5,
Passage des Lions. GENÈVE Tel 247581

附早餐，单人房24瑞郎，合日币1920元，是通过车站的旅游服务中心介绍而得知此地的。

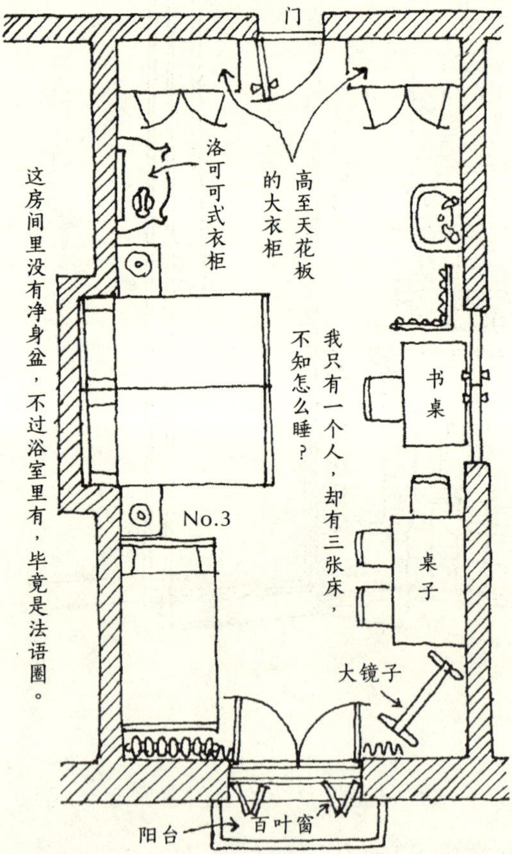

看到房间后吓了一大跳——这可是我住过的房间当中最最宽敞的一间！这饭店原本的客层好像是针对有钱人。大厅的家具很讲究，还挂着很多画作装饰。房间只有十间左右，老板娘BEDESCHI太太据说是位教授。早餐会送到房间来。这家旅馆只讲法语。

日内瓦的钟塔

这座钟塔并不特别，只是屋顶的人字檐颇具瑞士风味，觉得还蛮有趣的才画下来，没什么别的用意。欧洲有许多非常华丽或者设计独特的钟塔，这附近就以伯尔尼的最有名。

西雍堡

这座建于12—13世纪的古堡里虽然有段悲惨的历史，但是依然不掩其美丽，不愧被称为“雷梦湖女王”。

这座因拜伦的诗句而闻名的城堡超乎想象地让我热血沸腾。它和周围的环境非常协调，外形美观，色彩调和。美景让人迷醉，我不停地按下三台相机的快门，眼中只有它的美丽，脑袋里所想的是如何构图；直到细细描绘窗户墙壁时，才慢慢发现这城堡的坚固。

伯尔尼 (BERN)

Hotel MATTENHOF
Gümligen BERN

这一带是德语区，不过这间旅馆也可以说意大利语。

附早餐，16.5瑞郎，合日币1400元（虽然是双人房，但是付一个人的费用也OK），是车站里的旅游服务中心介绍的。

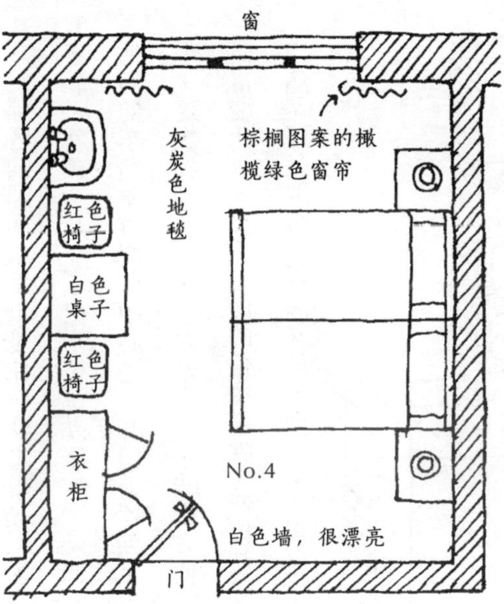

伯尔尼静谧的中世纪气氛比身为首都这件事更令人印象深刻。屋檐的形状尤其独特，让我看得兴致盎然。会让人意识到伯尔尼是首都的，应该是在此举行的众多会议吧。一旦碰到同时有几个会议举行，旅馆很快就客满。

现在有五个会议正在进行，所以在市中心根本找不到住处。我请车站旅游服务中心的年轻职员帮我打电话询问，结果找到这家。虽然不在市中心会有些不便，但是可以搭郊区电车经过六个站，也蛮有趣的。这间旅馆美丽，而且设备现代化，蛮舒适的。楼下是餐厅。

伯尔尼

Hotel SCHLÜS SEL, Tel 031220518
Metezgergasse 72，BERN

附早餐，25瑞郎，合日币2000元。市中心的饭店就比较贵一点，不过根本没得选。

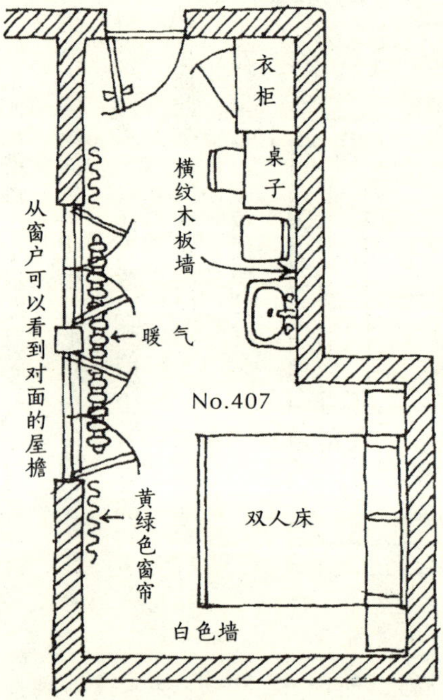

郊区的那间旅馆也是住一晚之后，因为事先的预约已经客满，就被『赶』了出来，没办法。于是回到昨天也麻烦过他们的车站旅游服务中心去，开门前就到了，排队还排第一个。这次找到的旅馆是在市中心，非常方便。伯尔尼的屋檐极富变化，很想从上面的角度瞧瞧，所以就登上饭店的屋顶。当然，还是取得了饭店女员工的协助才得以……

这儿也是德语区，不过老板娘会说英语。楼下也兼营餐厅，像这样的旅馆有很多。

伯尔尼的屋顶

德　国 慕尼黑(MÜNCHEN)

Hotel ZUM SCHÜTZEN，Tel 553645
Schüt zenstra ße 3 MÜNCHEN

没有早餐，两个人32马克，合日币3200元，平分后一个人1600日元，离车站近。

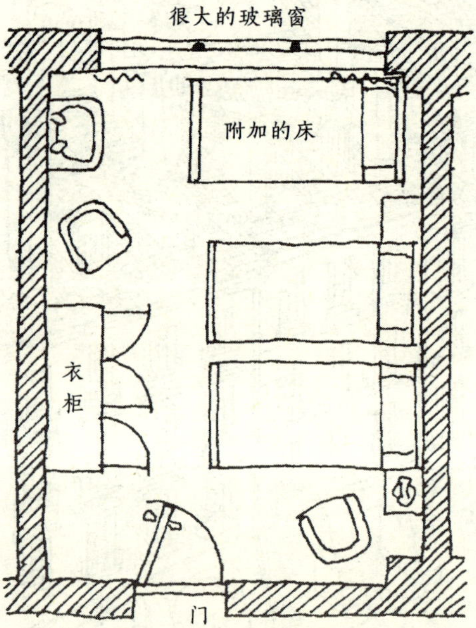

这间旅馆在旅游指南『日五美金之旅』上提到过。我手上的书是旧版的，加上物价上涨，所以房价和书里写的不一样，这理所当然。不过，身为廉价旅馆这件事倒是没变。

比起意大利和法国等国家，这会儿可是实实在在地感受到“德国的高物价”。我在各国找的都是差不多等级的饭店，所以可以清楚得知。能知道这种事情，也算是旅行的收获之一吧。

慕尼黑

Hotel ZUM SCHÜT ZEN，Tel 553645
Schützenstra ße3 MÜNCHEN 2

附早餐，18马克，合日币1800元，蛮宽敞的房间。这样的价钱在慕尼黑算是便宜的。

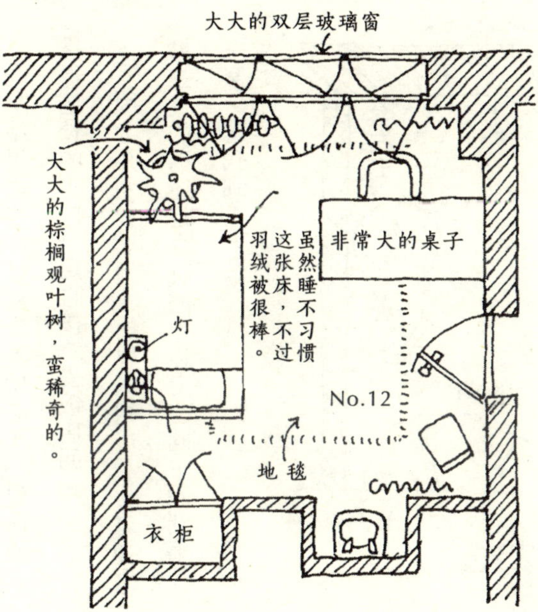

从阿姆斯特丹出发的火车误点很久，到达慕尼黑的时候已经是深夜了。去以前住过的旅馆问问看，结果只剩这间单人房。

深夜才到达，还让我住进来，实在不好意思再抱怨什么；不过这张床晚上吱吱嘎嘎响得还真是厉害。我都已经是尽量不翻身了。

慕尼黑

Hotel EDER，Tel 554660
Zweigstra ße 8，MÜNCHEN

附早餐，原来22马克，算我20马克，相当于日币2000元。可能是因为我找廉价房间的热心程度够惊人吧。

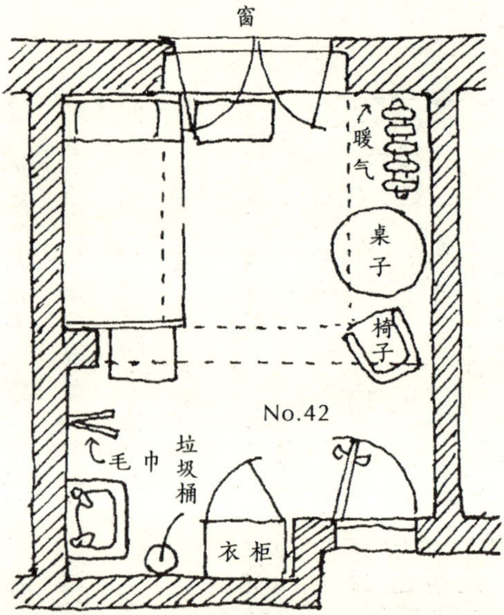

车站里虽然有订房服务中心，不过队伍排得蛮长的，便决定直接杀去饭店问。

因为是观光季节，所以人很多，不过如果去找的话还是会有的。边走边问，问到第三家，就找到了。

慕尼黑的物价还真是贵呀。以我的预算来看，只住得起阁楼房间。这样正好，我最喜欢阁楼房间了。

若是跟法国、意大利的阁楼房间比较起来，就可以感受各国不同的民情，真有意思。这间旅馆的餐厅也充满巴伐利亚的风情。

Hotel EDER 的 42 号房间

慕尼黑

Hotel EDER，Tel 55466
Zweigstra ße 8，MÜNCHEN

附早餐，原价24马克，为我便宜一马克。原来是两个人要价36马克的双人房。

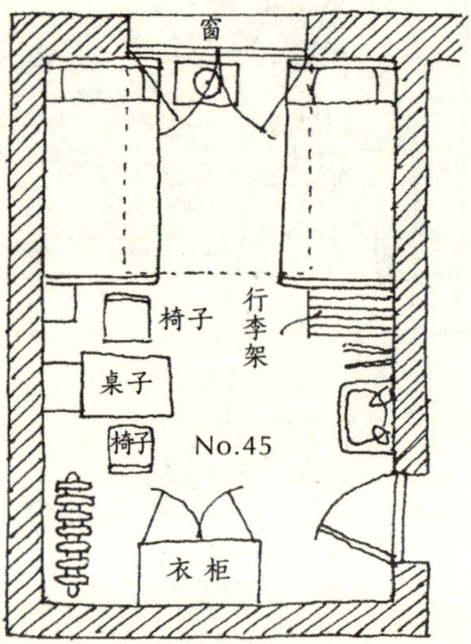

这家是以前住过的旅馆。『我还蛮喜欢之前住过的42号阁楼房间的。』结果回答是：『那房间现在有人住。目前只有双人房是空着的，不过也是阁楼房间，你应该会满意的。』说着便给了我钥匙。

好极啦——只不过要爬楼梯到五楼就是了。

虽然让我一个人独占双人房，还可以在气氛不错的餐厅里用早餐，2300日元说起来是不贵——不过如果可以的话，我还是希望能住到更便宜的地方去。

因为慕尼黑的歌剧票价就要7000日元，实在是让我手头拮据呀！

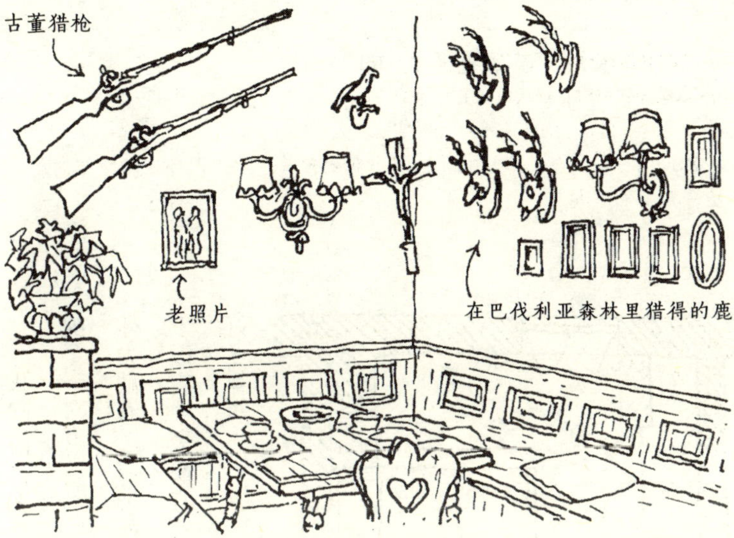

Hotel EDER 的餐厅 充分显现地方色彩

法兰克福 (FRANKFURT)

Hotel SCHUMANN（英语也通），Tel 232672
Taunusstrasse 50 FRANKFURT

附早餐，23马克，合日币2300元，超出我的预算。旅游服务中心介绍的旅馆要28马克，更吓人。

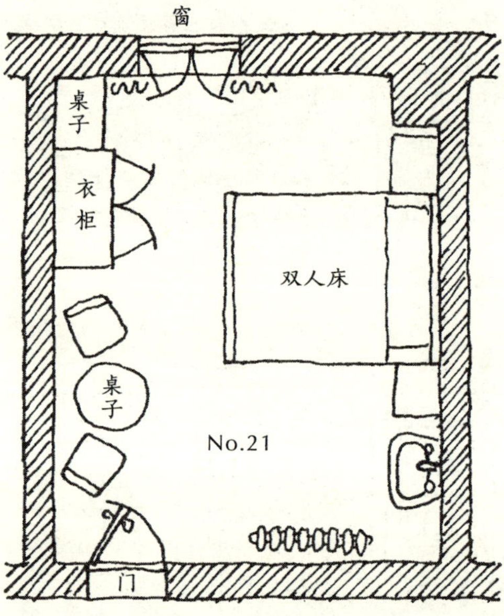

我问前台人员：『有没有便宜的房间呢？』对方笑着回答：『如果你有爬五层楼的体力就有。』说着便把钥匙递给我。这也是这家饭店中最便宜的房间，我数了数阶梯，刚好100级。

特地付钱给人家、让自己爬得气喘如牛的佛罗伦萨钟楼一共有284级楼梯，比萨斜塔则有298级。我一边想，“100级算什么，小事一桩”，一边呼呼呼呼地喘……如果有什么东西忘记拿的话就完蛋啦。

埃森海默塔 在法兰克福市中心

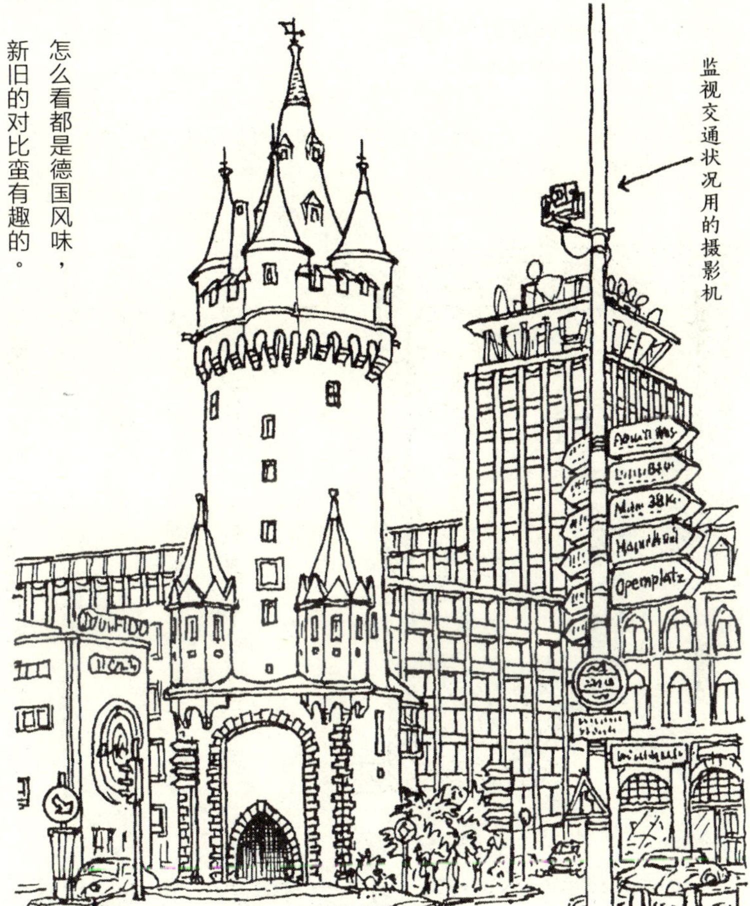

法兰克福在中世纪时是座要塞城市，当时的城墙有 42 座像这样的塔，把整个城包围起来。埃森海默塔位于北门，不过现在只剩下这一座而已。

曼海姆 (MANNHEIM)

Hotel SALM，Tel（0621）4470220，
Tattersallstr MANNHEIM

附早餐，17马克，合日币1700元。从门面看起来好像是有点贵的旅馆，想不到还蛮便宜的。

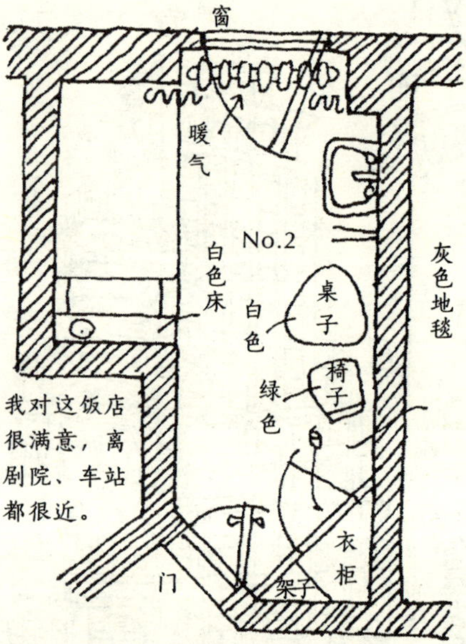

这家饭店还有才12马克的超便宜房间，不过我最后还是选择了这间。偶尔住住不用爬楼梯的房间也不错吧。

这个房间既干净又美丽，床、桌子、衣柜、墙壁清一色都是白色，只有椅子是绿色的。

德国的冬天非常非常冷。在车站写明信片的时候，连圆珠笔的墨水都冻着了，写起来不太顺畅；早上在路上走时，鞋底还会吱吱嘎嘎地响。

不过室内则很温暖。这个房间如果暖气全开的话，室温高达28℃，我乐得只穿一条裤子，让自己流流汗。

斯图加特 (STUTTGART)

Hotel AM FRIEDENS PLATZ，Tel 432871
Friedensplatz 2-4 STUTTGART 1

附早餐，18马克，合日币1800元。
从车站搭市营电车来，在第二站下。在10月1日至次年4月30日之间要加收1马克的暖气费。

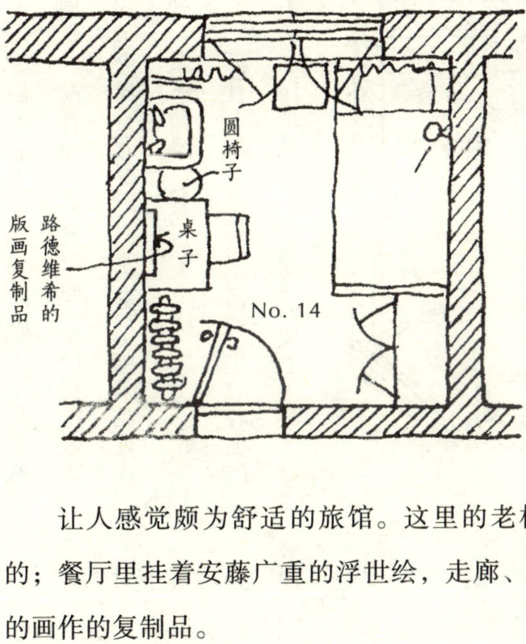

这间旅馆是车站的旅游服务中心介绍的。如果从车站走过来是蛮远的；但若是搭电车的话，一下车就到了，非常方便。可以搭1、4、9、14、21路电车。

让人感觉颇为舒适的旅馆。这里的老板好像蛮喜欢图画的；餐厅里挂着安藤广重的浮世绘，走廊、房间也都挂着不错的画作的复制品。

德国也是各都市的房价不同，越是大都市就越贵。以我的预算来看，只住得起阁楼房间或者郊区旅馆。斯图加特可以说是比曼海姆大的都市；这点呢，其实看旅馆的价位就能知道了，有趣。

波恩 (BONN)

Hotel GARNI,
KASERNENSTRASSE 13 BONN

附早餐，18马克，合日币1800元。这间旅馆是我自己找到的，有时也不能完全依赖旅游服务中心。

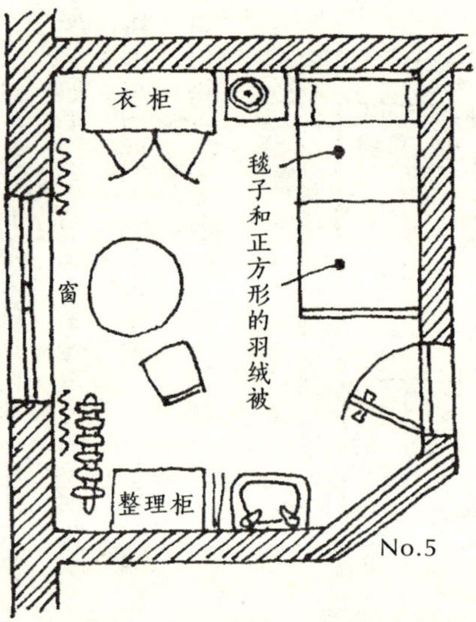

到旅游服务中心询问时，回答竟然是：『没有便宜的旅馆喔。』帮我打电话问了大概有五家，通通客满；最后总算找到一家，却要27马克。

开什么玩笑，这城市里一定有我要的饭店，还是凭自己的感觉去找吧。

这座小小的城市竟然是西德的首都。在这里举行的会议很多，如果遇上好几个会议同时进行的话，住宿的地方就很难找。

我找了一个钟头，到处都被拒绝，最后才在小巷子里找到这家。说是旅馆，却只有七个房间，小小的，是家蛮适合我的旅馆。而且这里还有便宜旅馆特有的开朗胖胖大妈，热热闹闹的很有趣。

贝多芬出生的房子

从内院里望去

屋檐边突出的横木是用来把家具吊到二楼的，贝多芬使用过的风琴和钢琴等等也是经这根横木搬上去的。看了这栋房子以后，突然觉得和贝多芬好像变得更加亲近起来。

科隆 (KÖLN)

Hotel EINIG（车站附近），JOHANNES STR. 71 5 KÖLN

附早餐，16马克，合日币1600元。科隆的朋友很惊讶地说：“你可真会找便宜房间呀！”

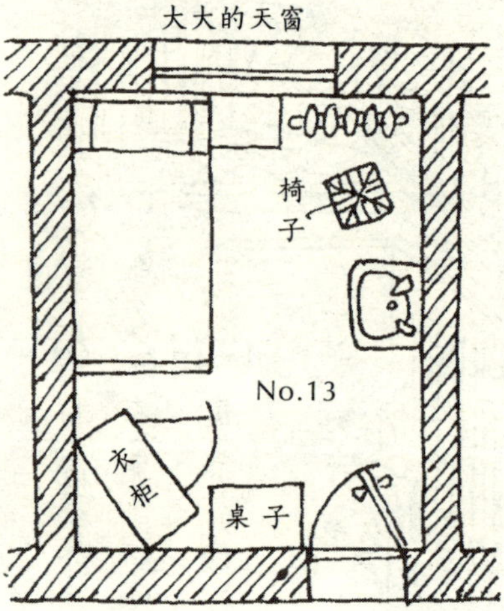

科隆也是不容易找到便宜房间的城市。旅游服务中心的人说：『很抱歉，目前我们没有中介您希望的那种房间。』虽然如此，他们仍旧很热心地帮我打电话询问，只可惜对我来说都还是太贵了。

旅游服务中心的人找到的都是28马克或32马克左右的房间。不过有巴士接送，实在也不能说它贵……于是我把自己带来的地图摊开放在柜台上，然后从旅游服务中心地图上把旅馆的地点一一抄记下来，之后依着地图边走边找，到第五间就找到了。

一如往常，同样是阁楼的房间。从天窗透下来的光线蛮明亮的，只不过冬天厚厚的云层低垂笼罩整个城镇，是比较灰暗的季节……

多特蒙得 (DORTMUND)

PRIVAT-PENSION Frau EMMI REISMANN，
Gerichtsstrasse 9 46 DORTMUND

附早餐，16.50马克，合日币1650元，通过车站的旅游服务中心介绍找到的，中介费1马克。旅馆的电话号码是0231—525734。

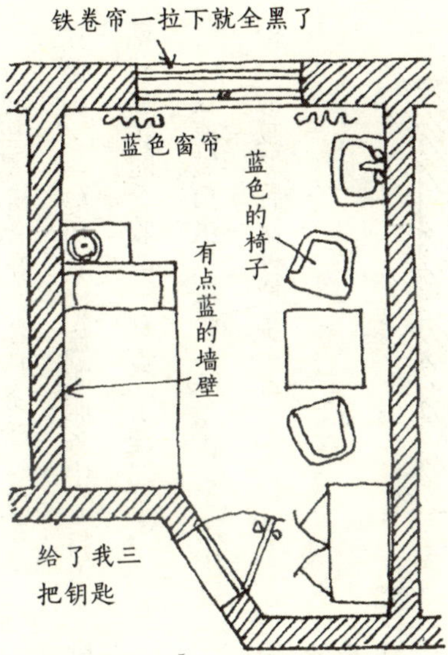

住在这里给人感觉像是住在普通的家庭里，招待不同于一般旅馆，让我很高兴。「早餐就在这间有钢琴的房间里，不知您要几点用餐呢？』『9点。』『好，那就9点去叫您。』结果真的准9点听到敲门声。埃米大妈妆化得好好的，来伺候我用餐。

这家人好像对他们的家具蛮引以为傲的，连在走廊里都摆放着一些收藏品，东西相当不错。我要离开时还问：“有没有什么东西忘了啊？”然后又再回房间帮我看看，并把它送到门口来。

（这儿的家庭旅馆有很多是家庭主妇当副业来经营，所以即使有先生在，招牌上写的也是太太的名字。）

纽伦堡 (NÜRNBERG)

Pension ALT NÜRNBERG
Breite Gasse，40 NÜRNBERG

附早餐，15马克，合日币1500元，这儿也是不另外收取暖气费。有的旅馆会收；同样在德国境内，收费标准也是各式各样。

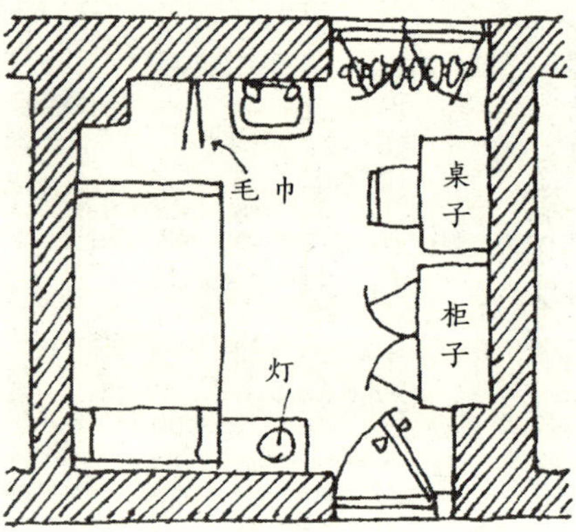

这里是车站的旅游服务中心介绍的。

在德国，一般说来请旅游服务中心打电话找旅馆时会收取1马克的电话费。

这座城市虽然也曾经毁于战争之中，但是能复原到这种地步，真了不起。

旅游服务中心的小姐问道：“您希望的房间预算大概是多少呢？”我试探性地回答说：“10马克”，结果她真的帮我打了好几通电话询问（也就是说，的确有10马克的房间）。可惜通通客满……

这房间也蛮便宜的，位于闹市中，十分方便。我跟家庭旅馆的大叔说：“我明天很早就出发哟！”结果天还没亮，他们就把早餐端到房间来给我。纽伦堡是个值得一游的城市。

纽伦堡的丢勒故居

丢勒是德国人引以为傲的世界级画家。这栋相当美丽的15世纪木结构建筑在“二战”时也曾受到战火波及，但和其他教堂或城镇一样，都已经完整地恢复了原貌，而且不只是外观而已。德国人的完美主义实在令人生惧。

杜塞尔多夫 (DÜSSELDORF)

Hotel BAHIA，Tel 35-10-38
WORRINGER STR 87 4 DÜSELDORF

附早餐，20马克，合日币2000元，算是便宜的。怎么对阁楼房间这么感兴趣呀？怪人一个。

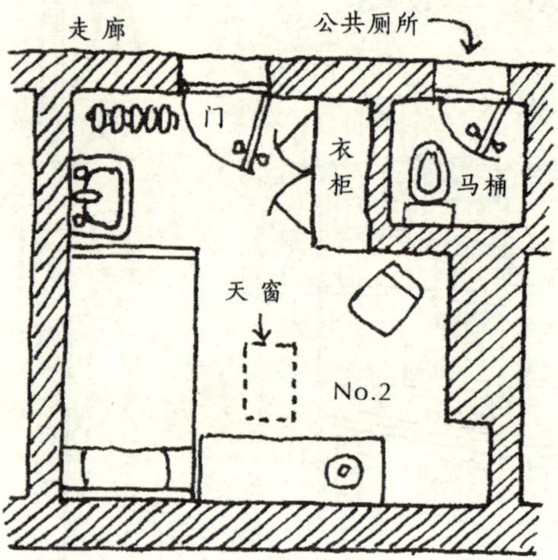

经常听人家说杜塞尔多夫的物价高，也的的确确是很高。旅馆也是，要找便宜房间很辛苦。

我在杜塞尔多夫找到的这家旅馆价位还算可以，如果再继续找下去的话，或许能发现好的家庭旅馆也说不定……可是当对方一问我说："住阁楼房间可以吗？"我立刻就决定要住这里了！

这家旅馆也有蛮豪华的房间，这间是最顶楼的一间。

对于床垫没有接缝这点，我给予不错的评价。托它的福，晚上睡得很熟很好。

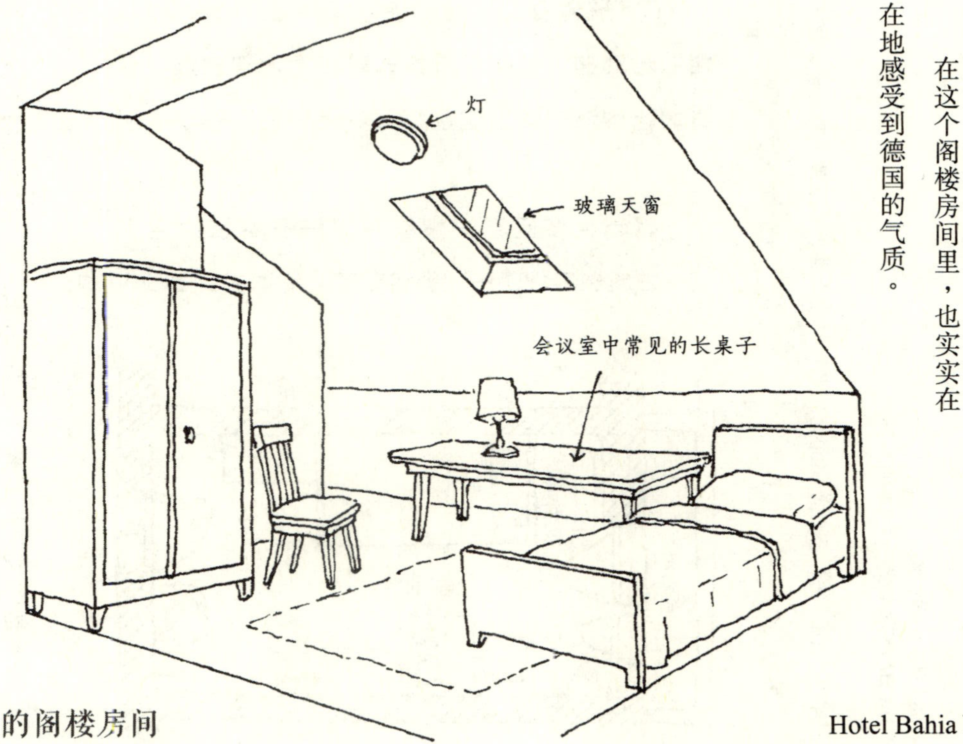

杜塞尔多夫的阁楼房间

Hotel Bahia No.2

汉诺威 (HANNOVER)

Hotel HANNOVER,
JOACHIMSTRASSE 1 HANNOVER

附早餐，16马克，合日币1600元。老板娘会说英语，不另收暖气费，离车站近。

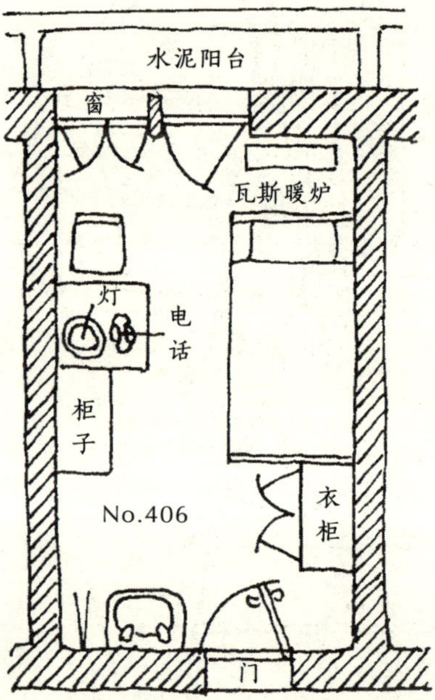

『汉诺威饭店』的名字听起来像是这个城市最大的饭店，其实却是连我都住得起的旅馆。大概是在这镇上从以前就经营至今、历史悠久的关系吧。

我住的这间似乎是整个旅馆中最便宜的一间；虽然依旧是位于阁楼的房间，却有电梯可达。

虽然是阁楼，但是楼高还蛮高的，和一般普通房间没啥两样，只有天花板一部分是倾斜的而已。暖气设备用的是老旧的瓦斯暖炉。我想知道它的暖房能力如何就试试看，竟然有26℃，便打开窗户。

柏 林 (BERLIN)

Hotel BOGOTA,
ÜTERSTRASSE 45,
ECKE KURFÜRSTENDAMM 1. BERLIN 12

附早餐，23马克，合日币2300元。

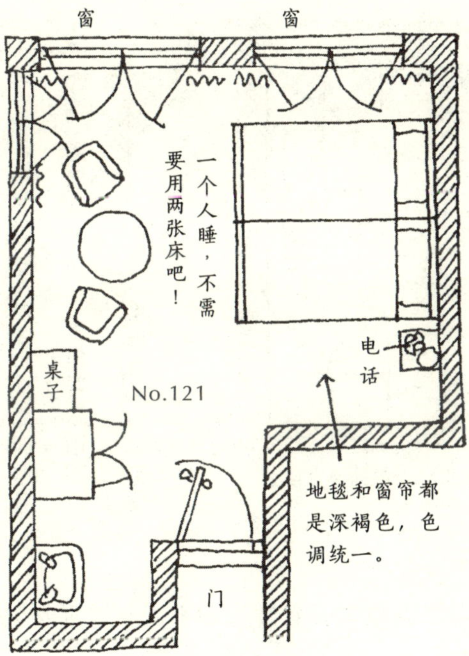

经由机场的旅游服务中心介绍住进这家旅馆。这里已经是机场附近最便宜的了，不过还是跟我不相称，太豪华了。先住一晚，再找其他地方。长久停留的时候希望能住更便宜的。

市区的旅游服务中心可以介绍廉价的房间。由于我想在柏林多待些时日，便多花心思找找吧——而且，也不要老是想着要住阁楼房间。

柏 林

Hotel-Pension HERTHA，Tel 2133578
GÜNTELSTRASSE，63 1 BERLIN 31

附早餐，15马克，合日币1500元，是家庭旅馆。暖气费另外算，3.5马克（只在冬季时加收）。

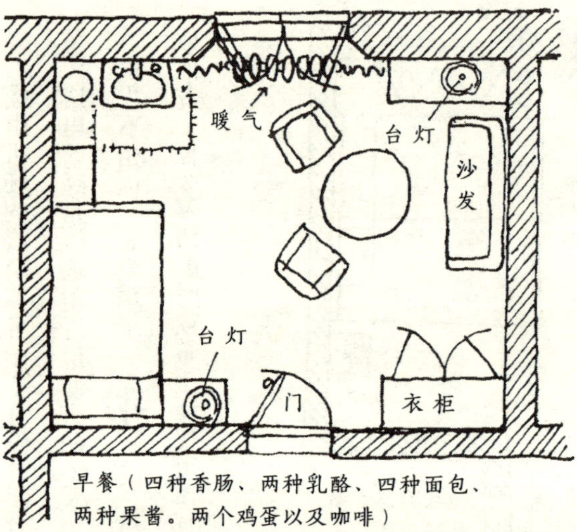

我一大清早就到车站附近的旅游服务中心去。看着他们接听来自各旅馆的电话、在本子中一一登记住房情况，决定要住这家。

旅游服务中心的人很慷慨地让我看登记的本子，这都是因为我前一天就来这儿和柜台小姐们混得蛮熟了。

这家家庭旅馆的房间和老板娘我都很满意，感觉像是寄住在德国人的家里一样。交给了我一串钥匙（大楼的玄关门、走廊、这人家的玄关门和我的房间，共四把），早餐也非常棒，令人感动的豪华版。

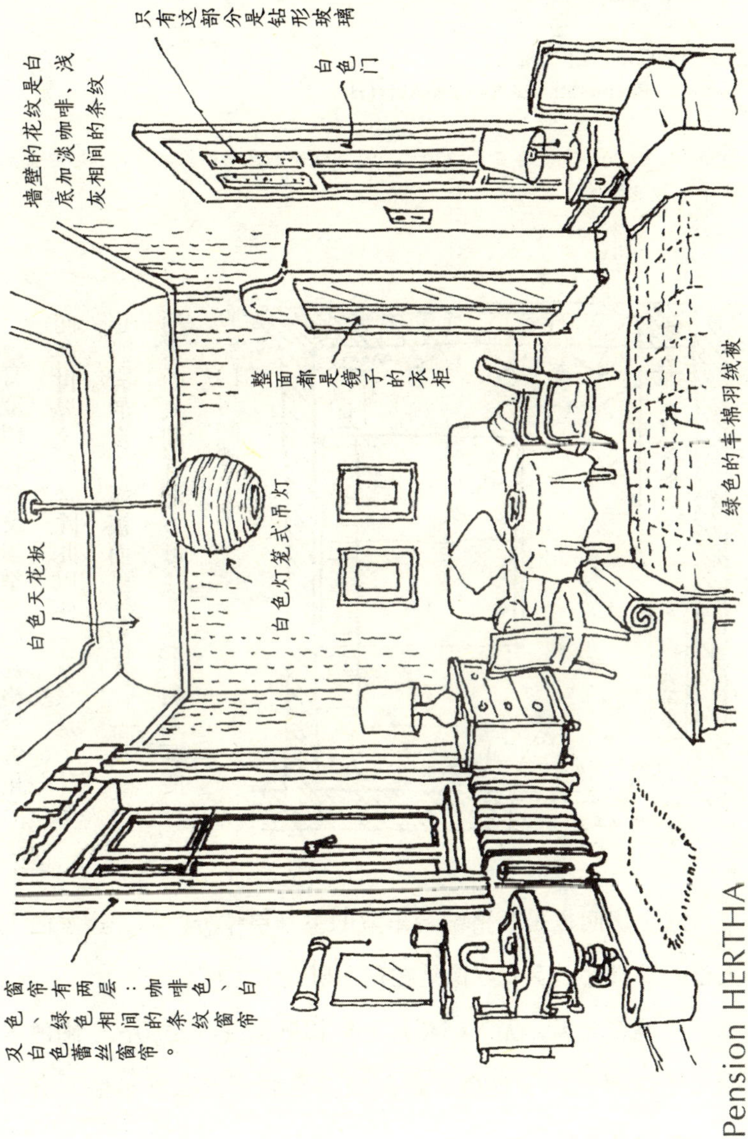
白色天花板
白色灯笼式吊灯
墙壁的花纹是白底加淡咖啡、浅灰相间的条纹
只有这部分是钻形玻璃
白色门
整面都是镜子的衣柜
绿色的丰棉羽绒被
窗帘有两层：咖啡色、白色、绿色相间的条纹窗帘，及白色蕾丝窗帘。
Pension HERTHA

拜罗伊特 (BAYREUTH)

Frau. FRIEDEL TETZLAFF,
Friedrich Puchte-Str. 24 858 BAYREUTH

附早餐，12.20马克，合日币1220元，便宜到让人感动的价位。这儿不是家庭旅馆，只是很普通的人家。

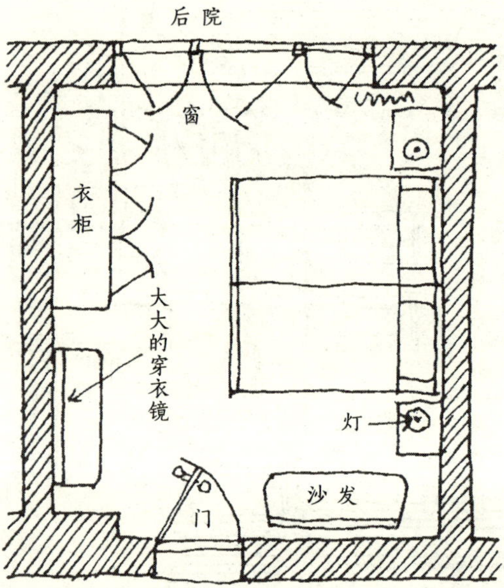

拜罗伊特在夏季举行的瓦格纳音乐节闻名世界，但是除此以外，就只是个什么也没有的乡下城镇而已。为了让一年一度涌来的人潮有地方可住，镇上的人家便将自家的房间腾出来。

这个房间也是瓦格纳音乐节的主办单位分配的。这家的主人是一对母女，女儿好像是在化学研究所工作。

我连着九天，天天都到拜罗伊特歌剧院沉浸在瓦格纳的歌剧之中，而且日子过得非常舒服。她们不但准备早餐十分用心，连内衣裤都帮我洗呢。

德国的窗户构造 其他还有很多种

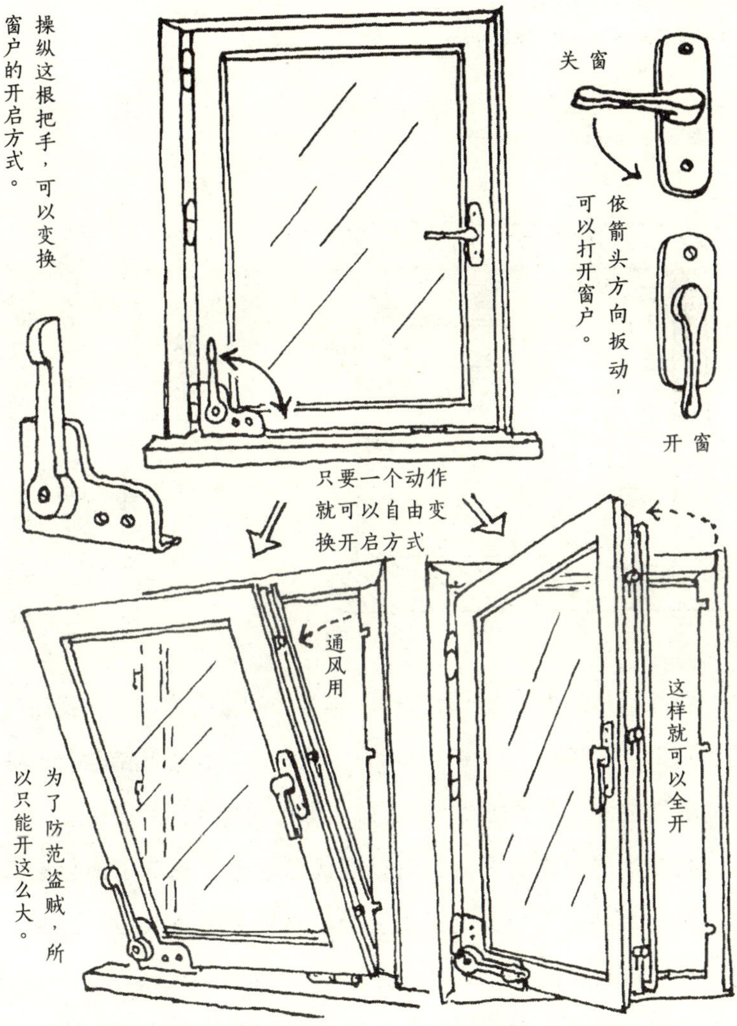

不来梅 (BREMEN)

Hotel ALTER SENATOR，Tel 324929
FEDELHÖREN 7，28 BREMEN 1

附早餐，16.80马克，合日币1680元。“不是只要价钱便宜就可以了”——这实在不像是我会说的话。

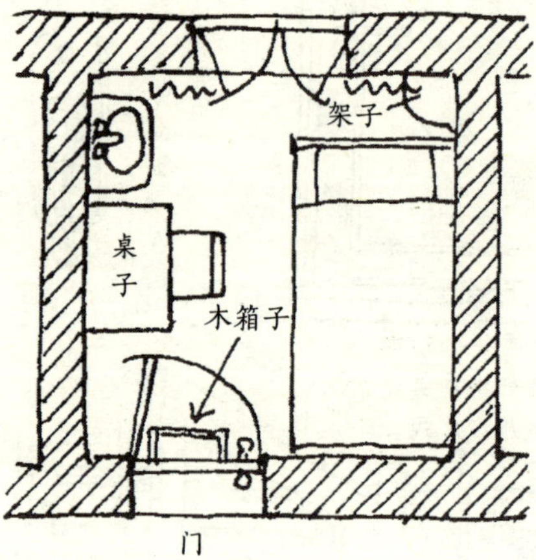

这间旅馆是经由车站前的旅游服务中心介绍的，我对它不太满意。『德国也是有各种各样的旅馆哪』，这家就是很好的例子。

我并不是因为它太小才觉得不满意；到目前为止，在我住过的房间里，这样的大小并不算稀奇。这房间让我想起南欧有点脏脏的廉价旅舍，可是却没有南方旅店那种明亮开朗的愉悦感。

我在这里只求有个地方可以睡而已，想不到连床睡起来都合不来，实在是遗憾。门上吊着个木箱用来代替衣柜，让人觉得好笑。这在德国算是罕例。

不过，跟这个房间成强烈对比的是，不来梅的市政厅建筑非常棒！

汉 堡 (HAMBURG)

Hotel ROYAL，Tel 243753
HOLZDAMM 51. BEIM HAUPTBAHNFOF

附早餐，20马克，合日币2000元，车站的旅游服务中心介绍的。

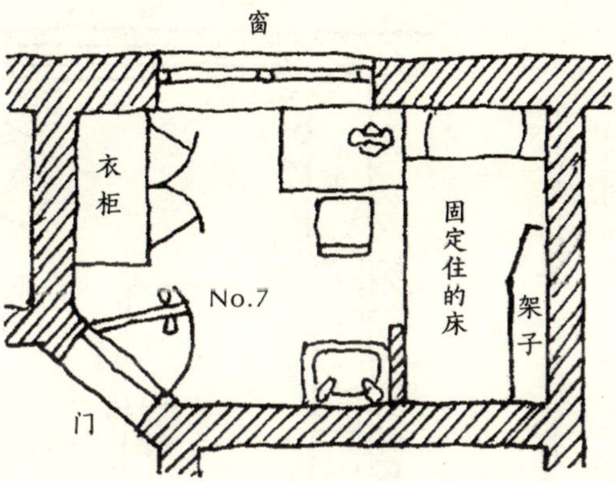

虽然也有一个晚上1700日元的房间，但实在是蛮远的，所以放弃。

这家旅馆就在车站旁边，名字响亮得很，但可不是什么豪华大饭店。我住的房间从平面图来看就知道很小，不过却不会有压迫感，可能是因为它很用心地设计成像船舱一样吧。很有意思。值得记上一笔的是，“这间房间适合喜欢船的男人”。

我本想多跑跑汉堡的剧院，但也不一定要住在这儿，于是想搬到邻近的吕贝克看看。由于吕贝克不像汉堡是个大都会，感觉上似乎别有风味。

吕贝克 (LÜBECK)

Hotel BAHNHOFS,
Am BAHNHOF 21 24 LÜBECK

附早餐，15.50马克，合日币1550元，名实相副的“站前旅馆”。小城镇，所以饭店也便宜。

从汉堡搭电车过去要45分钟。『蓝色指南』的德国篇中刊载有这家饭店的介绍。双人房收我一个人的费用，有点过意不去。地板、窗帘都是红色的，墙壁是白底灰色条纹，既宽敞又漂亮。

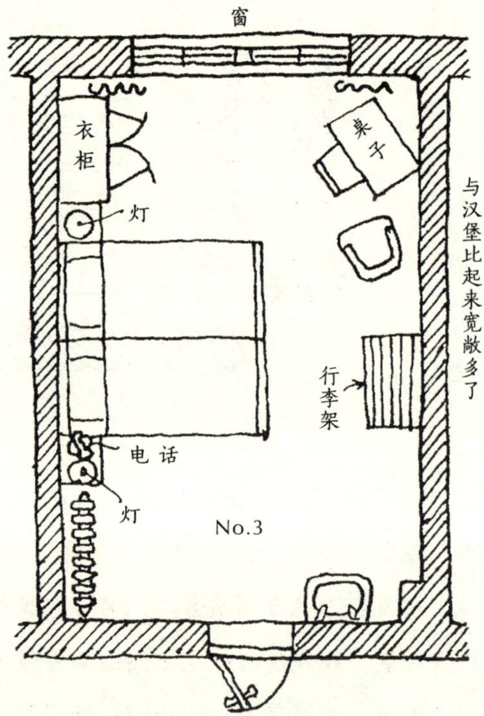

吕贝克是汉萨同盟时代的龙头城市。

我对那些兴建于12—16世纪汉萨同盟鼎盛时期，例如以霍尔斯滕门为首的建筑物很感兴趣，因为可以追想当时的繁盛景况。

吕贝克的霍尔斯滕门 15 世纪（1477 年）的砖造城门

这附近不产石材，因此以这座城门为首，13 世纪所兴建的市政厅、教堂等等均是砖造建筑。原来如此啊，可以理解。对砖头的色泽和砌造手法又产生了兴趣，便到城里四处走走看看。

菲森 (FÜSSEN)

Hotel BAYERISCHRHOF，Tel 6188
Bahnhofstrasse 3. 8958 FÜSSEN

附早餐，15马克，合日币1500元，就在车站旁边。德国也是乡下比较便宜。

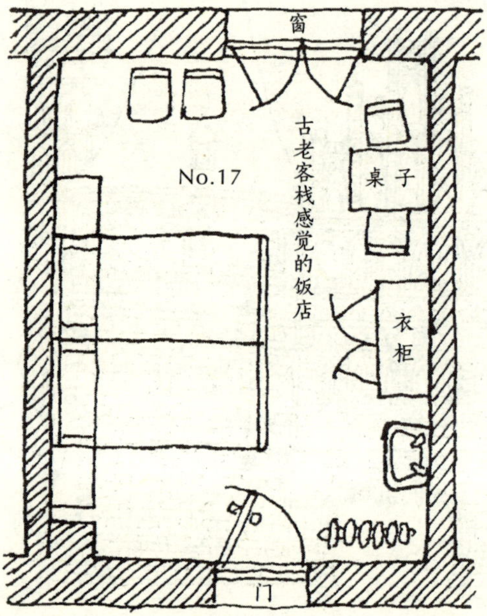

住在旅馆附近的大叔在楼下的餐厅一边喝酒、一边高谈阔论，直闹到三更半夜。这儿是靠近奥地利边界的乡下村镇；和德国北部的气质全然不同，大多数人都是活泼开朗的性格。

洁白耀眼、像是在童话书中会出现的新天鹅堡就位于菲森附近。

这座城堡所拥有的美，是那种女性好像会特别为之感动的美。新天鹅堡从远处眺望的话，看起来很漂亮。

新天鹅堡

从菲森搭巴士约十分钟，就可以到达隐身于岩石山上的新天鹅堡。热爱艺术且特别醉心于瓦格纳作品的路德维希二世，在 19 世纪末建造了这座像天鹅般的童话城堡。它在已经不再需要城堡的 1869 年动工，花了 17 年，也因此造成巴伐利亚王国的财政危机。落成三个月后，路德维希二世被指称陷入疯狂状态而被迫逊位，逝于史坦贝克湖，死因成谜。而导致巴伐利亚王国国库空虚的新天鹅堡现在正在盈利中。

西班牙　巴塞罗那 (BARCELONA)

Hostal PLAZA，Tel 2310151
FONTANELLA，18 BARCELONA-10

虽然不附早餐，60比索（peseta），合日币300元。从德国南下来到此地，发现这儿的物价简直是便宜到吓死人，只是这家旅馆没法儿推荐给人。

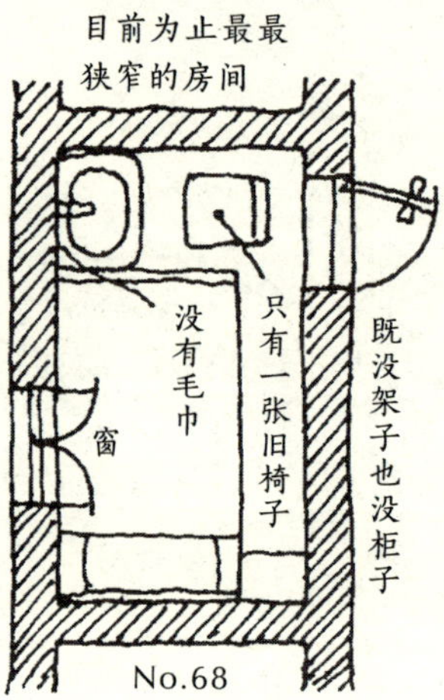

『西班牙的物价真是低廉！』把外币换成西班牙比索后暗暗地做了个比较，得到的结论是『这里东西便宜』。这样子说可能把事情太过简化，而且对于辛苦工作的当地人来说也颇为不敬，可是真的，『好便宜呀』在西班牙停留期间好像可以把在北方累积的赤字打平。

这间旅馆是通过旅游服务中心介绍的。我才说：“希望房价可以尽量便宜些，”服务中心的人就回答：“是有 60 比索的房间……”“真的吗？”“去看看就知道啦……”

的的确确是 300 日元一个晚上，不过我很快就了解到，房间不是只要便宜就可以的。这间旅馆的脏有种实实在在的震撼力。隔壁的男子一整天都待在房里，还不时发出耐人寻思的咳嗽声；而对门的女子则……为了能够见识高迪的美术，决定搬离此处——至少在我也得病前……

圣家族大教堂 巴塞罗那

高迪所设计的公园和圣家族大教堂都呈现出高迪独特奇妙的风格，出现在巴塞罗那却显得这么自然、适得其所，真是耐人寻味。果然不愧是西班牙啊。

虽然圣家族大教堂尚未完成，高迪就已经去世，后人依旧继承他的理念，继续建造这座属于新艺术风格的奇怪教堂。我问建筑工人："什么时候会完工呀？"对方却回答："一旦完工，日本的报纸应该也会报道的，到时候你就知道啦。"

马德里 (MADRID)

Hostal PUERTO CHICO，Tel 2277601
Tirso de Molina，20-30 MADRID

不附早餐，75比索，合日币375元。看到这种便宜到让人感动的价格，怎么样啊。这还是在西班牙的首都、大都市呀。

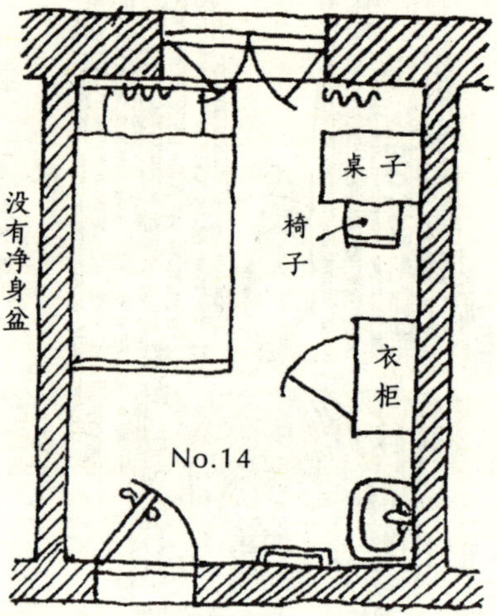

这家旅馆是在火车上认识的日本女人介绍的。到达马德里时已经接近凌晨，心想不知道还收不收客人？想不到竟然还有空房间，一切OK，而且『便宜』！现在的我可是带着感激的心情说出『便宜』二字的哟。

介绍这间旅馆给我的女人说：“那家旅馆不但便宜，而且还很漂亮。”果然正如她所说的，走廊还贴着有花朵图样的条纹壁纸，是间相当美丽的饭店。如此的价钱，还能勾起人们的浪漫美丽联想……想到75比索，合日币375元的价位，再加上走在走廊时的感觉，和饭店人员接洽时又能事先参观房间再决定，慢慢从这些不可思议的小地方感受到她的美好。

斗牛

连看到一滴血都会贫血的没用男人竟然看过斗牛。我会去是因为歌剧《卡门》里有斗牛的场面，加上朋友乔凡尼曾经说过:“你如果到了西班牙，一定要给我去看斗牛。”可是他接着却说:“不过有点儿担心，为什么呢？因为你是第一次看斗牛，不知道能否了解它的含义，或者根本就心生排斥……”

我第一次看斗牛时，那位斗牛士非常不行。他虽然勇气十足，技术却很差劲，插了七次都没能让牛倒下来，观众的愤怒声和喝倒彩的口哨声此起彼落，当然我脸上也越来越见不到血色；隔壁的大叔一直辩解:“这根本就不是斗牛。”下一位斗牛士一出场就响起了不少掌声，那头牛也是很不得了，身躯庞然且遍体黑亮，对着地面不断喷气、蓄势待发。斗牛士在牛逼近时没什么大动作就轻巧地闪了过去，姿势如同舞蹈一般，极为优美。突然一刺。可总算是见识了整个仪式。

塞戈维亚（SEGOVIA）

Hostal SOL-CRISTINA，Tel 2090
Avda，Obispo Quesada，40 SEGOVIA

不附早餐，70比索，合日币350元，总觉得便宜到让人不好意思。就位于车站前。

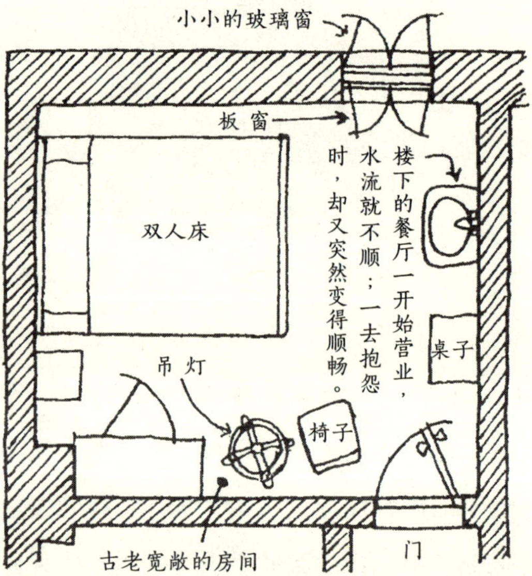

市中心离车站颇有一段距离，使得车站前看起来冷冷清清的。这旅馆的楼下是餐厅，怎么看都是乡下旅店的感觉。275日元的套餐有色拉、炸马铃薯饼、蛋卷、面包、咖啡、甜点。美味。

虽然一般人对西班牙的印象是“白色的墙壁”，但也不是所有地方都如此，像塞戈维亚城里的墙壁就是粉红色和淡黄色的。

这座比马德里靠北的城市由于日照没有南西班牙来得强烈，所以即使不是白墙，日子也过得下去。这是来到此地才了解的，之前光看照片根本无从得知。

塞戈维亚堡

迪斯尼“白雪公主”中拥有童话般外观的城堡就是参考此地而建；但事实上它可不是座那么甜美的城堡。

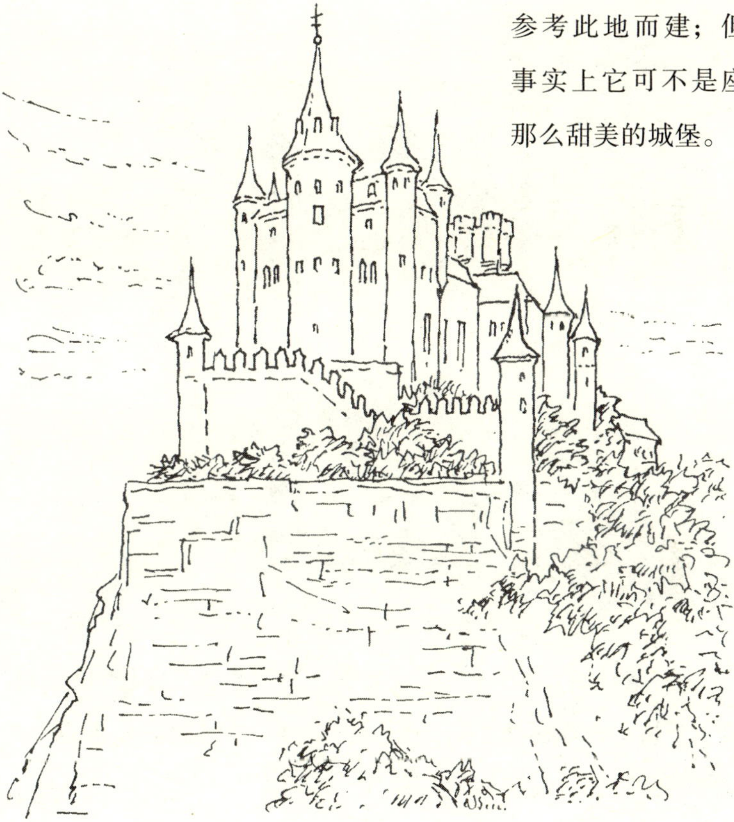

这座建在三角形断崖上的城堡和断崖都是淡淡的粉红色，这是因为城堡是用从山脚下开采切割的岩石兴建而成的。每座城堡的建材都和所在周围的地质有关系，真有意思。

托莱多 (TOLEDO)

Hostal ALCAZAR,
CALLE DEL HORNO do los BIZCOCHOS TOLEDO

附早餐，110比索，合日币550元，由阿婆和大妈两个人经营。这间旅馆正如其名，位于城堡前面。

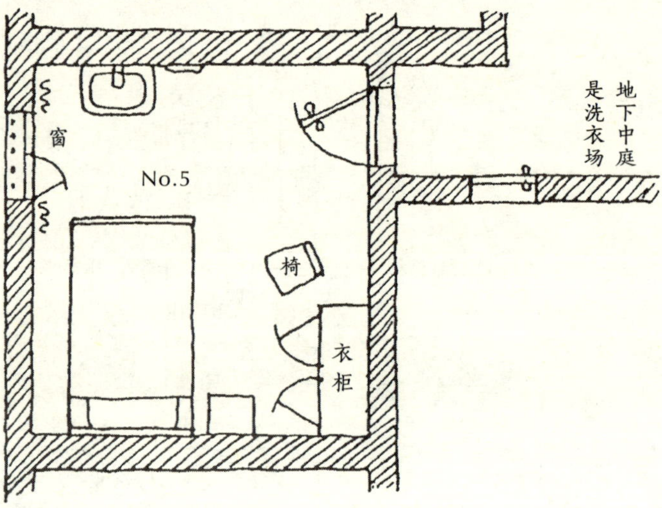

画家格列柯跟托莱多颇有渊源，所以我想尽量住老旅馆看看，于是到处溜达溜达。同样的价钱可以找到更漂亮干净点的旅馆，但我还是决定住这家。

从玄关进去，走下石阶后来到有一口井的中庭；这个中庭作为洗衣场之用，四周有几个房间。进入房间后，发现竟然是地下室，抬头一看有扇小小的窗，可以看到路上行人的脚。这应该是从以前就开始经营的旅馆。

托莱多的老旅馆 好像还是别给人推荐比较好

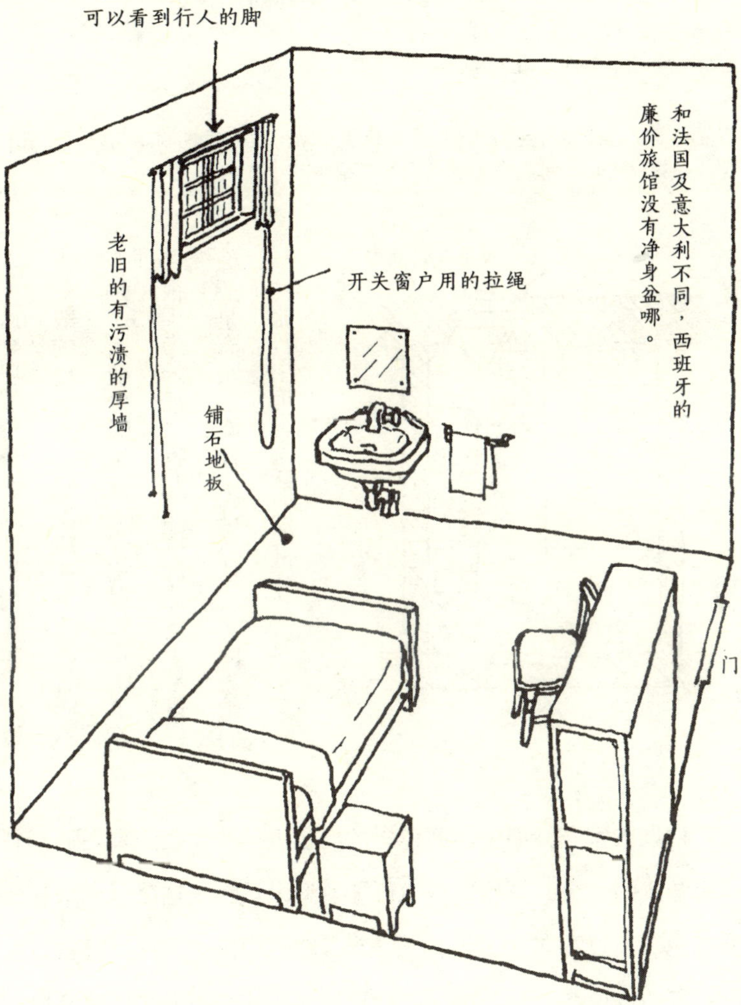

只有全白的洗脸台和床很新，和老旧的墙壁及地板形成奇妙的对比。

科尔多瓦 (CORDOBA)

Hostal ALHAK，Tel 221593
ALHAKËN 11，6 CORDOBA

不附早餐，75比索，合日币375元，位于车站附近。我边看建筑物的外表边找，一看到还可以的就进去瞧瞧，结果是碰了一鼻子灰。

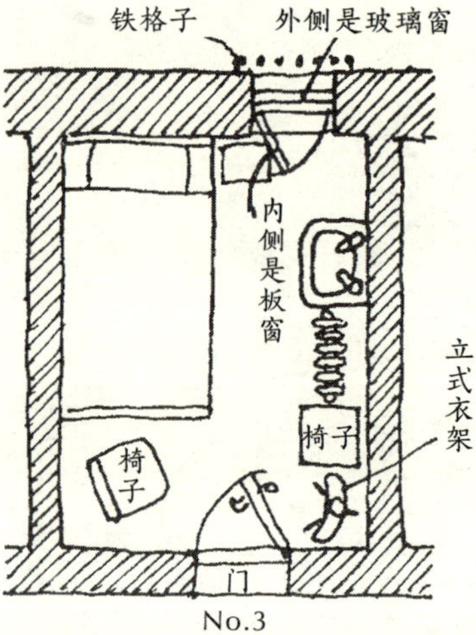

这个房间价格便宜又相当干净，大概连一般的良家大小姐也能住下吧。其实不管是多么廉价的旅馆，我觉得只要床单等等很干净的话，哪儿应该都能住；不过好像还是有很多女性不这么认为，因为她们是在旅行中追求童话般的世界。

白墙人家。为墙壁增添色彩的红色天竺葵盆栽。黑白鹅卵石相间铺成的小径。虽然这种西班牙典型风景在安达路西亚地区随处可见，不过科尔多瓦城内人家装饰玄关用的铁栅门却很特别。每一家的设计都争奇斗艳，有种西班牙式的华丽风采。这座城在中世纪有700年是回教文化的中心，所以伊斯兰样式的建筑颇具可看性，清真寺里也是生气蓬勃充满活力，十分有趣。

科尔多瓦的玄关铁栅门

各个人家的玄关铁栅门设计不同，大多数相当古老。这两扇门是 19 世纪制造的，上面标示着年代。

透过这种西班牙式的藤蔓花纹栅门可以看到各个人家的中庭。种植着许多观叶植物的独特庭园也很漂亮。

科尔多瓦民居的中庭

每个人家的中庭均是变化多端，极为赏心悦目。我想在西班牙各城镇中，大概就数在科尔多瓦可以见到最多铁栅门和中庭吧。

马拉加 (MALAGA)

Hostal DIAZ，Tel 213552
Plaza Arriola，3 MALAGA

不附早餐，80比索，合日币400元。会来住这里是车站前出租车司机大叔拉客的结果，实在是因为受了他的热心影响。

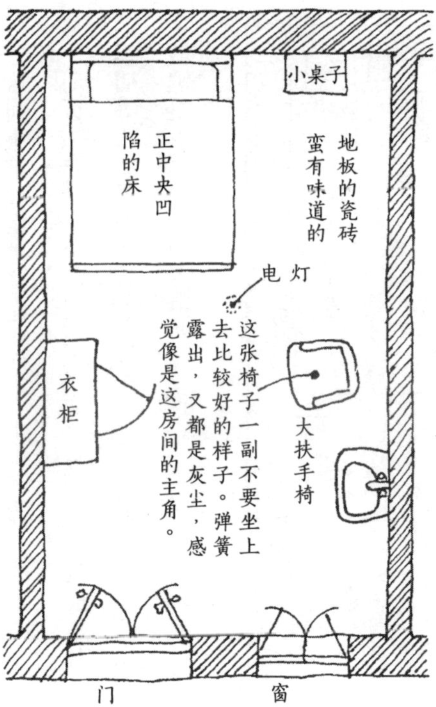

果然没有净身盆　　No.12

只有一个电灯泡从天花板垂下来，实在很暗。在写这些的时候就因为太暗而眼睛发痛，不过和在巴塞罗那住的那房间比起来，这儿宽敞多了，而且还有衣柜什么的。不过椅子就差些。

这里是港都，所以多是爽朗人士，像饭馆的男舞者就说：『有时候会有美女经过，所以还是边看着外面边吃饭吧！』

格拉纳达 (GRANADA)

Hotel ALHAMBRA PALACE
Tel 221468

不附早餐，320比索，合日币1600元。这在德国是廉价旅店的价位，但在西班牙则可以住进高级饭店。

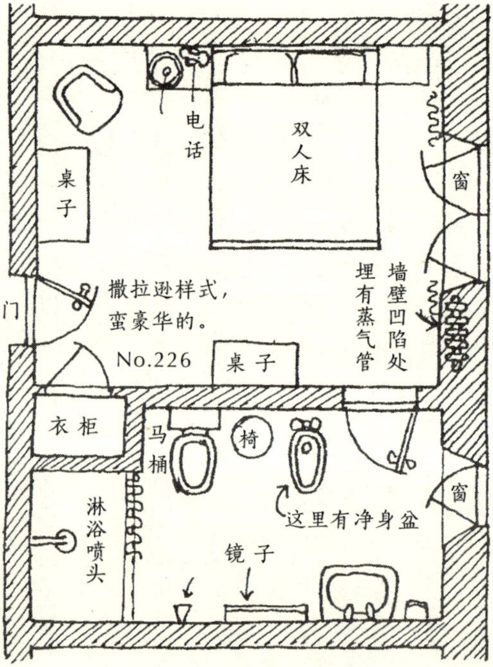

这间旅馆就像是建在阿拉罕布拉宫的范围里面一样，每天去宫殿参观蛮方便的。虽然这里比一般时候住的饭店等级还要高一些，不过偶尔为之也不错嘛，虽说这城镇里也有便宜的旅馆。

对我来说，住进这种饭店可是蛮稀奇的，于是兴奋莫名，从浴室出来便一直光着身子在房间里走来走去——好久没这样做啦。

格拉纳达的吉卜赛人家 圣山

与豪华的阿拉罕布拉宫形成强烈对比的是对面山上的圣山；这里从前就因为有许多吉卜赛人聚居而闻名。

吉卜赛人到了晚上会招呼观光客到家里喝酒看跳舞，价钱在进去之前谈好，还可以杀价。由于我蛮会砍价钱的，就连续进了五家欣赏弗莱明戈舞。年轻的舞女当中夹杂着胖胖的大妈，肥肥的肉块颤呀抖呀晃的——也有这种分量十足的弗莱明戈舞，颇富变化。这里有股不同于马德里、塞戈维亚等都会的土俗气，很有意思。我指指室内墙上装饰着的铜锅："算便宜点给我吧。"这里一转身又变成纪念品店……

塞维利亚 (SEVILLA)

Hostal GENERALFE，Tel 224638
Fernàn Caballero，4 SEVILLA

不附早餐，75比索，合日币375元。这间房子很滑稽。我一遇到有点不平凡的事，似乎就会好奇过头。

YO ES TOY MUY CONTENTO
（我很满意）

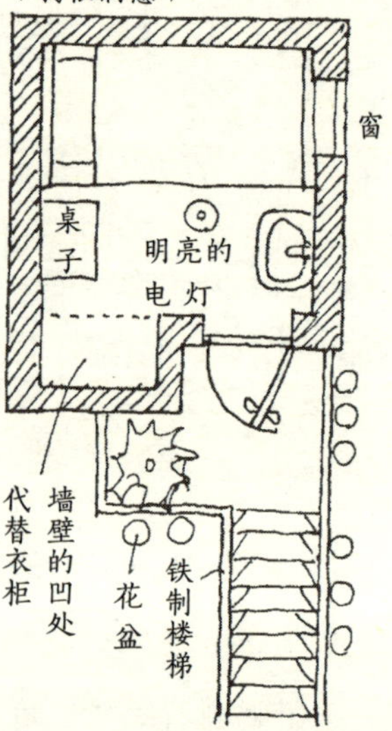

这房间不是阁楼，是屋顶上的房间；实际上是屋顶晾衣场上加盖的小房间。视野很好，晚上凉风吹来蛮舒服的。

不管到哪一个国家，我最先背起来的句子便是『我很满意』；西班牙话说起来是『Yo es toy muy contento』。老板娘说：『我可是第一次碰到这么喜欢这儿的人。』高兴得连内衣裤都帮我洗。

以西班牙为题材的歌剧，随便数数也能把两手10个指头用完；不过还是以此城为背景的《塞维利亚理发师》和《卡门》最有名。这家旅馆老板娘的名字也叫作卡门，不过容貌就不是那么卡门了……其实卡门就和日本的花子一样，是一个非常普遍的名字。

塞维利亚屋顶上的小屋 当然称不上漂亮啰

这个房间啊，虽然老老实实的，但老觉得它有点好笑，我很喜欢，正符合我的风格。

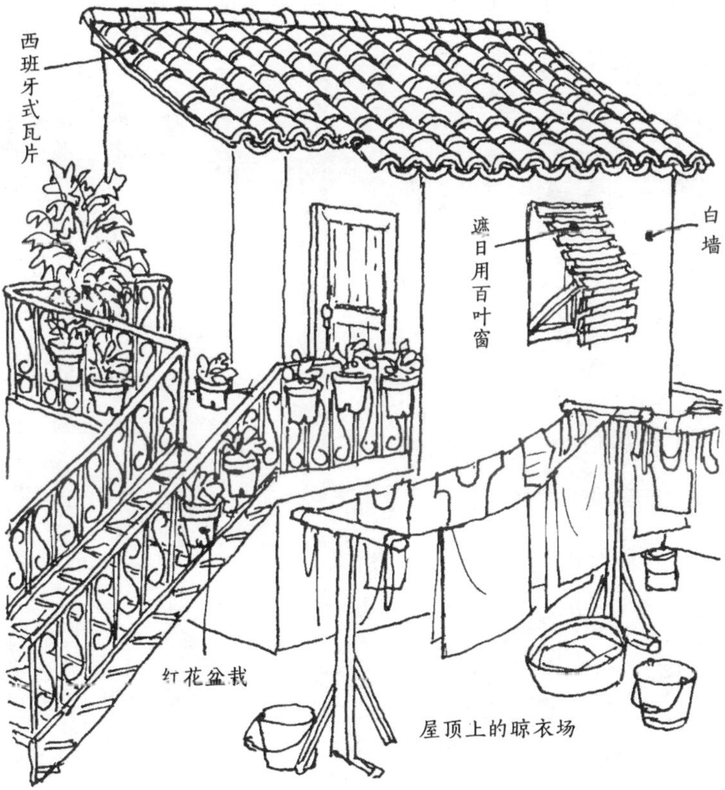

我问:“有没有阁楼房间？”结果介绍给我的是这种。在西班牙，这样的房间叫阁楼吗？

葡萄牙　里斯本 (LISBOA)

Residèneia DUBLIN，Tel 555489
Rue de S.ta Maria，45 LISBOA

附早餐，120埃斯库多（escudo），合日币1400元。是有更便宜的地方，但是因为拉肚子没体力，决定住奢侈一点的房间。

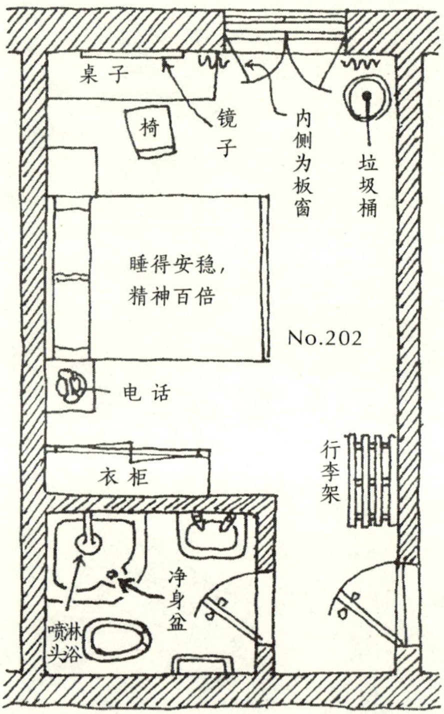

大概是在西班牙喝了生水的缘故。究竟喝了哪儿的水已经不可考，因为我是到哪里都喝生水的……一到了葡萄牙就开始严重地泻肚子，有一点脱水症状出来，头还晕晕的，好奇心却不因此而衰退。早上一大早就要到拿撒勒渔村去，实在是辛苦喔。

我拜托他们早上 5 点 40 分 Morning Call，有点啰唆的时间；但也确实准时叫我起床了。这儿就是这样的旅馆。

里斯本的贝伦塔 到这儿让人感觉真的离摩洛哥蛮近的

如果是要用女性杂志旅游版面的口吻来描述这儿的话："湛蓝的天空与白色的贝伦塔形成了美丽的对比。水面倒影摇曳生姿，就像梦幻一般……"

虽然是这样的地方，可惜我因为泻肚子的关系，没啥罗曼蒂克的感觉。好像对这座塔有点过意不去……

不过，贝伦塔是座属于16世纪曼努埃尔一世风格的堡垒，造型拥有独特的美感，并具有历史性，这些我倒是完全理解。

奥地利　维也纳

Hotel ZUM GOLDENEN BÄREN，
地址忘记记了。Tel 34 51 11 WIEN

不附早餐，两个人120先令（shilling）的房间，对分后一个人60先令，合日币860元。维也纳连旅馆都便宜。

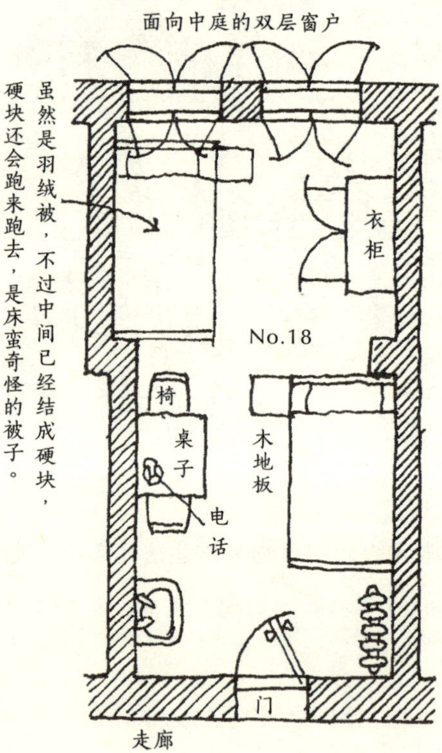

比起德国和瑞士，可以确实地感受到维也纳的物价比较便宜。这又是过于简单的比较，真是抱歉。但也就是因为如此，才能以轻松的心情长时间停留此地。我打算专心一致跑剧院。早上8点街上的商店开始营业，早餐就到外面买去。买了面包、牛奶、柳橙，总共才100日元左右。

维也纳

Hotel ZUM GOLDENEN BÄREN,
同前一家 Tel 345111

不附早餐，70先令，合日币1000元。同行的朋友到德国去了，于是移到单人房。用浴室要付15先令。

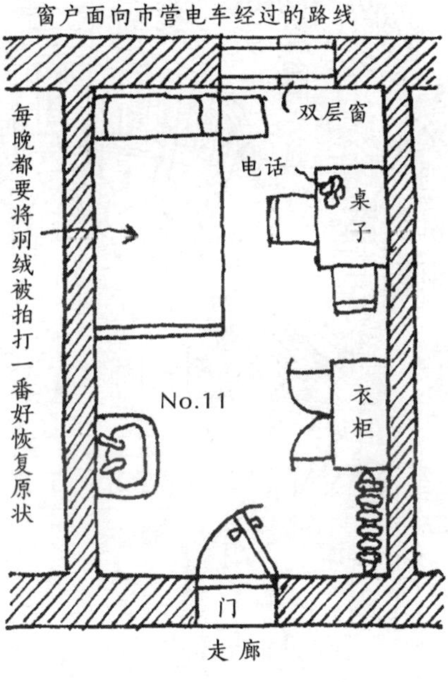

窗户外面就有叮叮作响的市营电车经过，还有许多车子，感觉上好像就睡在马路边一样。虽然我有在啥地方都能睡着的特异功能，不过还是希望能在安静的地方好好睡上一觉。这儿实在不像维也纳。

冬天的维也纳很灰暗，天空被厚厚的云层遮蔽，连太阳在哪里都搞不清楚。户外酷寒，在此身着皮毛大衣绝不是什么奢侈的流行风尚。可以理解到这儿为何会采用双层窗户、铺上木地板。大家都在等待 5 月的来临，因为可以再见到太阳和花朵的容颜。

维也纳郊外的克洛伊琛修坦堡

不知道是什么原因，不太有人介绍这座城堡，所以只有住在附近的人们来这里野餐，也因此没有观光客的喧闹声，很安静。有这样的一座城堡，实在不想介绍给人；可是又想告诉别人，好矛盾呀……

克洛伊琛修坦堡的城门内

如果有人说："送给你一座城堡。" 我一定毫不犹豫地选择这座。克洛伊琛修坦堡虽然小，却完全具备城堡应有的功能，里面有教堂、军火库、酒厂、图书室、卧室、厨房等等……

维也纳

Hotel STADT ÖDENGURG，Tel 655613
Wiednerhauptsta ße，9 1040

不附早餐，40先令，合日币640元，便宜。虽说这里的地点靠近市中心，十分便利，但在旅馆中却可以体验古代的气氛。

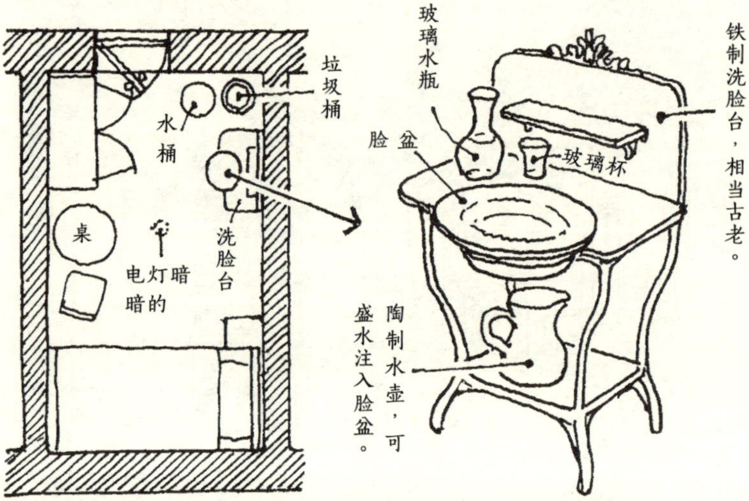

这间旅馆保留了古老维也纳客栈的模样，感觉像是间博物馆，让我蛮感兴趣的。住在维也纳的朋友觉得像我这种爱凑热闹的人一定会觉得有趣，便介绍这家饭店给我。

洗脸时要用陶罐将水注入脸盆内，的确是少有的经验。说实在的，这里并不是十分舒适，所以不太能推荐给人。这样的旅馆最后终究是会消失的吧。

维也纳的古老旅馆 应该称为客栈吧

很容易让人觉得盖得像拘留所一样。

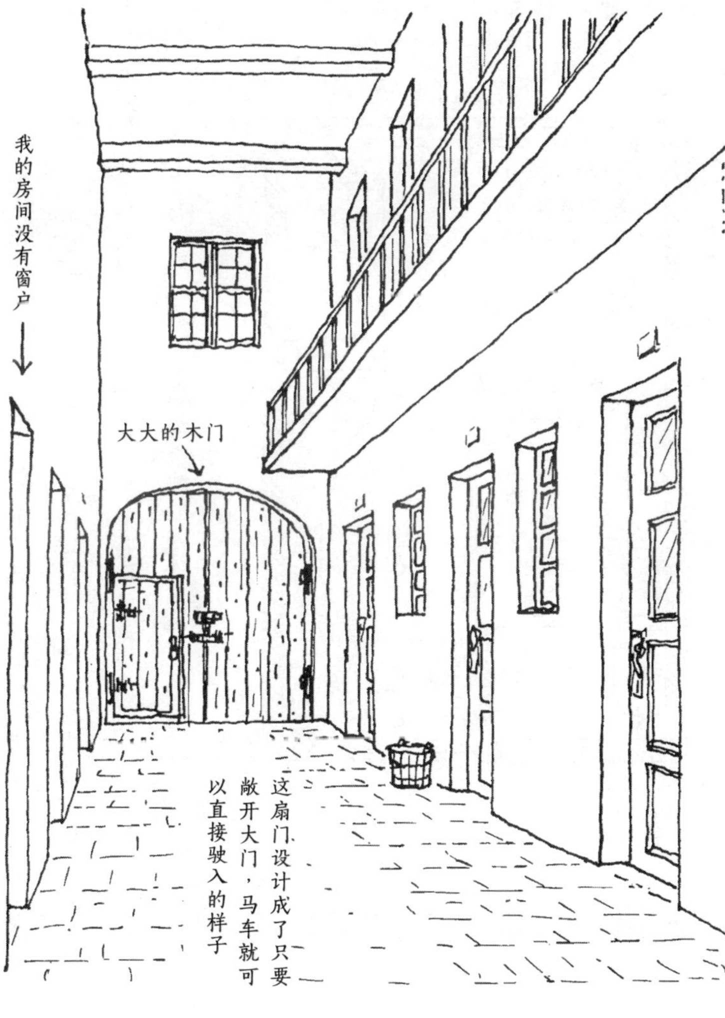

维也纳

Herrn FRITZ BRINSKY，Tel 42655117
Syringgasse 11，Ecke Pezzlg. 2 1170

附早餐，80先令，合日币1100元。前面是餐厅，也是间便宜的店。在门前施工的工人们也在这儿用餐。

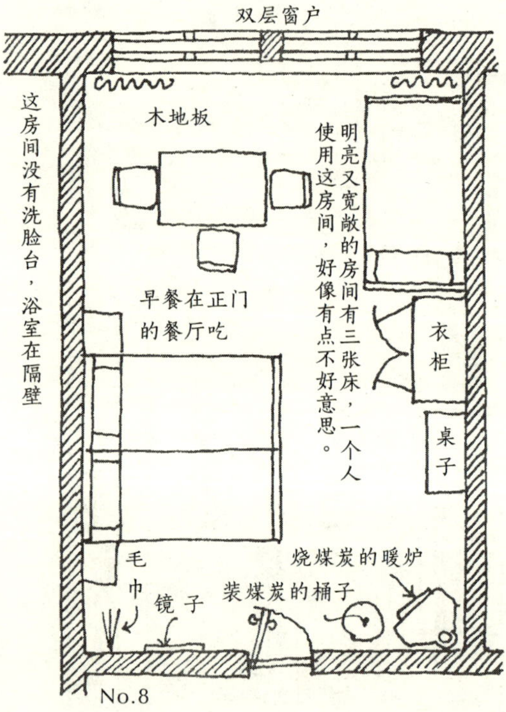

这里离市中心蛮远的，不过是间不错的旅馆，好像住宿舍一样。这家旅馆对日本来的音乐家相当照顾，阿婆简直像是在照料儿子一般，有时会说：『你裤子屁股的地方破了，脱下来给我』之类的话。不同于一般旅馆的关怀之情，好温暖啊。

再度来到维也纳时，特地留给我这个房间。来到这里有种回到家的感觉，连信件都依照到达顺序帮我排好。

在维也纳住的旅馆 BRINSKY 先生家的正门

“建筑物被之前的战争摧毁过，这里也变得像是座砖块山一样喔。”阿婆一边让我看当时的照片，一边叙述。后来在同一个位置上重建。

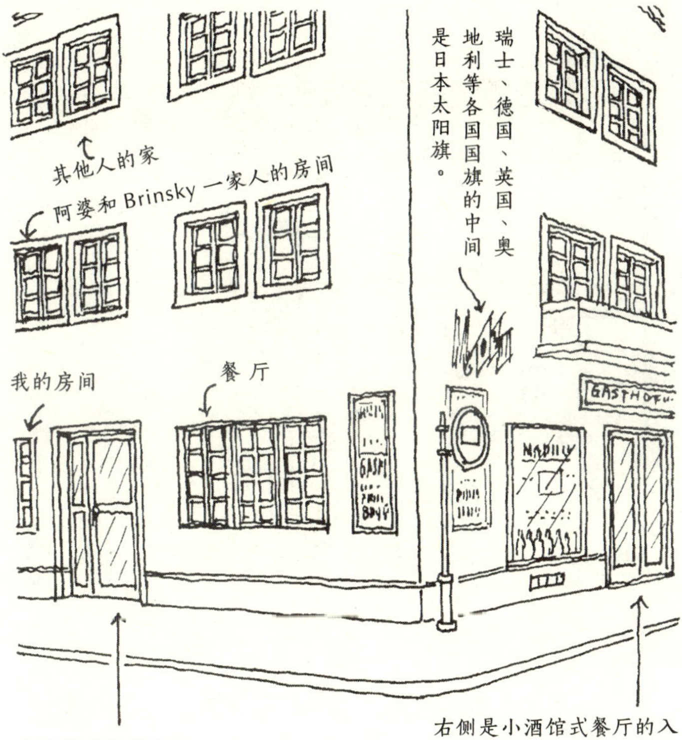

这家旅馆也是给了我三把钥匙，包括建筑物大门、走廊入口和我的房门钥匙。这建筑物当中还住有其他人家。

萨尔茨堡 (SALZBURG)

Pension ALTENDORFER（车站后面）
Lastenstra ße 6 SALZBURG

不附早餐，60先令，合日币860元，超便宜。萨尔茨堡也有各种旅馆，像BRISTOL等就要4000先令。

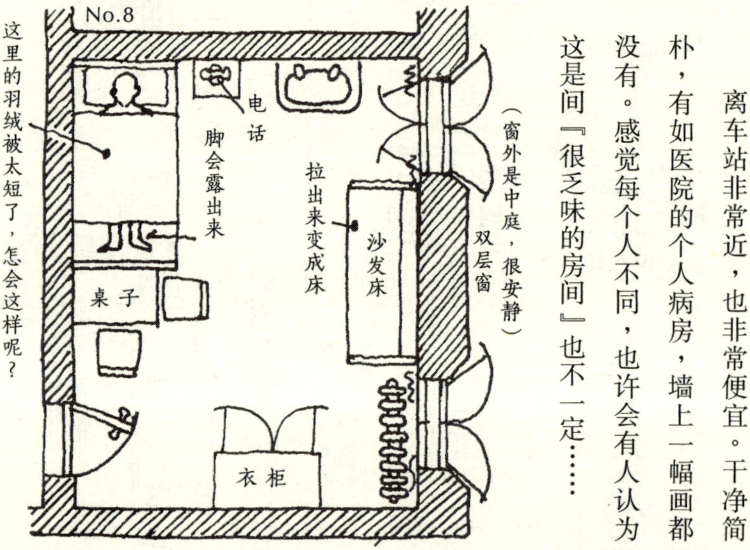

这儿的主人是一位看起来像教授的老绅士，安静而亲切的人。我顺便问问："棉被为什么那么短？"却被反问道："房间会冷吗？"就算不冷，盖短被子也没啥优点吧。最后还是没有得到答案。

萨尔茨堡的城堡与市区 莫扎特的故乡

11 世纪开始建城；兴建到目前的规模竟然要花数百年的时间。不论是外观或内部都是堪称一座中世纪的宝库。

萨尔茨堡如果照意译的话，意思是“盐之城”。萨尔茨堡周围有岩盐的矿脉，从很早以前就以盐的产地名闻遐迩，所以便得名为“盐之城”。

听了这样的缘由，对于啥都想试一试的我来说，实在很想啃一啃这座岩山看看。

萨尔茨堡的招牌

虽然在欧洲各地均可见到老式的招牌，但格特莱德街上的招牌不论是质量或数量都非常精彩。

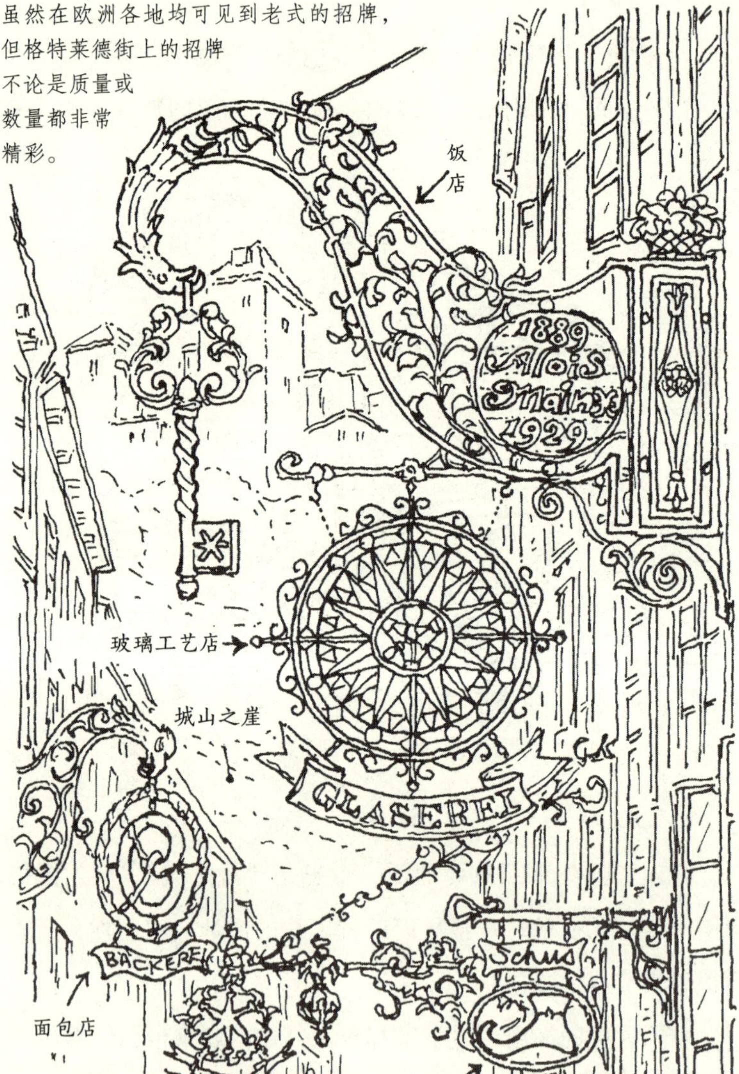

因斯布鲁克 (INNSBRUCK)

Hotel WIDEN MANN
Museumstra ße 28 INNSBRUCK

附早餐，120先令，合日币1680元，对我来说太贵了。车站的旅游服务中心介绍的价位都好像蛮……

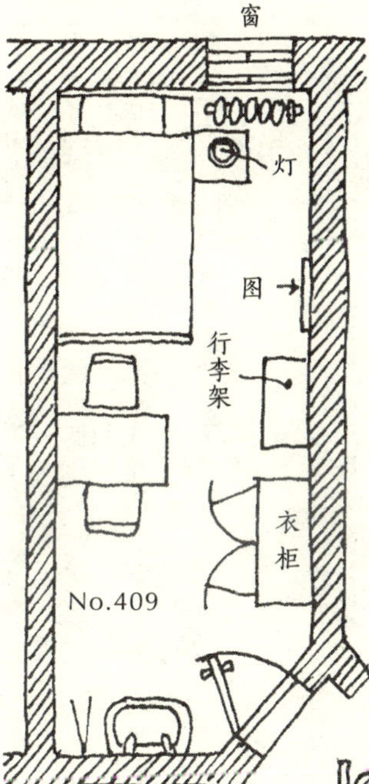

这家旅馆楼下餐厅的料理很好吃，但是房间的床就让人不敢领教。我是不曾对床有所抱怨的人，如果连我都感到不满意的话，可见情况有多糟。床垫很硬，但这还可以忍耐，反正是常有的事；不过会让人在早上起来的时候，感觉好像被床垫的接缝在背上刻下痕迹，这种床就少见了，实在不是我喜欢的那种床。

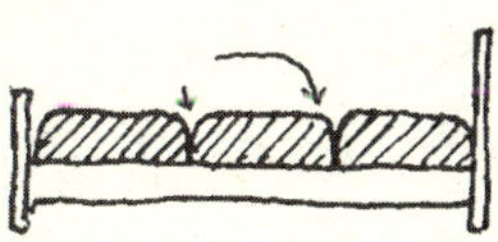

我并不想因为一张床就断定因斯布鲁克的旅馆都很糟糕，应该有许多很好的旅馆。像莫扎特住过的“白十字”旅馆就还屹立不摇。

蒂罗尔 (TIROL)

Leo BALDAUF 先生
Au 70. 6441 Umhausen Ötztal TIROL

附早餐，50先令，合日币800元，住第二晚会打折，40先令，合日币640元。这里是很不容易才找到的，毕竟是夏天时候的蒂罗尔啊。

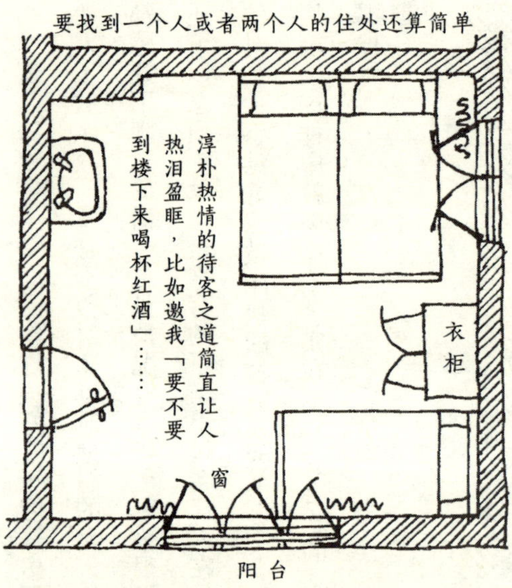

我和住在慕尼黑的朋友一家一起过暑假，开车来到了蒂罗尔，然而却遇到大旺季，饭店爆满，找不到住的地方。就算找到表示有空房的旅馆，一听到我们的住宿天数和有五个人就当场拒绝了。

不再理会价钱、一间一间地问，结果却不管是在旅馆或家庭旅馆都接连被拒绝。阿尔卑斯山区太阳下山得早，正在天色变得有点暗的时候，总算通过农家的介绍找到一间家庭旅馆。从马路往里走还得走上一大段，而且也没有招牌，据说才刚开始营业。受到泥瓦匠一家的热情款待，不胜感激。

蒂罗尔的家庭旅馆 名副其实的家庭旅馆

这个家庭旅馆的主人是位泥瓦匠，天还没亮就出门，回到家时已经晚上 9 点。他笑着说："一年里有一半时间都是在壁炉前睡觉，所以夏天的时候得加倍工作啰。"

或许是少有客人来访，小孩子们看起来蛮高兴的，一直陪我玩。"希望他们快点长大，好帮我砍柴呀。"孩子的妈妈说道。

荷　兰　阿姆斯特丹 (AMSTERDAM)

HOTEL PERSÉVÉRANCE，Tel 386557
OVERTOOM 78-80 AMSTERDAM

附早餐，17.50荷兰盾（guilder），合日币1750元。虽然超出我的预算一点点，不过是间蛮舒适的旅馆。（早餐很丰盛，像是北方国家的作风）

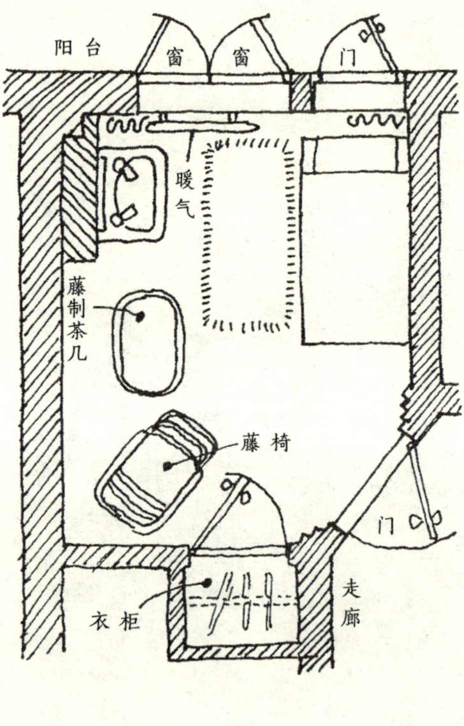

这房间住起来让人感觉蛮愉快的，材质的选择和配色都具有荷兰风味。举世闻名的风车啦郁金香啦是不错，不过当地日常生活中的独特巧思还比较吸引我，例如会跑的邮筒啦、增加公厕数目的手法等等。

投入1荷兰盾（100日元），浴室的门就打开。厕所的门也是相同形式，到处可见。

阿姆斯特丹的房间 HOTEL PERSÉVÉRANCE

窗户很大，上接天花板。这是为了弥补日照时间短的建筑设计手法，和南国的小窗户形成对比。

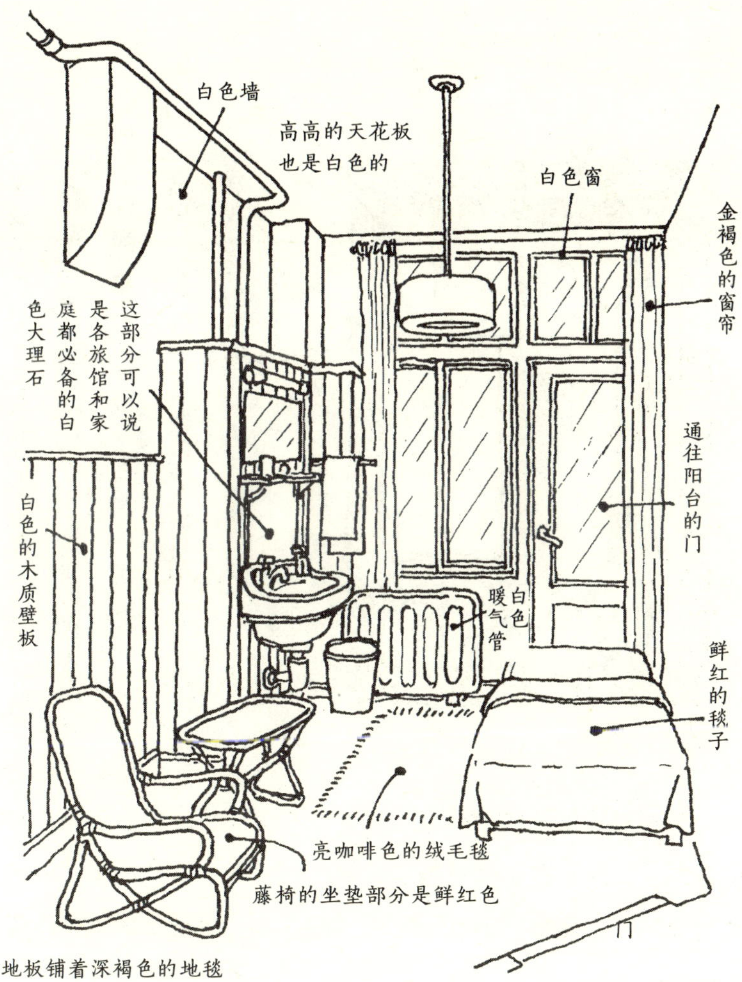

丹　麦　哥本哈根 (KØbenhavn)

Hotel BETHEL，Tel Mi 370-371
Nyhavn 22 København

不附早餐，32克朗（krone），合日币1600元，夏天的7、8月是旺季，价格会提高。这时候是北欧的赚钱时机。

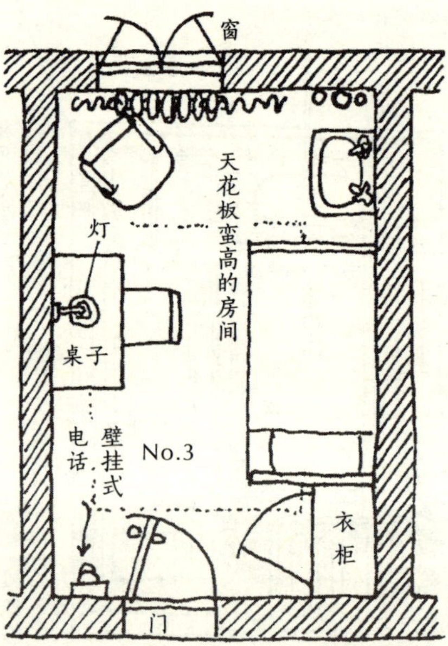

在夏天的时候，我没预约旅馆就去了北欧，想到了之后再找便宜旅店就好了，于是便搭夜车，隔日一大早就抵达车站。

结果，车站的旅游服务中心窗口前面，已经有许多和我一样想法的年轻人正在排队了。

车站内的旅游服务中心虽然可以介绍住宿，但由于是依价位排列，时间越晚，就只剩下高价位的房间。这儿的申请表格填写起来令人愉快，附有 或 ， 或 等图案，只要在所要的项目上做记号即可，相当清楚明了。

哥本哈根的房间

Hotel BETHEL 我眼前有一个柜子

北欧人的日光浴

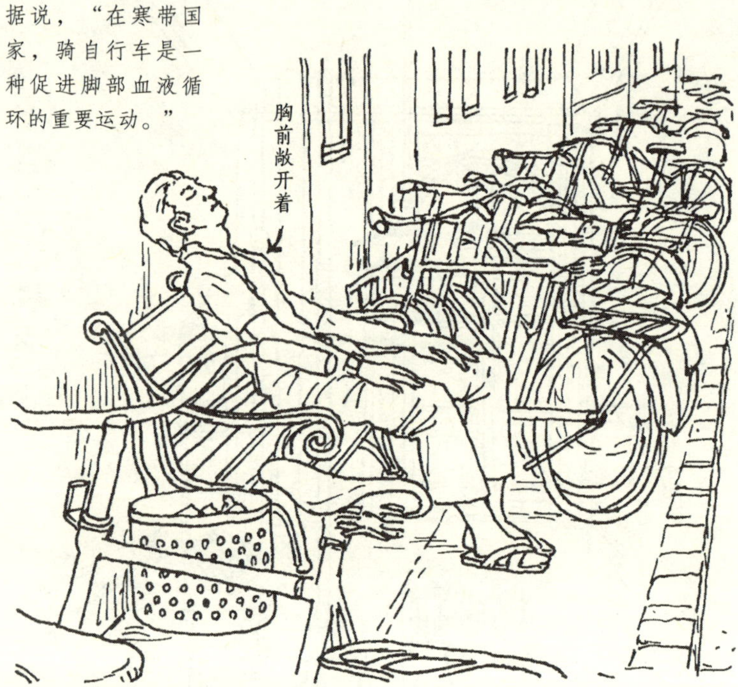

这位年轻人说：“不攒钱不会得病，但是不晒太阳可是会生病的呢。”所以说，只要太阳稍稍一露脸，就算有点寒气，大家都赶紧脱衣服做起日光浴，而且不论男女，可都是很认真地在做的。

年轻女孩说：“我最喜欢迷你裙和热裤了。现在还不能在街上光明正大地裸露，但这两种款式都被认为是种流行，真可以说帮了大忙啊。再加上穿迷你裙或热裤骑起脚踏车也很方便……”原来如此啊！

克伦堡 16世纪。文艺复兴式风格。

莎士比亚在《哈姆雷特》的剧本中从头到尾都没提及克伦堡，只有提到是“位于爱西亚诺、面海的哥特风格建筑”。那么这到底指的是哪座城堡呢？会想要钻研考究一番乃是世间常情。结果，“爱西亚诺地区只有这座城堡；那就是这里了，这儿正是哈姆雷特的城堡”。这么草率就断定，那人们也可以随便数落啦：“这实在是跟剧中所描述的差太远了嘛。”

瑞　典　斯德哥尔摩(STOCKHOLM)

Hotel HOSPITS，电话忘记了。
LILLA NYGATAN 25 STOCKHOLM

不附早餐，瑞典币Skr.27，合日币1900元。北欧真的很贵呀。不过这家算是便宜的旅馆。

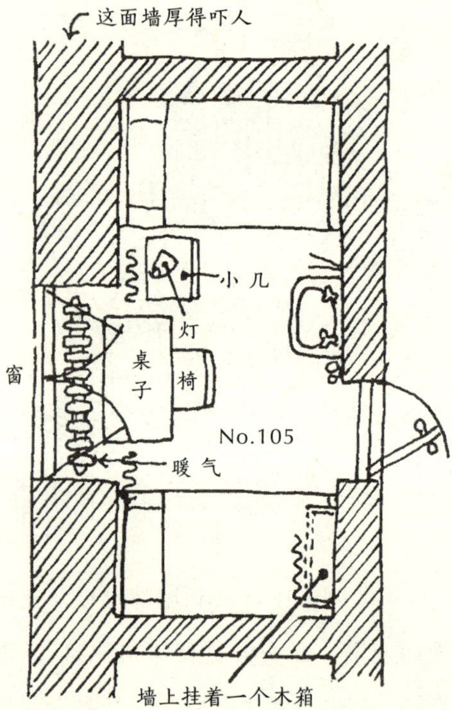

搭夜车到达斯德哥尔摩时是早上7：20。询问处8点才开，于是在这之前先到银行换些瑞典币。

这里也是每逢夏季就旅馆爆满，找不到便宜的只好住贵的。这家旅馆有些老旧。要求的是单人房，却给我双人房。房间的天花板高得让人吓一跳。

虽说是8月天，地铁站内的长椅附近从白天就开始放暖气了，相当暖和。晚上则得穿上雪衣，真不愧是北国。

斯堪森野外博物馆

斯德哥尔摩郊区的尤耶登岛上有座占地广阔的斯堪森野外博物馆，日本虽然也有江户村和明治村等，不过和这里无法相比。

这儿把以前的民家保留在自然环境中，穿着民族服装的大妈示范过去烘烤面包、烧制玻璃和陶瓷等等的方法。

挪 威 卑尔根 (BERGEN)

YOUTH HOSTEL，Tel 12344
Fløyen，BERGEN

不附早餐，7挪威克朗，合日币350元。青年旅舍里有木头双层床、一共可容纳14位小伙子的房间，也客满。

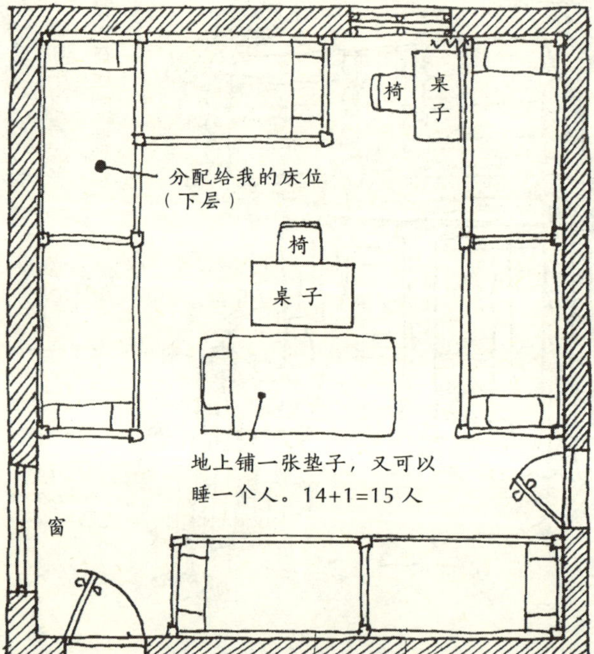

为了想看峡湾，而来到了挪威西边的卑尔根。听说山上有青年旅舍，便搭着缆车到山上来了。

大爆满，差那么一点点就要睡地板。后来的人则是“连可以让你睡的地板都没啦”。

卑尔根的青年旅舍

途中邂逅三男一女日本年轻人，他们说“去住青年旅舍吧”，便来到此处。这个住处颇能满足我的好奇心。

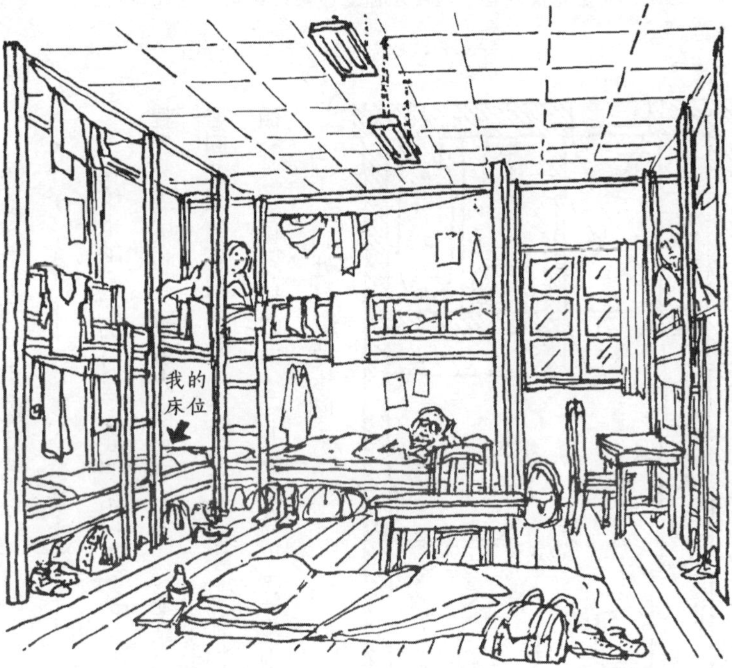

睡上铺的德国人叮咛：“留心你的相机，这里面有小偷喔。”于是我把三台相机和镜头全数抱在胸前躺下。住在这里虽然便宜，也蛮辛苦的；我就在各国年轻人吵吵闹闹的聊天声中入眠。说真格儿的，住在这种地方，我可是没信心还可以继续旅行下去呀。这可是不再年轻的证明？

苏　联　莫斯科 (MOSKVA)

Hotel LENINGRADSKAYA，Tel 255600
21/40 KALANCHEVSKAYA St. MOSKVA

含早餐、接送、一趟观光巴士，12.50卢布，合日币4600元。只有在苏联，连选旅馆、向旅馆反映自己的要求都没办法；究竟能住进哪儿也完全没有头绪。

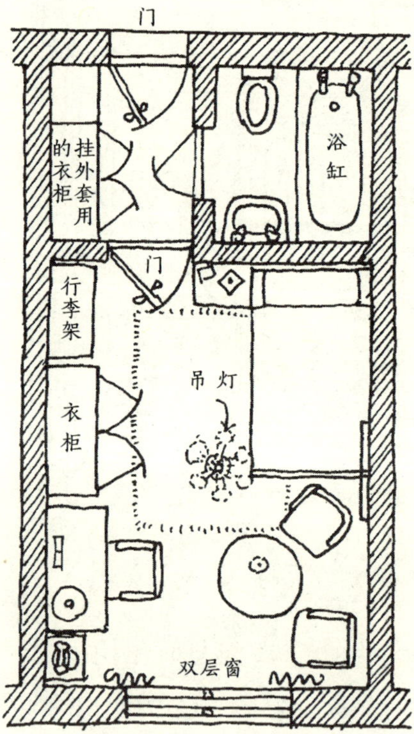

我被来接机的旅行社的人载到这家饭店，进去房间一看，吓了一大跳——『怎么会这样！』

在维也纳登记的时候，我明明说：『请给我没有浴室的观光等级房间。』也事先付了钱，那样的金额怎可能住这种房间？果然不出所料，是旅行社弄错了。他们要我付『差额』，『如果有钱的话，一开始就登记头等房啦。』『说得也是。』于是到处打电话接洽。

经过旅行社女职员流汗奔走一个半钟头，终于不用补差额让我住进这个房间。

莫斯科的旅馆

阴错阳差住进去的房间
（实际的房价要 6200 日元）
白色挑高天花板
整面是镜子的衣柜
金色台灯
在苏联，金色＝美。是这样吗。
金碧辉煌的苏联风格的吊灯
金色框的风景画
这部分是毛玻璃。
行李台
灯
地毯
相当考究的家具

列宁格勒 (LENINGRAD)

Hotel ASTORIYA，Tel 10 00 3139
GERTSEN St. LENINGRAD

含早餐、接送、观光巴士，12.50卢布，合日币4600元（和莫斯科一样）。登记单人房却给我双人房。

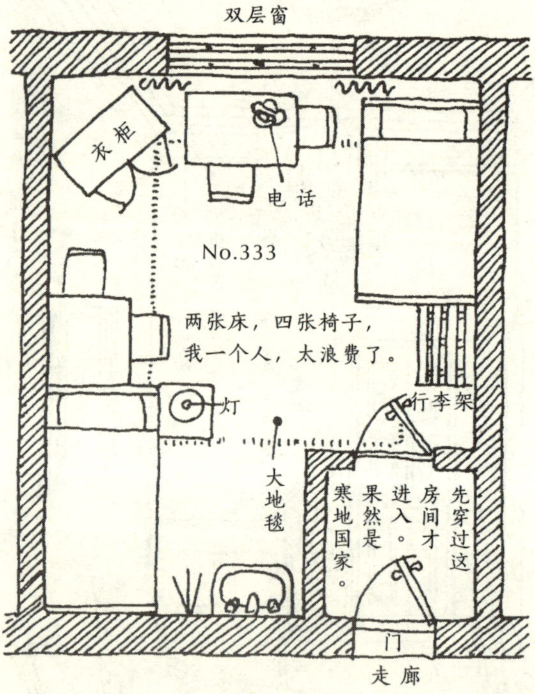

虽然没有卫浴，却是蛮棒的房间。在长期旅行当中培养出了小气精神，因此只要是比生活必要的空间稍稍宽敞些，我便会觉得『浪费』、『奢侈』。

才 9 月 25 日，这儿已经入冬了。街上行人通通穿着大衣，没穿的只有我一个，好冷啊。不过列宁格勒城里有许多让我欢天喜地的事物，如美术馆等。

列宁格勒

斯莫尔尼宫

装点着白色、金色、蔚蓝色的斯莫尔尼宫被红叶衬托得更加醒目。然而，这里的人并不像日本那样欣赏红叶的美丽，可以说他们把它视为香颂歌曲中的“枯叶”一般……在这里，谁会喜欢表示又长又灰暗的寒冬即将到来的秋天呢。

捷　克　布拉格 (PRAHA)

Hotel SOLDARITA，Tel 774141-5
CERNOKOSTELECKA PRAHA 10

附早餐，75克朗（korun），合日币3375元。离车站400米，是一个叫作CEDOK的旅游服务中心介绍的。

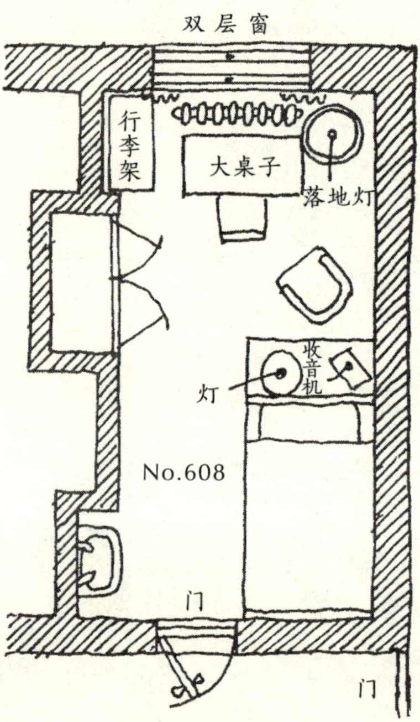

旅游服务中心没有介绍廉价旅店的服务，真是伤脑筋。不过，布拉格和苏联不一样，会听听看我的需求，然后找出几家条件接近的让我挑选，蛮好的。

到这家旅馆要从市中心搭30分钟电车，是栋偏离市区、地点有点荒凉的13层建筑。没想到竟然是家大饭店，还有穿镶金边制服的门房在门口迎接，吓了我一跳。

除了有些贵以外，房间也好，早餐也丰盛（有三种火腿、两种奶酪、蛋、色拉、咖啡、面包），办住房手续时给了我钥匙和餐券。采用餐券的制度好像是社会主义国家共通的现象。

布拉格

Hotel AXA，Tel 249557-9
NA PORÍCÍ 40 PRAHA 1

附早晚餐（晚餐的部分是20克朗），共80克朗，约合日币3600元（好心疼呀）。前面那家客满，所以移到这家来。

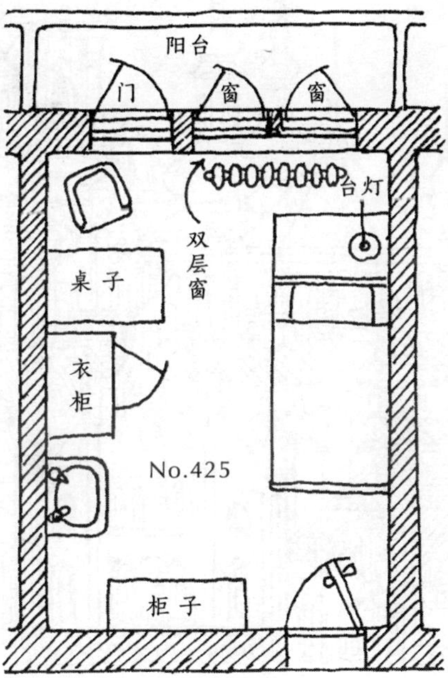

这家老旅馆拥有20世纪20年代装饰艺术风格的装潢，气氛有点阴暗。我对走廊的雕刻露出颇感兴趣的样子，前台服务员脸上一副耐人寻味的表情。原来这里陈列的东西不过只有五十年左右的历史，或许没啥价值吧。毕竟街上多的是更古老的14世纪建筑……

歌德曾对这座城市的美丽做过如此描述：“若将都市比拟成宝石、打造成一顶王冠，布拉格是其中最珍贵的一颗宝石。”我也因为职业的关系，要看的东西非常多。

布拉格的屋顶风光

布拉格被称为“百塔之城”，塔的确很多。从塔顶的形状来看，和隔壁的德国和奥地利非常相似。其中以左边的尖塔形状最能表现这个国家的特征。似乎从屋顶的形式可以看出文化交流和历史的痕迹。

匈牙利

布达佩斯的城堡，
坐落于市区公园内。

里面居然作为农牧业博物馆之用，馆内有猪牛等标本……果然像是东欧国家会做的事。

这座城堡的外形很棒，让人第一眼就爱上它。这也不难想象，因为仔细一看，它简直可以说是窃取了各地城堡的精华再重组于一身，模仿的对象少说也有一打吧。部分的屋顶仿自某座城堡、大门又是以某座古堡为标准……这样一来，它看起来漂亮也是理所当然的嘛。而且，这么一座地道的中世纪城堡可是在接近 20 世纪的 1896 年兴建的……真是让人又感叹又惊讶。

布达佩斯

BOKOR. TÍB ORNÈ，Tel 425-332
VII K HERNÁD. U 43，1-5 BUDAPEST

附早餐，58弗林（forint），相当于日币725元，好便宜！旅游服务中心的小姐眨了眨眼，笑着说：“你一定会满意的喔。”

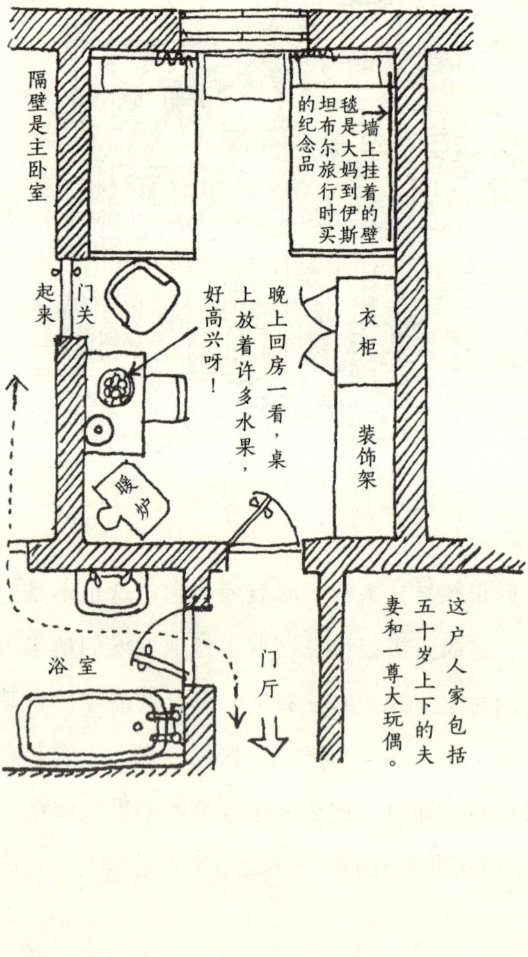

靠着纸片上写的住址，边看地图边找，却怎样也找不到像是旅馆的地方。沿途辛苦地问路人，总算找到一栋公寓的二楼，是户普通人家。那小姐该不是因为捉弄了我才笑的吧，为什么不告诉我这是间家庭旅馆呢。除了这个房间外，还有一间房间和厨房、浴室及厕所。

布达佩斯的家庭旅馆 BOKOR 先生的家

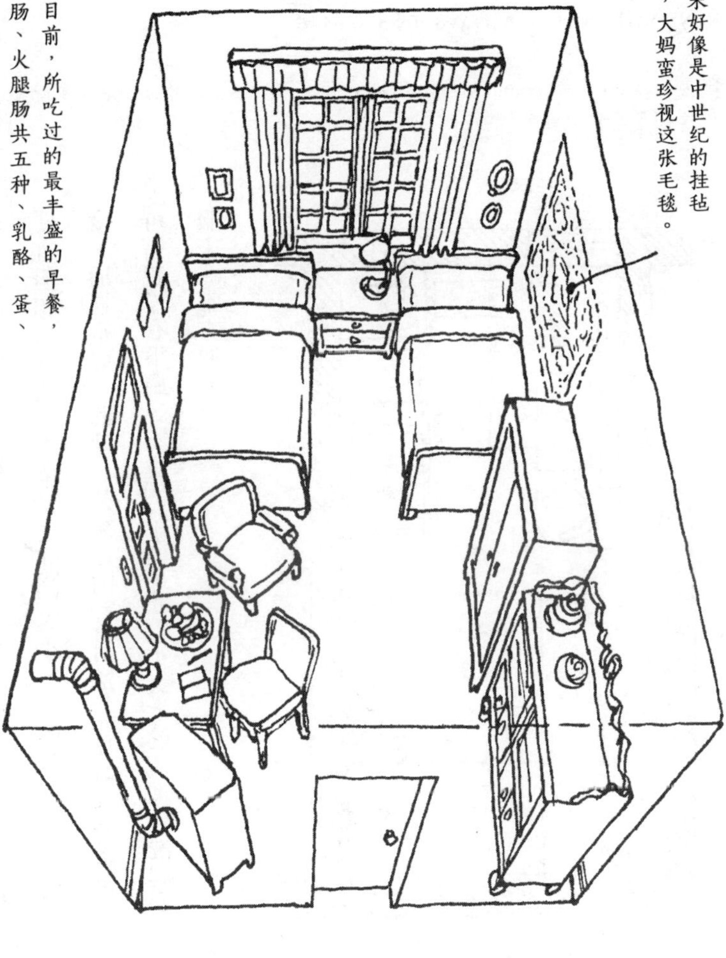

太太在厨房的角落摆着台机器，从事编织的家庭副业。她说：“这东西很花时间，却攒不了几个钱哪……”

英 国 伦敦 (LONDON)

PRIVATE RESIDENTIAL HOTEL
KENSINGTON LODGE, 37.LEXHAM GARDENS
KENSINGTON LONDON W8 Tel 370 6446

附早餐,2.20 英镑(pound),合日币 1800 元。一般来说,英国的旅馆是蛮便宜的;但这家是非常便宜的。

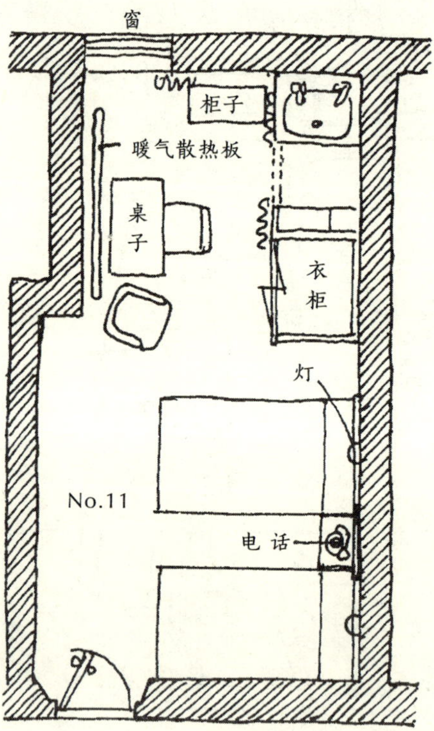

这家旅馆是经由巴士总站的旅游服务中心介绍的，虽然便宜但相当舒适。不论是房间的大小、床的状况、室内温度，通通很好。此外，甚至还附有可以做简易料理的厨房。可惜我没有下厨，不过倒是洗了衣服；大大的梳理台洗起衣服来非常方便。

早餐当然是丰盛的英国式早餐啰（柳橙汁、玉米片或燕麦片、培根蛋或煎蛋卷、吐司、果酱、红茶或咖啡）。

伦敦的房间

KENSINGTON LODGE

No.11

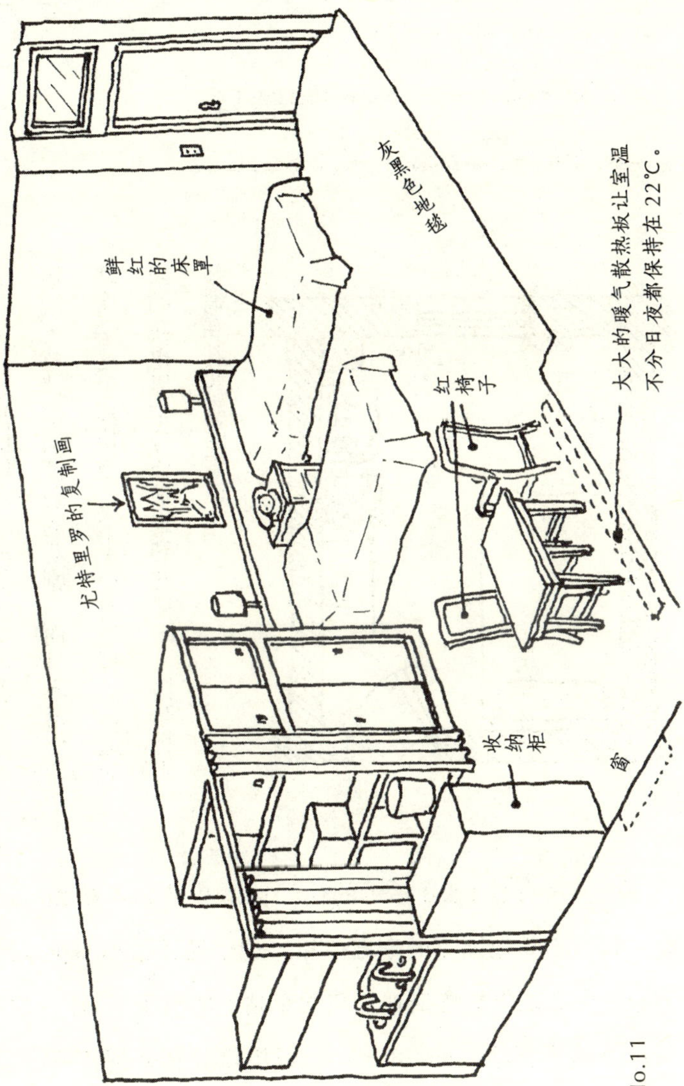

埃文河上的斯特拉福 (STRATFORD-ON-AVON)

MELITA GUEST HOUSE
Props. Mr. & Mrs. R. L. SAVIDGE,
37 Shipston Read Stratford-On-Avon Tel 2751

附早餐，1.5英镑，合日币1300元，蛮舒适的。

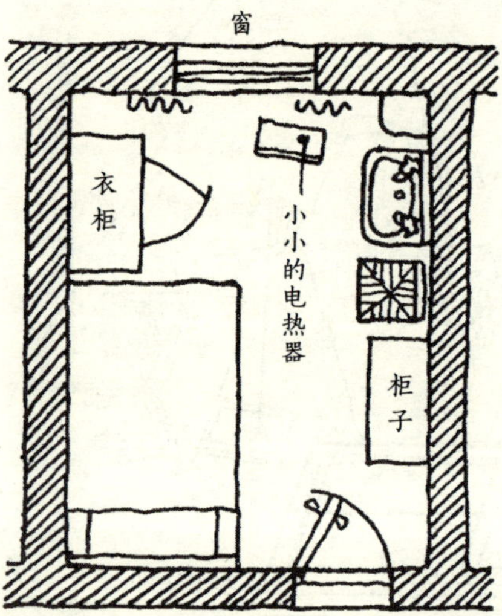

这个城镇虽然是以莎士比亚诞生地而闻名，但是这里的剧场目前仍然继承着历史和传统，持续演出莎翁的戏剧，而且不落俗套陈腐。这里离伦敦三个半小时车程，远道而来的我也风尘仆仆地来到此地，一探孕育出莎翁和其戏剧的城镇。

这是家有着 B&B 标示的住处；B&B 是 Bed & Breakfast 之意，相当于其他国家的家庭旅馆。这个城镇很小，所以没有旅游服务中心之类的咨询处。我问车站前的出租车司机："您晓不晓得可以推荐给人的 B&B？"司机就载我来到这里。家庭旅馆的大妈笑着说："他是我侄子啦！"

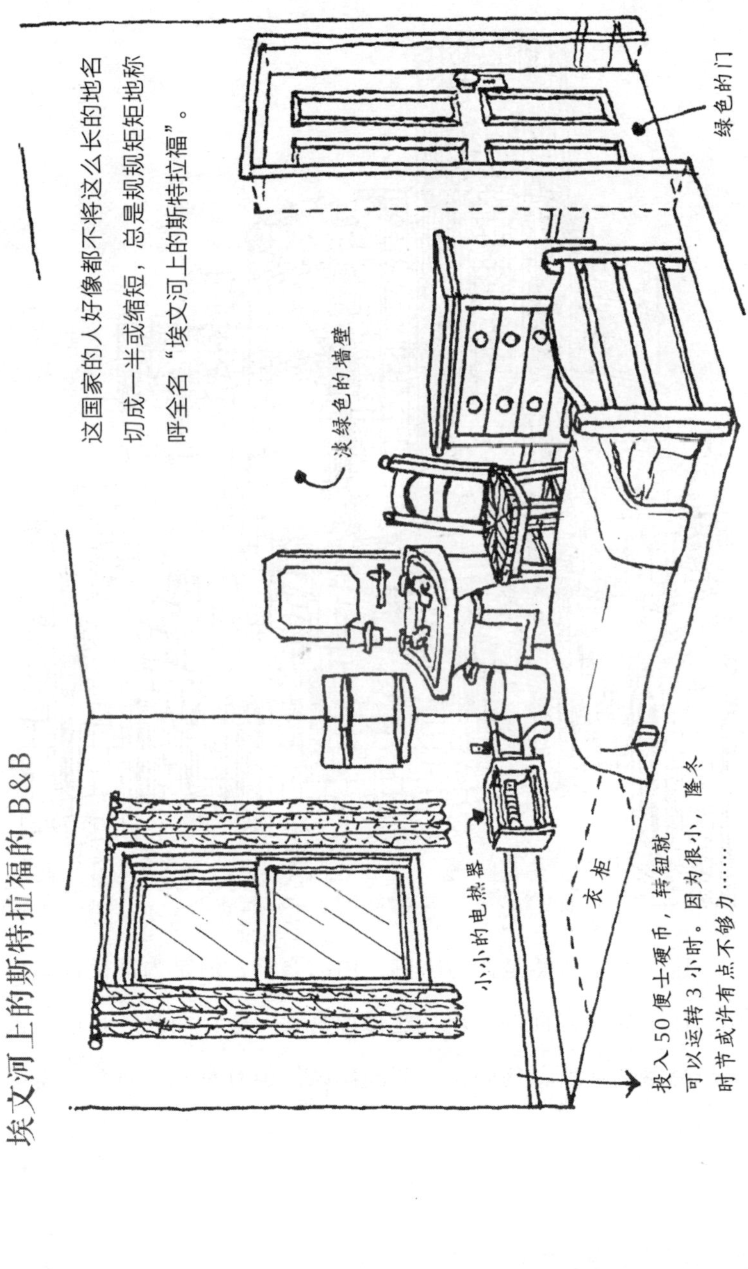
埃文河上的斯特拉福的 B&B
这国家的人好像都不将这么长的地名
切成一半或缩短，总是规规矩矩地称
呼全名“埃文河上的斯特拉福”。
淡绿色的墙壁
绿色的门
小小的电热器
衣柜
投入50便士硬币，转钮就
可以运转3小时。因为很小，隆冬
时节或许有点不够力……

温莎堡 这座城堡中曾经有过两次战争

这座城堡虽然是作为防御之用的要塞，但是内部设计却也相当注重居住方面的需求，建得像宫殿一般。而且，目前还被当作皇室的住所，的确符合英国作风，很有意思。石头堆得中规中矩。

爱丁堡 完完全全就是座要塞，不得了的城堡

“什么！居然要在这种季节里去爱丁堡……别去啦！天色阴暗成这样，什么都看不到的喔。你也实在是好奇心太强了吧！”我能够了解为什么伦敦的朋友会露出吃惊的表情试图阻止我。“什么都看不到”是说得太夸张了点儿；不过，的确是蛮暗的。

下午3点天色就已经快黑下来了，毕竟是这么北边的地方，理所当然……不过幸好还是来了——仰望矗立在崖顶的爱丁堡时，我心里这么想。若想要更加了解这座城堡和苏格兰的话，或许应该选在冬天造访……

爱丁堡

"BARROSA"　Guest House，Mrs. G. A. PRETTY
21 Pilrilg Street EDINBURGH EH6 5AN

附早餐，1.25英镑，合日币1060元。我向村里的旅游服务中心拜托："麻烦请介绍B&B，"就告诉了我这一家。

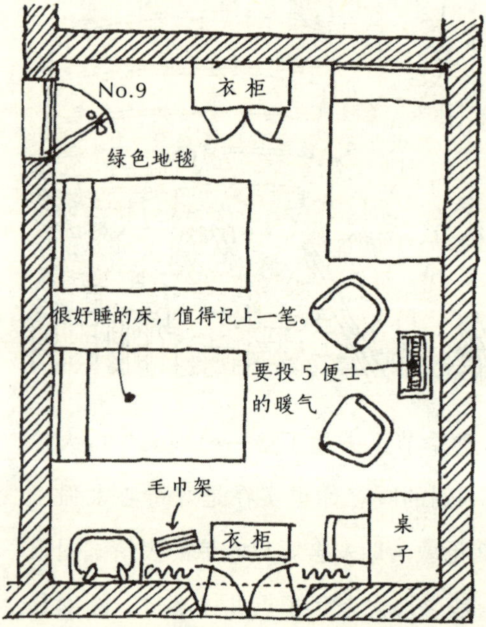

搭了巴士并参考地图，总算到达。门口竟然连个广告牌和名字都没有，只有在柱子上标示着21的门牌号码。我按门铃报上名，一位大妈出来迎接，『已接到通知，早就在等你来啰。』这种小地方真让人感动得想哭。

比起马马虎虎的旅馆，这里给人的感觉蛮实在的，而且舒适又温馨。除了这个房间以外，还有六间左右的客房，浴室也非常宽敞。听到了三个小孩的说话声，便跟他们玩；有好久不曾和小孩子玩耍了。

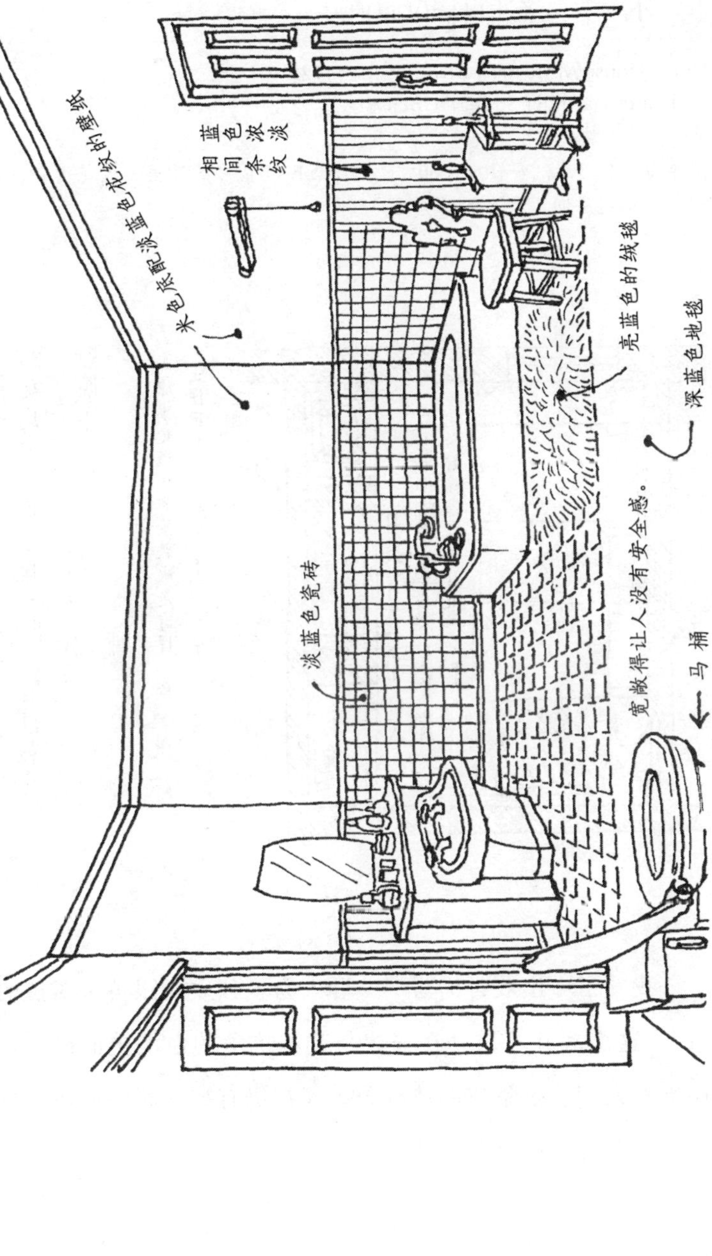

爱丁堡的B&B的浴室

爱尔兰 都柏林(DUBLIN)

Guest House MARIAN（B&B），Tel 44129
21 Upper Gardiner Street DUBLIN 1

附早餐，1.25镑，合日币1060元。这附近B&B蛮多的。虽然天花板有一点点倾斜，但这房间不太有阁楼房间的感觉。

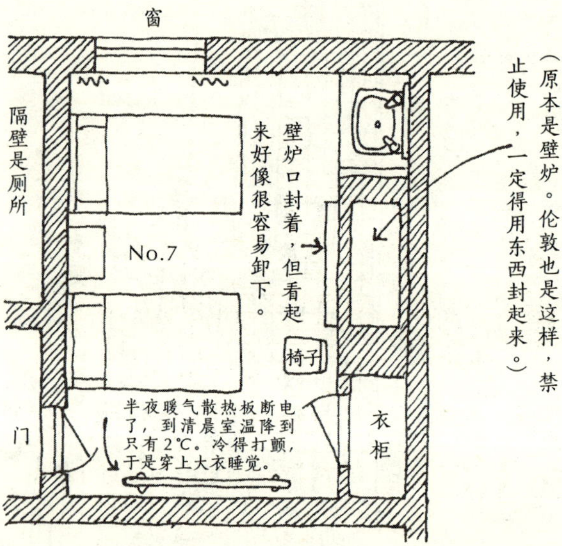

我心想，应该不只是受了电影《雷恩的女儿》；的影响，但就是想来爱尔兰瞧瞧。

我看了一出戏，描写“一群人为了独立而跟英国对抗的故事”。这出戏并不只是在描述与英国抗争的血泪史而已，其实还提醒人们，抗争依旧持续着。现在仍有如此明快而质朴的戏剧，实在稀奇且让人惊讶。

英国和爱尔兰

旅人蜻蜓点水般地路过，当然无法了解该国的政治及其他种种问题。我心里面边这样想，好奇虫虫也跟着冒了出来，结果就跑到爱尔兰的都柏林来。其实就算来到当地也是毫无头绪，不过旅人有旅人的嗅觉，似乎还是可以嗅出英国和爱尔兰的一些东西来，例如从两地的硬币所感受到的就是其一。

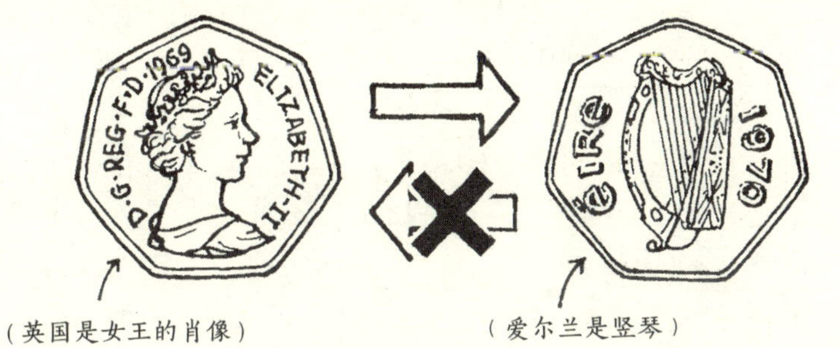

图与实物大小一致

硬币的称呼、外形、大小、材质、重量都一样。英国的硬币不用兑换，和爱尔兰自己的钱币一样，直接可以在爱尔兰通用；有时候找回来的零钱里总会有英国硬币混在其中。不过，爱尔兰的硬币就没法在英国使用，我在酒吧试用看看，结果被挑出来弹还给我。爱尔兰都已经独立50年了，但是感觉上还留有曾被英国统治影响的浓厚色彩。

墨西哥　墨西哥城 (MEXICO CITY)

HOTEL SUITES “PASSY”，Tel 5 335590
ESTRASBURGO No.8 MEXICO 6，D. F.

不附早餐，60比索，合日币1680元，有厨房。是个不错的房间，只不过感觉不出来有墨西哥风味。

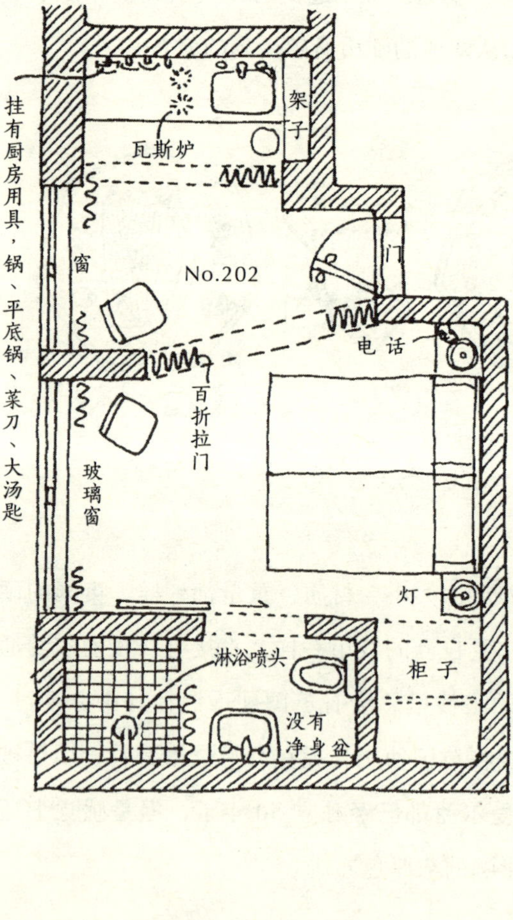

一看到这房间所附的厨房，喜欢做料理的人或女性一定会想要做点什么吧。只是这房间没有桌子，要在哪儿吃呀？我是不需要厨房，但很想要张书桌，在梳理台上写实在不方便。跟前台的人说，却回答道：『请使用大厅的桌子吧。』

墨西哥城

HOTEL MONTE CARLO，Tel 5 21 25 59，5 85 12 22
AV. URUGUAY 69 MEXICO 1，D. F.

不附早餐，45比索，合日币1260元。这间古老旅馆规模大，有墨西哥风味，车子（以前是马车）可以驶入玄关。

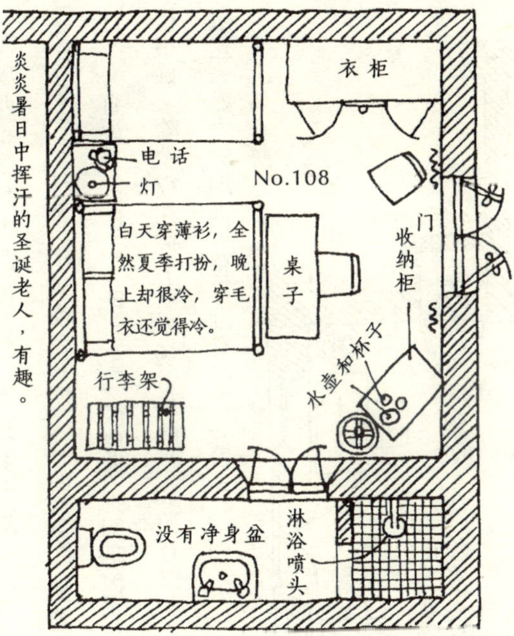

昨天来到这家饭店，参观了房间以后，就预约了102号房；今天要住进来时，却发现已经给了别人啦。老板极力道歉说：『明天务必帮您换回来，今天请先将就一晚。』不知道是真的还是假的。

原本在预约的时候就没有先缴给他们任何费用；而且即使预约了，就算没有来，旅馆的人大概也不会生气吧。毕竟这里是墨西哥啊。

墨西哥城

HOTEL MONTE CARLO，Tel 5 21-25-59/5 85-12-22
AV. URUGUAY 69 MEXICO 1，D. F.

不附早餐，45比索，合日币1260元。跟前面同一家饭店，价钱一样，说“明天帮您换”，等了三天，才总算帮我换过来。

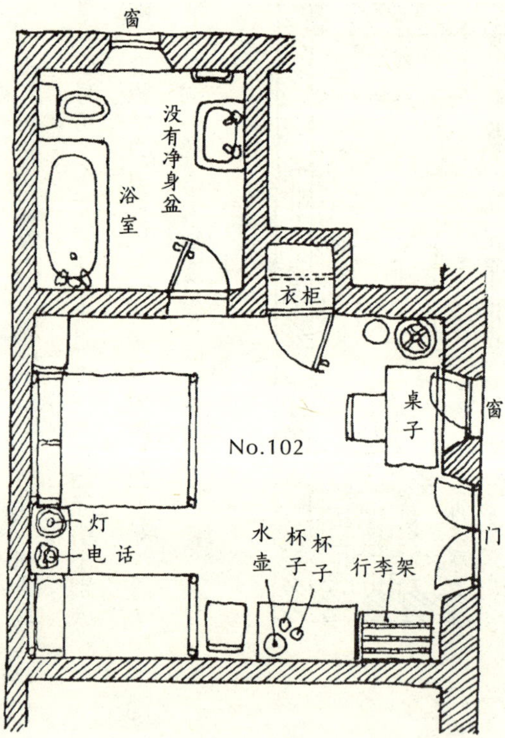

墨西哥就是墨西哥，说是说『manana』，但可不是『明天』喔。『manana』直译成日语确实是『明天』的意思，但绝不可以因此生气。不过，一直说『manana，manana』的墨西哥倒是把一年一度的除夕庆典办得很好。除夕夜在佐卡罗广场举行的化装游行既壮观又华丽；我从没见过这么盛大的烟火，总算没有白来一趟。

等了三天才到手的 墨西哥城102号房

只要能够通过所住的房间来感受该国风情，就会让我感到非常满足。所以这间空空荡荡又缺乏风景的房间，我非常喜欢。

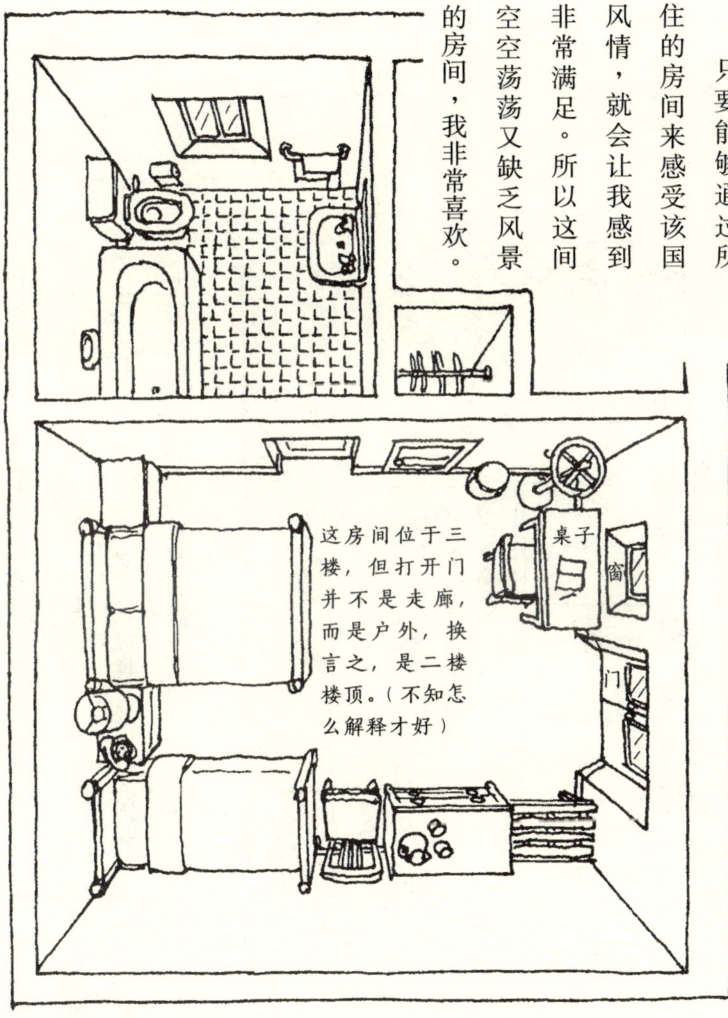

美　国　华盛顿郊区 (ALEXANDRIA)

Hotel HOLIDAY INN，No.2 BELTWY

2460 Eisenhower Drive ALEXANDRIA，VIRGINIA 22320

一个人16.25美元，两人22.25美元，三人25.75美元，四人29.25美元，越来越便宜。但就算是这样，美国还是贵。

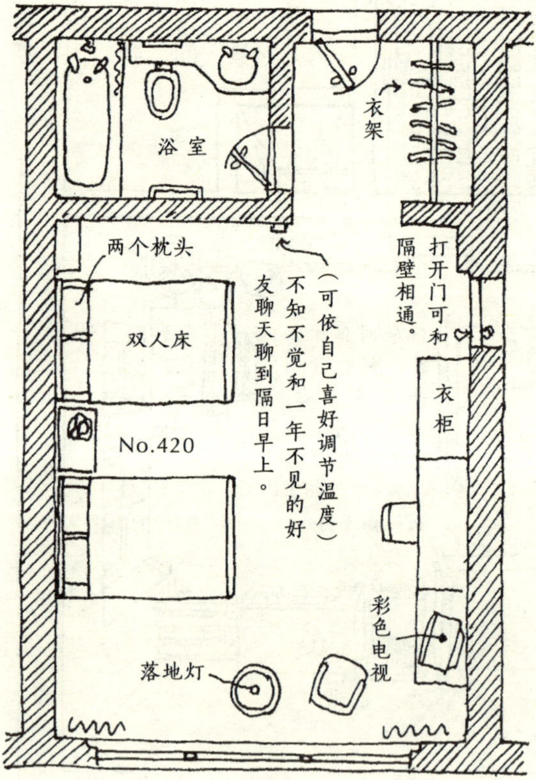

刚好有三位朋友已先从日本来到此地，他们能到华盛顿机场来接我，房间也都订好了。这家旅馆在美国是大型连锁旅馆，跟其他的比较起来好像是比较便宜，但是……我是很久没住过这种大饭店了，所以一直发出『啊，有彩色电视机耶！』等等的怪声，朋友们不禁笑了出来。

纽约 (NEW YORK)

Hotel SHERATON RUSSELL，PARK AVENUE & 37th STREET NEW YORK，NEW YORK Tel 685 7676

不附早餐，两个人39美元，合日币13260元。一个人就住8500日元的房间，对我来说实在……朋友做东。

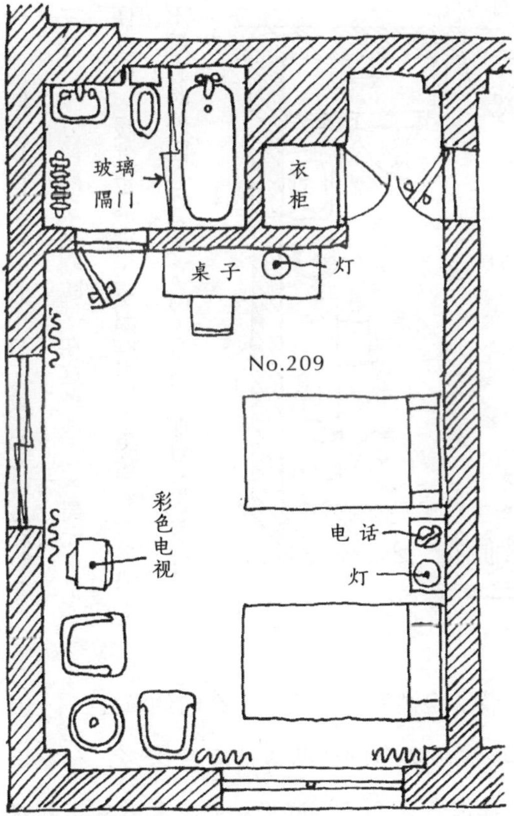

因为是和从在华盛顿期间就一起行动的朋友住，所以才住这种豪华饭店。这在我的旅行中算是例外。就我的预算来看，根本住不起，所以没法和欧洲的廉价旅店比较。等朋友回日本去，我得找便宜的房间搬过去。

纽约

MANSFIELD HOTEL，12 WEST 44th STREET
OFF FIFTH AVENUE NEW YORK N.Y. 10036 Tel 682-5140

9美元，合日币3060元的房间。“由于是住长期的，算8美元。”2720日元会心疼，但这在纽约是超便宜！美国的房价是不附早餐、不含税。

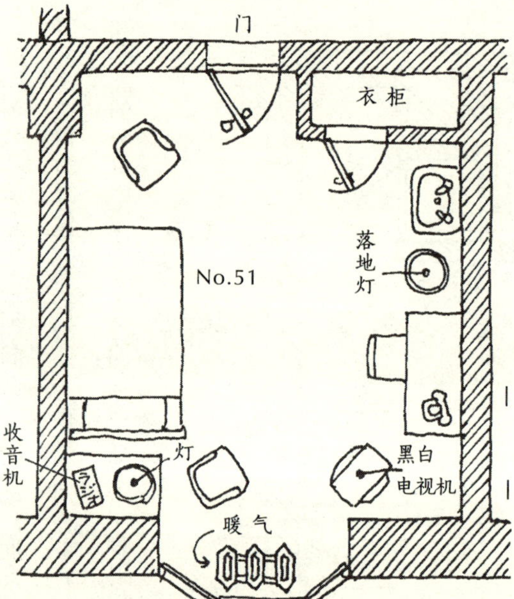

这间旅馆位于市中心中央，到百老汇走路只要三分钟，方便经常跑剧院。在这种地方8美元算是便宜的，暖气也够力，室温25℃。虽然有一点热，不过有时外面会降到-5℃—-7℃，那时就刚刚好。

在伦敦时虽然也经常跑剧院，但比不上在纽约疯狂，15天之内看了19场。日场演出蛮多的，所以能看这么多；有歌舞剧、歌剧、舞台剧、摇滚音乐会等，好像被卷入和欧洲不同感觉的旋涡里一般。

乍看好像蛮豪华的样子，其实墙壁上、地毯上都有污点，而且电视机的画面会有四层叠影，是一台嘎嘎响的黑白老电视。不过电灯很亮，也够暖和，住起来不错。
窗
窗
No.51A
NEW YORK
MANSFIELD HOTEL

纽约的房间

洛杉矶 (LOS ANGELES)

THE SANDS MOTEL，5330 W. IMPERIAL HWY.LOS ANGELES，CALIF.90045
Tel（213）641-7990

不附早餐，不含税，9.50美元，合日币3230元。美国风味的汽车旅馆。（在这里没车的话，寸步难行）

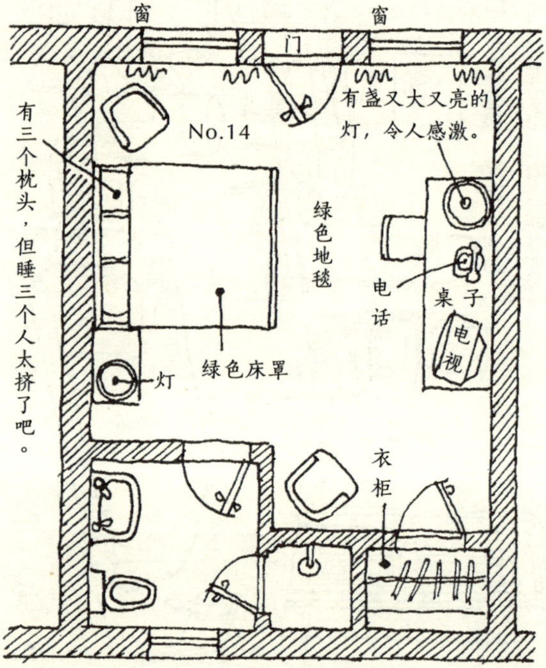

很想找找便宜的旅馆，只是到机场的时候已经蛮晚的了，只好请日本航空公司介绍。有车可以接送机，不过离机场近，喷气式飞机就从屋顶上呼啸而过。

中庭是停车场，周围是二层楼的建筑。一整排房间都是相同格局，跟这间一样。

小东京 洛杉矶的日本人街

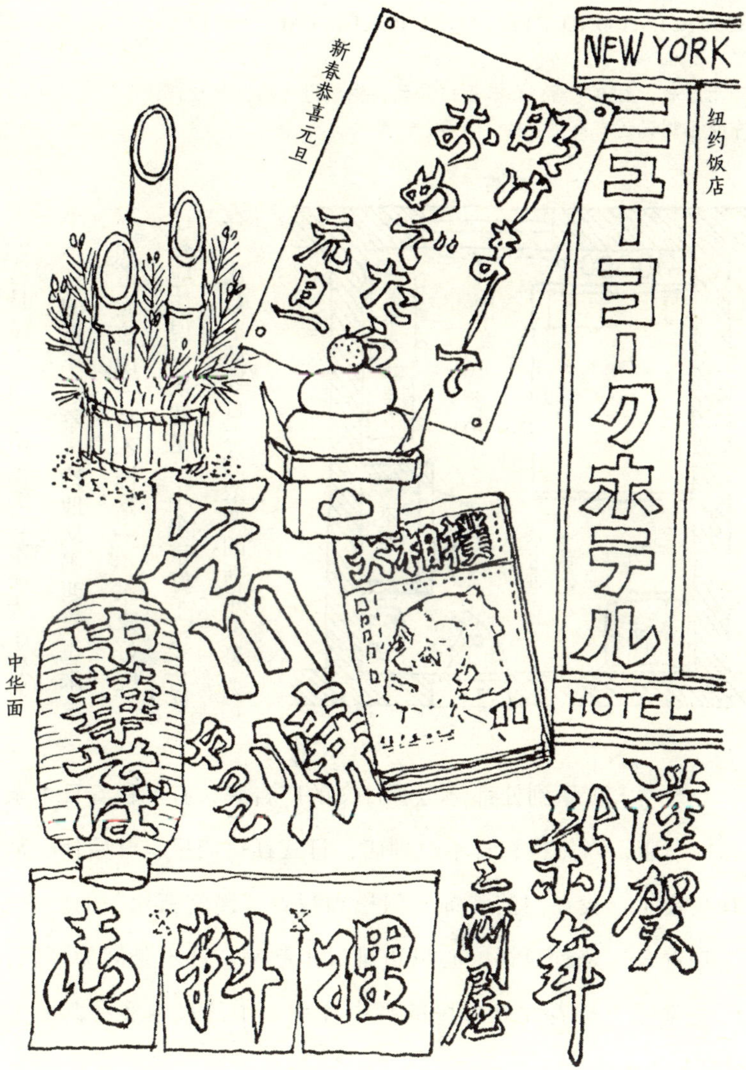

洛杉矶

NEW YORK HOTEL，Tel 688-8238
305 EAST SECOND STREET LOS ANGELES，CALIF. 90012

不附早餐，3.50美元，合日币1190元，竟然比我的预算还低，吓了一跳。小东京里据说还有更便宜的，只要2.50美元。

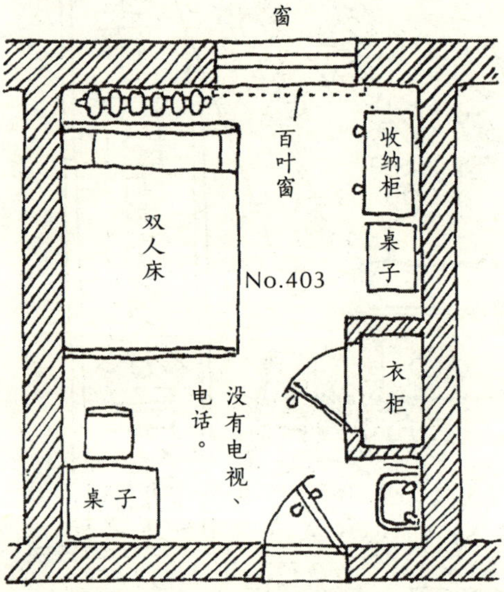

这是位于洛杉矶里的日本。为了想看小东京的新年景象，特地从墨西哥飞来。不知道应该说『真不愧是』小东京好呢，还是应该说『果然是』小东京好；这儿保存了比日本还要日本的浓厚的新年气息。

日本人街里到处都是写着日文的广告牌，有堆积着日本杂志的书店，当然也有日本料理店；日式糕饼店里也开始什么都有在卖了。我在门前装饰着门松和写着“谨贺新年”的店里，边吃着今川烧红豆饼，心里边难过了起来。并不是因为怀旧，而是觉得支持着此处居民的日本和我心中的日本实在落差太大了。

洛杉矶的房间

不能说是漂亮的房间，不过可以住得蛮舒适的。

在这间旅馆说日语能通。

旧金山 (SAN FRANCISCO)

Hotel WARFIELD，Tel 673-5812
118 TAYLOR ST. AT TURK SAN FRANCISCO

不附早餐，5.00美元，合日币1700元。听很多人说在旧金山找不到便宜旅馆，但如果真去找的话，还是有的。

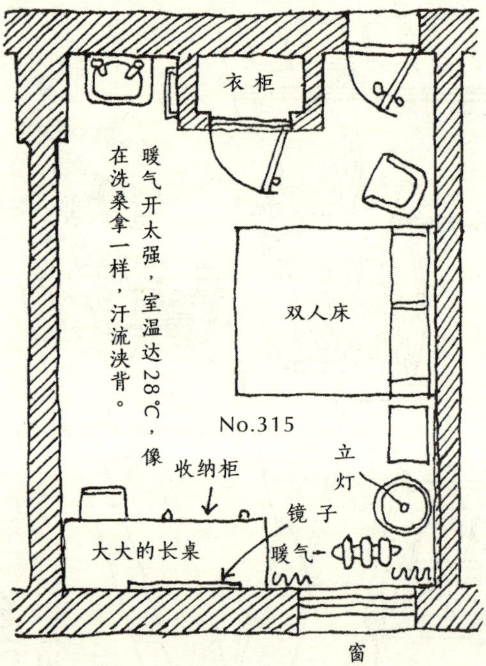

也有2.5美元的便宜旅店；那种地方能不能住人先不提，反正有就是了……走在走廊上时，有时会和从门缝里一直盯着我瞧的人打了个照面，有时是酒精中毒的大妈向你招手，可怕，连我都不禁飞奔出去。

放弃住2.5美元的旅馆，改住5美元的。这间饭店让人觉得安心些。而且，虽然房价便宜，但是床睡起来不错。我很满意这儿的宽敞。

旧金山 5 美元的房间

让人害怕的 2.50 美元旅馆就在隔壁的隔壁。想不到隔天早上，那家旅馆竟然发生火灾，有个男子被烧死，消防车闹哄哄地来来回回，水柱乱喷，连我都全身被淋湿。

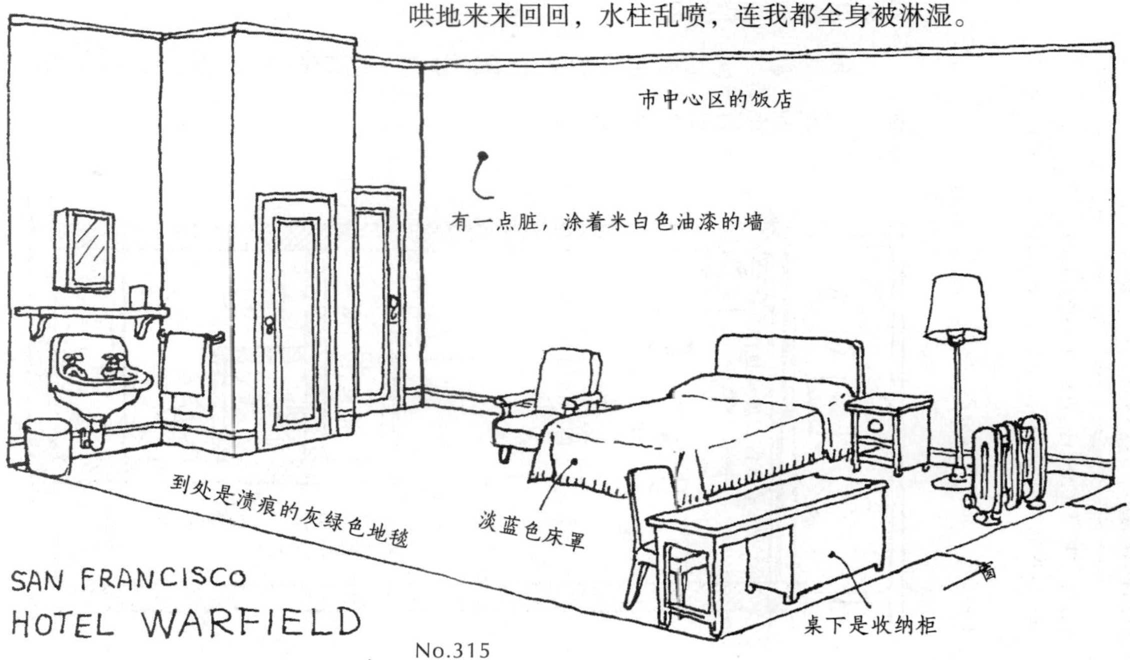

檀香山 (HONOLULU)

ROYAL TROPICAN HOTEL，Tel 923-5781
340 ROYAL HAWAIIAN，AVE HONOLULU 15. HAWAII

8.00美元，合日币2720元。

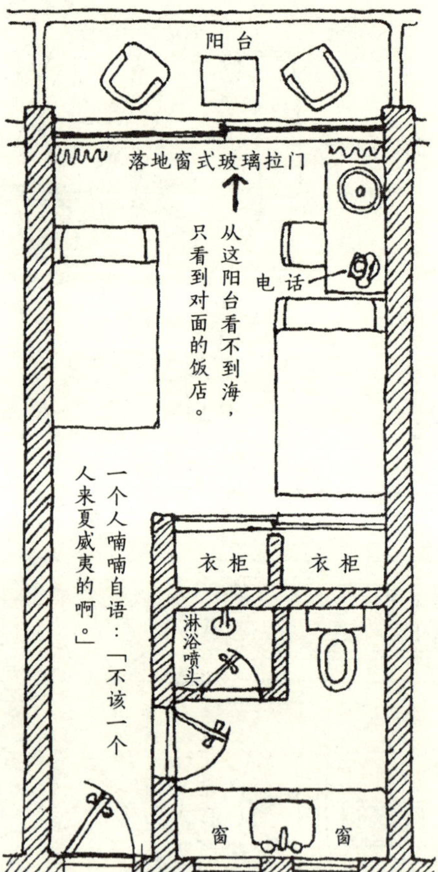

听说：『夏威夷是观光胜地，所以没有便宜旅馆。』好像真的是这样。到市中心去仔细找找或许有，至少，像檀香山这样的地方，应该会有吧。这家饭店在这里算相当便宜的。

我是第一次这么彻底地实行小气生活，但却蛮快乐的。真是走了不少路啊。这次的旅行也就到此结束。

后记

各位陪着我一起长途旅行、直到走完这趟完全是个人的“河童之旅”，我想对大家说声辛苦了！

各位应该已经了解，我绝对没有丝毫想传达“这就是欧洲”的意图，也谢绝如此的解读。

因为从头到尾，都只是一位旅人眼中所见所闻的欧洲而已。

我也无意传递日本应该跟欧洲一样的讯息。因为日本是日本，欧洲是欧洲。只能说，今后日本在观看欧洲的事物，或者和欧洲交往时，或是范围更扩大、也就是进行外交或贸易的时候，也许可以借这些常识来了解他们的想法吧。

这本类似旅游日记的杂记，最后竟然编辑成书。到现在还觉得不好意思的我，在此轻声向那些对我又哄、又捧、又威胁的众多朋友和编辑说声：“抱歉，给你们增添许多麻烦了……”

最后，谨向居住在欧洲各地并给予“河童之旅”协助的友人们致上我最真诚的谢意。

图书在版编目 (CIP) 数据

窥视欧洲 / (日) 妹尾河童著；姜淑玲译 . -- 2 版 .-- 北京：生活·读书·新知三联书店，2016.5
(妹尾河童作品)

ISBN 978-7-108-05599-6

Ⅰ. ①窥… Ⅱ. ①妹… ②姜… Ⅲ. ①游记－作品集－日本－现代 Ⅳ. ① I313.65

中国版本图书馆 CIP 数据核字 (2015) 第 284776 号

责任编辑 樊燕华
装帧设计 朴 实 张 红
责任印制 崔华君
出版发行 生活·讀書·新知 三联书店
北京市东城区美术馆东街22号
邮 编 100010
网 址 www.sdxjpc.com
经 销 新华书店
排版制作 北京红方众文科技咨询有限责任公司
印 刷 河北鹏润印刷有限公司
版 次 2010年7月北京第1版
2016年5月北京第2版
2016年5月北京第5次印刷
开 本 889毫米×1194毫米 1/32 印张 9.5
字 数 66千字 插图259幅
印 数 20,001—30,000册
定 价 33.00 元

(印装查询：010-64002715；邮购查询：010-84010542)